소울 메이트

소울메이트

하세 세이슈 소설 / 채숙향 옮김

◇ ◇ ◇

마지와 월터에게 이 책을 바친다.

나는 너희들에게서

개와 함께 산다는 것이 어떤 것인지 배웠고,

너희의 뒤를 잇는 개들에게서 계속 배우고 있다.

◇ ◇ ◇

개를 위한 십계명

'개를 위한 십계명'은 인터넷에서 널리 전해지고 있는 시(時)다. 많은 애견인들이 이 시를 여러 번 반복해 읽으면서, 개를 기르는 사람이 갖춰야 할 자세를 모색하기 바란다.

1

저는 10년에서 15년까지밖에 살지 못해요.
그래서 잠시라도
가족과 떨어져 있으면 너무 괴롭답니다.
저를 기르기 전에 그걸 꼭 기억해 주세요.

2

아빠가 나에게 뭘 원하는지,
내가 알 수 있게 될 때까지는
인내심이 필요해요.

3

나를 믿어 줘요.
내가 행복하게 지내기 위해서는
모두의 믿음이 필요하거든요.

4

오랫동안 혼을 내거나
벌이랍시고 날 가둬 두는 건 사양할게요.
다들 일이나 놀이, 친구가 있죠?
하지만 난 가족이 전부예요.

5

말을 많이 걸어 주세요.
사람의 말은 알아듣지 못하지만,
나에게 말을 걸어 주고 있다는 사실은
알 수 있답니다.

6

나를 어떻게 대했는지,
나는 항상 기억하고 있답니다.

7

나를 때리기 전에 떠올려 봐요.

나는 이빨로 뼈를 쉽게 부숴 버릴 수 있어요.

하지만 난 절대 그런 짓 안 하잖아요?

8

말을 안 듣는다고, 고집을 부린다고,
요즘 게으름만 피운다고 혼내기 전에 생각해 봐요.
밥이 입에 안 맞나?
더운데 계속 밖에 있어서 컨디션이 나빠졌나?
나이가 들어서 심장이 약해졌나?
내 변화에는 뭔가 의미가 있거든요.

9

내가 나이를 먹어도 잘 돌봐 주세요.
여러분도 언젠가 나이가 들 테니까요.

10

내가 싫어하는 곳에 갈 때는 제발 같이 있어 줘요.
보고 있기 힘들다든가, 보이지 않는 곳에서 하라든가,
그런 말은 하지 말아요.
곁에 있어 주기만 해도 힘을 낼 수 있어요.
사랑해요. 그걸 잊지 말아요.

목차

치와와

1

차에서 내리자 눅진한 공기가 콧속으로 흘러들었다. 사에키 다이조(佐伯泰造)는 심호흡을 반복했다. 비가 그친 숲에서 흘러나오는 공기는 아무리 냄새를 맡아도 질리지 않는다. 거기에는 축축한 흙, 나뭇가지, 나뭇잎, 식물의 냄새가 뒤섞여 녹아 있었다. 어떤 약이나 영양제보다도 면역력을 높이는 효과가 뛰어난.

차 안에서 루비가 짖고 있었다. 숲의 정숙함을 아무렇지 않게 찢어발기는 날카로운 소리에 사에키는 신경질적으로 얼굴을 찌푸리며 문을 열었다. 아스팔트 위로 내려선 루비가 사에키의 발에 달라붙었다.

루비는 올해 아홉 살이 되는 암컷 치와와다. 평소에는 아내 도키에(時枝)가 루비를 보살폈다. 하지만 정년퇴직을 한 뒤로 루비를 아침 산책에 데려가는 것은 사에키의 몫이 되었다.

"스테이."

사에키의 한마디에 루비가 동작을 멈췄다. 살짝 고개를 갸웃거리며 루비가 동그랗고 귀여운 눈동자로 그를 올려다보았다. 그 몸짓에 사에키의 찌푸렸던 얼굴이 풀렸다.

조수석에 있던 리드줄을 집어 루비의 목걸이에 연결시켰다. 루비는 금세 꼬리를 흔들며 빨리 걷자고 사에키를 재촉했다.

세존 현대미술관 앞에서부터 센가타키(千ヶ滝) 폭포 주차장까지 이어지는 숲속 포장도로가 바로 사에키와 루비의 산책 코스였다. 장마철에 들어선 터라 나뭇잎들은 짙은 녹색을 띠고 있었고, 젖은 아스팔트 도로도 평소 계절과 다른 색으로 물들어 있었다.

완만하게 펼쳐진 녹음 위에서, 루비가 좌우로 쫄래쫄래 움직였다. 배변을 마친 것을 확인한 사에키는 준비한 비닐봉지에 변을 담고 리드줄을 풀었다. 성수기의 숲길은 폭포를 보기 위한 관광객으로 북적이지만, 비수기에는 차도 거의 오지 않는 곳이었다.

리드줄이 풀리자 이리저리 마음껏 돌아다니던 루비가 5분쯤 지나자 사에키 곁으로 돌아왔다. 그때부터 쭉 사에키와 보조를 맞춰 걷는다.

"우리 루비, 착하기도 하지."

사에키의 말에 루비가 득의양양한 표정을 지으며 꼬리를

흔든다. 이 작은 생물은 어떻게 하면 사에키가 기뻐하는지 얄미울 정도로 잘 안다.

"네가 좀 더 컸더라면……."

사에키는 혼잣말을 내뱉었다.

사에키가 나고 자란 고향에서는 아키타(秋田) 견을 키웠다. 그래서 사에키에게 있어 개는 곧 대형견을 의미했다. 도키에가 개를 기르고 싶다는 말을 꺼냈을 때도 머릿속에 떠오른 것은 대형견이었다. 도쿄의 맨션에 살면서 개를 기르는 것은 무리일 거라고 믿어 의심치 않았던 것도 그 때문이었다.

하지만 도키에는 맨션에서도 반려동물 사육이 가능해졌다고 말했다. 견종은 본인에게 맡기라는 도키에에게 고개를 끄덕이고 얼마 뒤 집에 돌아왔더니, 루비가 있었다.

"이게 뭐야?"

사에키는 망연자실한 얼굴로, 실수로 밟기만 해도 죽어 버릴 것 같은 작은 생물을 내려다보았다.

"우리 새 식구가 될 개예요."

도키에의 말에 대형견과 살 거라고 굳게 믿고 있었던 사에키는 낙담을 했다. 도키에를 힐책한 것도 그 때문이었다.

"하지만 여보, 생각해 봐요. 당신도 이제 곧 정년이야. 예순이 넘으면 다리랑 허리도 약해질 텐데, 그래도 대형견이랑 살 자신 있어?"

당연히 자신 없었다. 그래서 마지못해 루비를 받아들였던 것이다.

멍하니 있는 사에키를 향해 루비가 짖는다. 루비가 5미터쯤 앞에서 멈춰선 채 사에키가 오기를 기다리고 있었다. 사에키는 발걸음을 멈추고 쭈그리고 앉아 루비를 불렀다.

"루비, 컴!"

루비가 작은 몸을 있는 힘껏 움직이며 사에키를 향해 달려온다. 두 눈은 기쁨으로 빛나고 있었다.

"착하지. 착하지, 루비."

사에키는 루비에게 볼을 비볐다. 루비가 작은 혀로 사에키의 귓불을 핥았다.

오늘도 기분이 좋구나. 사에키는 그런 생각이 들었다.

"좀 더 걷자, 루비."

루비를 땅에 내려놓았다. 그때 루비가 갑자기 콜록거렸다.

"왜 그러니, 루비? 감기라도 걸린 거야?"

두세 번 콜록거리던 루비의 기침이 그쳤다. 그뿐이었다. 금세 꼬리를 흔들며 사에키의 발치를 지그재그로 오갔다.

"뭐야, 걱정했잖아."

마음을 놓은 사에키는 비가 그친 숲속으로 좀 더 깊숙이 들어갔다.

2

사에키의 집은 오이와케(追分)라 불리는 지역의 구석진 곳
에 자리하고 있었다. 바로 옆으로 '1,000미터 숲길'로 불리는
길이 지나고 있었고, 집 뒤쪽은 국유림이었다. 처음 이사했을
때는 멧돼지가 자주 출몰하고, 만추(晩秋)에는 곰의 흔적을 본
적도 있었다. 하지만 지금은 야생동물들도 발길이 뜸해졌다.
뭔가 기척을 느낄 때마다 루비가 요란하게 짖어댔기 때문이
다. 멧돼지도 곰도, 발끈한 것처럼 날카롭게 짖는 루비의 소리
에 질려서 물러난 것이리라.

차고에 차를 넣고 문을 열자 루비가 먼저 뛰쳐나갔다.

"잘 다녀왔니, 루비?"

정원 쪽에서 도키에의 목소리가 들려온다. 이사한 직후부
터 시작한 텃밭을 손질하는 중일 것이다. 어제 식탁에 올라온

도키에의 자랑인 토마토는 신맛과 단맛이 절묘한 균형을 이루고 있었다.

사에키는 루비의 변을 담은 비닐봉지를 현관 옆 쓰레기통에 던져 넣었다. 그리고 곧장 정원으로 향했다.

루비가 도키에 발치에 착 달라붙어 장난을 치고 있었다. 도키에는 해맑게 웃고 있었다. 햇빛 가리개를 단 모자와 목에 감은 수건이 잘 어울렸다. 이제는 완전히 시골 아낙네였다.

점차 밭일과 어울리는 사람이 되면서 도키에는 체중이 줄었다. 도쿄에 살 때는 적정 체중을 20킬로그램은 초과했지만, 가루이자와(軽井沢)로 이사한 뒤로 순식간에 살이 빠져서 서른 살은 젊어졌다고도 할 법한 체형으로 변모한 것이다.

반대로 사에키의 체중은 늘었다. 공기가 맛있으니 밥이 잘 들어간 탓이다. 회사에서 일하던 시절보다는 몸을 많이 움직이고 있는데도, 섭취 칼로리가 이를 웃도는 것이다.

"어서 와요, 여보. 비가 그친 숲 냄새를 만끽하고 왔어?"

"루비가 시끄럽게 짖는 바람에 그럴 상황이 아니었어."

사에키는 얼굴을 찌푸리며 대답했다. 이사에 대해 엄청나게 반대했던 탓에 웬만해서는 가루이자와를 칭찬하지 않는 사에키였다. 루비에 대해서도 그랬다. 아직까지도 자기는 대형견을 키우고 싶었다며 도키에의 애를 태우곤 했다.

"차 드려요?"

"됐어. 그 정도는 내가 하지."

도키에의 물음에 사에키는 무뚝뚝하게 대답한 뒤 테라스를 통해 집 안으로 들어갔다.

"아틀리에에 있을 테니까 점심때까지는 찾지 마."

"네네, 알겠어요."

도키에는 오이 밭에 물을 주고, 근처에 오도카니 앉아 있는 루비는 도키에를 향해 진지한 눈길을 보내고 있었다. 얼마 동안 그렇게 하고 있으면 간식을 먹을 수 있다는 것을 알기 때문이다.

"머리는 작은 게 똑똑하다니까."

사에키는 고개를 끄덕이며 부엌으로 향했다.

* * *

한 손에 직접 탄 홍차가 든 컵을 들고, 사에키는 아틀리에의 문을 열었다. 순간 유화용 물감의 독특한 향기가 훅 밀려왔다.

이곳은 집을 지을 때 사에키가 유일하게 고집을 부린 방이었다. 다른 건 모두 도키에가 하고 싶은 대로 하게 두었지만, 이 방만큼은 남향에 커다란 유리창을 만들 것, 적어도 12조(畳)는 확보할 것, 붙박이 책장을 맞출 것, 그 밖에도 유화를 그리는 데 필요할 것 같은 세세한 조건을 붙여 만들게 했다.

유화는 사에키의 유일한 취미였다.

컵을 책상에 올려놓고 캔버스를 덮고 있던 천을 걷자 작업하다 만 그림이 드러났다. 한여름 태양 아래, 테라스에서 자랑거리인 텃밭을 내려다보는 도키에와 그녀의 발치를 서성거리는 루비가 그려진 그림이었다.

직장인 시절에는 1년에 한 작품 그릴 수 있을까 말까였지만, 가루이자와에 오고 나서는 벌써 20점에 가까운 작품을 완성한 사에키였다. 시간이 남아돌고 소재에 부족함이 없는 덕분이었다. 다 그린 작품은 액자에 넣어 거실이나 침실, 손님방 등 곳곳에 장식을 했다. 도키에는 사에키가 집안일에 참견하는 것을 좋아하지 않지만, 다행히 사에키의 그림은 마음에 들어 했다.

그림 그릴 준비를 하면서 사에키는 창밖으로 눈길을 돌렸다. 밭일을 마친 도키에가 루비와 놀고 있었다. 텃밭 옆에는 잔디가 심어져 있어, 도키에가 작은 공을 던지자 루비가 잔디밭을 달려 공을 쫓았다. 이제 슬슬 노견이라고 해도 좋을 나이였지만, 루비는 쇠약해질 줄을 몰랐다.

저도 모르게 입이 헤벌쭉 벌어진 것을 알아챈 사에키는 헛기침을 반복했다.

치와와를 기르게 된 것도, 가루이자와로 이사를 오게 된 것도, 전부 도키에의 뜻이었다. 사에키의 뜻은 어디에도 없었다. 따라서 이곳 생활을 즐기고 있다는 사실만큼은 인정하고 싶지 않았다. 벌써 6년도 더 된 일이지만.

정년 후 어떻게 살아야 할지 이야기가 나왔을 때, 갑자기

도키에가 이런 말을 꺼냈다.

"가루이자와 별장을 리모델링해요. 나 가루이자와로 이주하고 싶어."

땅과 철거 전 건물은 장인어른의 것이었다. 그것을 물려받아 거의 1년에 한 번 꼴로 놀러오곤 했지만, 사에키에게 가루이자와에서 산다는 생각은 없었다.

"말도 안 되는 소리. 시골 생활이라니, 난 사양하겠어."

사에키는 원래 시골 출신이었다. 주변은 농지나 목장, 멀리가 봤자 바다가 있을 뿐이었다. 그런 벽지에서 나고 자랐기에 사에키는 철이 들 무렵부터 도시에서 사는 것이 숙원이었다. 실제로 도쿄로 나오기 위해 필사적으로 공부하고, 도쿄에서 계속 살기 위해 필사적으로 일했다. 그런데 그렇게 싫어했던 시골로 되돌아가야 한다니.

사에키는 이래도 가겠냐 싶을 정도로 시골 생활의 단점을 늘어놓으며 반대했다. 그러나 도키에의 뜻을 꺾을 수는 없었다.

"이대로 도쿄에서 계속 살 거라면 우리 헤어져요."

최후통첩을 받은 사에키는 어쩔 도리가 없었다.

억울하기 그지없는 사에키와는 반대로, 다음 날부터 도키에는 희희낙락하며 가루이자와로 이주할 준비를 시작했다. 지인에게 소개받았다는 건축사랑 인테리어 업자와 자주 미팅을 하며 루비를 차에 싣고 수시로 가루이자와로 향했다. 그 덕에 사에키가 정년퇴직을 맞기도 전에 가루이자와 별장 리모델링은 이미 끝나 있었다. 그날부터 도키에는 조금씩 젊음을 되찾아갔다. 때때로 눈이 부실 만큼.

시골 생활이라고는 하지만 사에키와 도키에의 집은 별장지 한가운데에 있다. 성수기를 제외하면 주변에 주민이 없어서 굳이 시골 이웃과 교류를 하지 않아도 되는 것은 다행이었다.

도키에가 저렇게 행복하다면 가루이자와에서 사는 것도 나쁘지 않아.

가루이자와로 온 지 2년째가 되던 어느 날 아침, 문득 그런 생각이 든 사에키는 더 이상 도쿄로 돌아가고 싶다는 말을 하지 않게 되었다.

사에키는 책장에 기대어 세워 둔 스케치북을 집어 들었다. 맨 첫 페이지를 펼치자 그리다 만 데생이 보였다. 사에키의 얼굴에 절로 흐뭇한 미소가 번졌다.

가루이자와에 와서 처음으로 그리려고 했던 작품이었다. 하지만 데생만 하고 좌절했다. 사에키 부부와 첫째 딸 가에데(楓), 그리고 둘째 사쿠라(桜)가 나란히 서 있는 그림이었다.

가에데와 사쿠라는 이사할 때 도와주러 온 뒤로 한 번도 얼굴을 비추지 않았다. 도키에와는 통화를 하고 있는 듯했지만, 사에키에게는 아무 연락도 없었다. 딸들은 그를 철저히 미워하고 있었다.

가족의 행복을 위해 악착같이 일했는데 결국 가족은 그에게 등을 돌리고 말았다. 가루이자와에 오지 않았다면 도키에 마저 잃었을 것이다.

사에키는 스케치북을 닫고 캔버스로 향했다. 그림을 그리는 데 집중하면 잡념이 사라진다. 지금 이 순간 그는 그 집중을 무엇보다 필요로 했다.

3

밤이 되자 다시 비가 내리기 시작했다. 저녁을 먹고 뒷정리를 마친 도키에는 피곤하다면서 침실로 모습을 감췄다.

사에키는 소중히 간직하던 코냑을 꺼내 술잔에 따랐다. 촛불을 켜고, 등불을 끄고, 테라스 창문을 열었다.

조용히 비가 내리고 있었다. 습하고 차가운 공기가 안으로 흘러들고, 데크를 두드리는 빗소리가 경쾌했다. 어딘가에서 청개구리 떼의 합창 소리가 들려왔다.

사에키는 소파 등받이에 기대고 앉아 다리를 쭉 뻗어 발받침 위에 올렸다. 코냑을 홀짝거리며 눈을 감고 빗소리, 냄새, 비가 자아내는 분위기에 모든 것을 맡겼다.

사에키는 비를 좋아하지 않았다. 장대비가 내리는 아침이면 항상 결근을 하고 싶었다. 만원 전철 안에서 비에 젖은 군

중에 둘러싸이는 생각만 해도 우울해질 정도였다. 그런데 어느새 비가 오길 바라게 되었다. 이것도 가루이자와에 오고 나서 생긴 변화 중 하나였다.

가루이자와의 겨울은 길고 혹독하다. 11월에 첫눈이 내리고, 이듬해 5월이 될 때까지는 영하의 아침이 이어진다. 봄은 장마 직전에 찾아오고, 비가 내릴 때마다 녹음이 짙어져 간다. 눈이 녹은 후 갈색으로 변한 세계에 비가 축복을 가져오는 것이다.

젖은 흙냄새, 젖은 나뭇잎의 윤기, 단비를 애타게 기다렸던 식물들의 들썩임. 사에키는 모든 것이 마음에 들었다.

총총거리며 계단을 내려오는 발소리가 비의 음률을 흐트렸다.

"루비?"

사에키는 눈을 떴다. 촛불의 희미한 빛이 작은 생물을 비추고 있었다. 루비가 소파로 달려와 바닥에 앉았다. 그리고 꼬리를 바쁘게 흔들며 기대에 찬 눈으로 사에키를 올려다보았다.

"이리 오렴."

사에키가 자신의 허벅지를 두드리자 루비가 위로 뛰어올랐다. 사에키의 다리 위에 올라온 루비는 두세 바퀴 맴을 돌더니 자기가 있을 곳을 결정했다. 사에키의 왼쪽 허벅지였다.

"우리 루비, 말도 잘 듣지."

사에키는 루비를 쓰다듬었다. 루비의 운동 능력을 볼 때마다 이 작은 몸 어디에 그런 강인한 탄성이 있는 걸까, 감탄하게 된다.

루비가 눈을 감고 황홀한 표정을 짓는다. 루비는 도키에나 사에키가 쓰다듬는 것을 세상에서 제일 좋아한다.

"너도 비가 좋으냐?"

사에키는 왼손으로 루비를 쓰다듬으며 오른손으로 잔을 기울였다.

"네 엄마는 비를 싫어해. 비가 올 때마다 두통이 온다며 빨리 자고, 네 털에 진흙이 달라붙는다고 얼굴을 찌푸리지. 하지만 너도 비를 좋아하는 거지?"

사에키의 말을 긍정하듯이, 루비의 꼬리가 좌우로 흔들린다. 눈은 감고 있지만 쫑긋 솟은 귀가 사에키와 마찬가지로 비의 음률을 즐기는 듯했다.

"그렇구나. 역시 너도 비를 좋아하는구나."

사에키는 미소를 지으며 또 코냑을 홀짝거렸다. 취기가 돌았다.

"가루이자와는 좋은 곳이야."

사에키가 중얼거렸다. 도키에 앞에서는 결코 입 밖으로 내지 않는 말이었다.

"예전에도 몇 번이나 왔었는데 이렇게 좋은 곳이라고는 생각지도 못했어. 역시 1년은 살아 봐야 장점을 알 수 있는 걸까?"

루비의 꼬리가 흔들린다. 마치 당신 이야기가 맞아요, 라고 말하듯이. 코냑을 끝까지 들이켜던 사에키가 어깨를 움츠렸다. 생각 이상으로 기온이 내려가고 있었다. 창문을 계속 열어 두면 감기에 걸릴 것 같았다.

"루비, 미안해."

사에키가 몸을 일으키자 루비도 바닥에 내려섰다.

"착하기도 하지."

루비를 칭찬하고 창문을 닫았다. 돌아보니 루비가 콜록거리고 있었다.

"너도 추웠구나. 이쪽으로 오렴. 서로 따뜻하게 해 주자."

사에키가 두 팔을 벌리자 루비의 얼굴이 환해졌다. 사에키는 달려온 루비를 안아 올렸다. 루비의 몸이 바들바들 떨리고 있었다.

"그래, 추웠구나. 미안, 이런 줄도 모르고."

사에키는 루비의 몸을 부드럽게 쓰다듬었다. 갑자기 기억이 흘러넘친다. 갓 태어난 가에데와 사쿠라를 이 팔로 안았을 때의 감촉, 그리고 기쁨. 그러나 모든 것은 먼 옛날의 일이다. 안기는커녕 가에데와 사쿠라는 사에키와 살이 닿는 것조차 싫어하게 되었다.

"변함없이 이렇게 하게 해 주는 건 너뿐이야."

사에키는 다시 소파에 앉아 계속 루비를 쓰다듬었다.

4

본격적인 장마가 시작되면서 도키에의 몸 상태가 나빠졌다. 피곤하거나 머리가 아프다며 항상 누워 있더니, 그와 비례하듯이 안색도 점점 나빠졌다. 사에키가 아무리 병원에 가자고 해도 도키에는 괴로운 표정으로 고개를 저을 뿐이었다. 도키에는 옛날부터 병원을 싫어했다.

도키에가 침실에 누워 있는 일이 잦아지자, 거실에서 루비의 모습을 보는 횟수도 줄었다. 루비는 베개맡에 엎드려 도키에를 간병하듯이 바라보았는데, 도키에 옆을 떠날 때는 식사와 산책 때뿐이었다.

이제 겨우 익숙해진 가루이자와의 생활도 순식간에 빛이 바랬다. 기쁘게 미소 짓는 도키에와 즐겁게 뛰어다니는 루비가 있었기 때문에, 사에키는 그렇게나 싫어했던 시골 생활을 받아들일 수 있었던 것이다. 도키에도 루비도 없는 거실은 공허하고 차가웠다.

어느 날 밤, 사에키는 큰맘을 먹고 가에데에게 전화를 걸었다.

"여보세요? 가에데냐? 나다."

"무슨 일이야? 별일이네, 전화를 다 하고."

전화기 저편에서 들려오는 것은 불쾌함이 깃든 목소리였다. 가에데와 사쿠라 모두 사에키에 대한 혐오감을 감추려 들지 않았다.

"엄마 상태가 안 좋아." 사에키가 말했다. "계속 누워만 있어. 내가 병원에 가자고 해도 듣지 않는구나."

"안 좋다니, 얼마나 안 좋은데?"

"벌써 일주일 이상 누워 있어."

"그런데도 병원에 가자고 말만 한 거야? 직접 데리고 갈 생각은 안 하고?"

가에데의 목소리가 높아졌다. 사에키는 입을 다물었다.

"여전히 자기 생각만 한다니까. 엄마는 이런 사람이랑 왜 이혼하지 않는 거지?"

"네가 엄마한테 말 좀 해 주지 않겠니?"

"하지 말라고 해도 할 거야."

일방적으로 전화가 끊겼다. 사에키는 손에 든 전화기를 멍하니 바라보았다.

딸들과의 사이에 생긴 틈은 세월이 메워 줄 거라고 낙관했다. 하지만 실제로 틈은 깊어져만 갔다. 40대에 전근 명령을 받고 홀로 나고야(名古屋)로 내려갔었다. 거기서 여자가 생겨 같이 살기 시작했다. 그러던 어느 날, 나고야의 한 대학에 시험을 치르기 위해 가에데기 연락도 없이 찾아오면서 모든 것이 발각됐다.

도키에는 용서해 주었지만 딸들은 달랐다. 마치 오물을 보듯이 사에키를 바라보며 노골적으로 대화나 접촉을 피하게 되었다.

자업자득이다. 몇 번이고 이렇게 스스로를 타일러 보지만 비참함이 줄어들진 않는다. 무덤까지 십자가를 지고 갈 수밖에 없는 것이다.

전화기를 내려놓았다. 비는 여전히 계속 내리고 있었다. 방금 전까지는 마음이 편했는데, 이제는 빗소리가 딸들의 비웃음처럼 들렸다.

사에키는 다시 코냑을 따라 마셨다. 위가 뜨거워질 뿐 취기가 오를 기색은 전혀 없었다.

루비가 계단을 내려오는 소리가 들렸다. 사에키는 술을 마시던 손을 멈췄다. 메말랐던 마음이 순식간에 촉촉해진다.

"왔구나, 우리 루비."

달려온 루비를 안아 올렸다. 품에 안긴 루비는 가만히 사에키의 얼굴을 바라보았다.

"나를 걱정해 주는 거냐? 고맙다, 루비야."

루비를 안은 채 소파에 앉았다. 루비의 귀가 쫑긋 섰다. 2층에서 벨소리가 울렸다. 도키에의 휴대폰이었다. 가에데가 도키에를 설득하기 위해 전화를 걸었을 것이다. 이윽고 도키에의 숨죽인 목소리가 들려왔다. 대화의 내용은 알 수 없었다. 다만 도키에가 울고 있는 것은 알 수 있었다.

사에키는 루비를 바닥에 내려놓았다.

"나는 괜찮으니까 엄마한테 가렴."

사에키의 말이 끝나자 루비가 위층을 향해 달리기 시작했다. 그러다 도중에 멈춰 서서 뒤를 돌아보았다.

아빠, 정말 혼자서 괜찮겠어?

그렇게 묻고 있는 것 같았다. 사에키는 치밀어 오르는 것을 꾹 참으며 억지로 웃었다.

"루비야, 괜찮으니까 다녀와."

루비의 모습이 사라졌다. 리드미컬하게 계단을 뛰어 올라가는 소리가 들렸다.

루비는 정말 상냥하다. 그리고 현명하다.

자신의 과오로 인해 두 딸을 잃었지만 대신 루비를 얻었다. 딸들과 달리 루비는 사에키를 단죄하지 않는다. 사랑하면 사랑한 만큼, 사랑을 되돌려 준다.

사에키는 그런 루비가 사랑스러워 견딜 수 없었다.

5

"유감이지만, 췌장암 말기입니다."

컴퓨터 모니터를 들여다보면서 의사가 말했다.

"뭐라고요?"

"사모님은 췌장암 말기입니다."

의사가 사에키를 향해 얼굴을 돌렸다. 안경 너머의 눈동자
가 유리알 같았다.

"어, 어떻게 된 겁니까?"

온몸의 모공에서 땀이 솟아나는 기분을 느끼면서 사에키가
물었다.

"상당히 인내심이 강한 분이신가 봅니다. 그동안 쭉 힘들었
을 텐데…… 하지만 그게 오히려 해가 됐어요. 종양이 몸 여
기저기로 전이되었습니다."

도키에는 확실히 인내심이 강한 여자였다. 어지간히 스치거나 베인 상처는 치료도 하지 않고 내버려 두곤 했다. 예전에 뜨거운 물에 손을 데었을 때도 의사에게 가지 않고 시판 약품만으로 치료를 끝냈을 정도였다. 지금도 왼쪽 손등에 화상 흔적이 남아 있었다.

"아, 아내는 어떻게 되는 겁니까?"

"예후는 매우 어렵다고 봐야 합니다."

의사가 말했다.

"그, 그런……."

"항암제로 연명치료는 가능할지도 모릅니다. 하지만 그렇게 해도 3개월에서 반년일 겁니다."

"선생님, 그런 말씀 마시고 어떻게 좀 해 주세요."

"유감이지만 지금의 의학으로는 이 정도까지 진행된 암을 멈출 방법이 없습니다."

의사의 유리알 같은 눈에는 아무 감정도 실려 있지 않았다.

* * *

사에키는 병실 앞 복도를 무의미하게 서성였다. 병실에 들어갈 결심이 선 것은 의사와 이야기를 마친 지 한 시간 이상 지난 뒤였다.

아무렇지 않은 척하려고 굳게 마음을 먹었지만, 병실 문에 손을 대자마자 몸이 떨리기 시작했다. 문에서 손을 떼고 손톱을 물어뜯었다. 퇴직한 후에는 잊고 지냈던 나쁜 버릇이었다.

"여보?"

자리를 벗어나려는 순간, 도키에의 목소리가 들려왔다. 더이상 도망칠 수 없었다. 사에키는 숨을 크게 내쉬며 망설임 없이 문을 열었다.

"몸은 좀 어때?"

"약 때문인지 상태가 꽤 좋아."

도키에가 미소 지었다. 하지만 그 웃는 얼굴에는 요 며칠급격히 늘어난 주름이 가득했다.

"그래, 그거 잘 됐네……."

"의사 선생님은 뭐라셔?"

"응?"

"검사 결과 나왔지? 그거 들으러 간다고 그랬잖아."

"아아, 그랬지……."

수차례 심사숙고한 거짓말이었지만 입 밖으로 나오지 않았다.

"암이구나."

사에키의 마음을 꿰뚫어본 것처럼 도키에가 중얼거렸다.

"도, 도키에……."

"나, 가망 없대?"

사에키는 그 자리에 얼어붙었다. 입안이 바싹 마르면서 말이 목구멍에 걸려 나오지 않았다. 갑자기 목소리를 잃어버린 듯했다.

"당신은 여전히 거짓말이 서툴러. 그러니까 바람피운 것도 걸렸지."

"지, 지금 그 얘기를 왜 해?"

간신히 저주가 풀렸다. 도키에가 쾌활한 목소리로 웃었다.

"잊지 않고 자책하는 마음 아직도 갖고 있네. 잘 했어."

"그러니까 지금은 당신 병 이야기를……."

"앞으로 얼마나 남았대?"

도키에의 얼굴에서 웃음이 사라졌다.

"어째서 더 빨리 병원에 와 보지 않은 거야?"

사에키는 도키에의 두 손을 꼭 그러쥐었다.

"암이라고 진단 받을까 무서웠어. 힘든데 오기나 부리고, 정말 바보 같아."

"난 전혀 알아차리지 못했어."

가루이자와에 와서 갑자기 살이 빠지며 마르기 시작한 도키에였다. 그건 암세포가 몸을 침범했기 때문이었던 걸까?

"괜찮아. 당신은 원래 그런 사람이 아닌걸. 앞으로 시간이 얼마나 남아 있는지, 그것만이라도 가르쳐 줘."

"의사 말로는 3개월에서 반년이래. 그것도 항암치료 같은 걸 받았을 때 이야기라고……."

"그래."

도키에가 남 얘기를 하듯이 툭 내뱉었다.

"도키에……."

"루비를 남기고 가야겠네. 그 아이를 잘 부탁해."

"도쿄로 돌아가자." 사에키가 말했다. "도쿄라면 좋은 병원이 많이 있을 거야. 여러 의견을 참고하면서 치료할 수 있어. 응? 도키에, 가루이자와는 병이 나은 후에 다시 돌아오면 되잖아."

도키에는 힘없이 고개를 저었다.

"도쿄에 가면 두 번 다시 돌아올 수 없어. 당신도 알잖아."

"그래도 도쿄에 가자. 난 후회하고 싶지 않아. 당신에게 해줄 수 있는 건 다 해 주고 싶다고!"

"고마워. 마음만 받을게."

"무슨 소릴 하는 거야, 도키에. 여기도 좋은 병원이지만, 도쿄에 가면 더……."

"집에 갈래."

도키에의 야무진 목소리에는 무조건적인 느낌이 있었다.

"도키에."

"연명치료도 받지 않겠어. 난 내 집에서 죽을 거야. 그렇게 마음먹고 이쪽으로 이사 온 거니까."

"당신은 그래도 좋을지 모르지만 난 어떡하라고? 루비는?"

"루비는 당신이 있으면 괜찮아. 당신도 루비가 있으면 괜찮고."

"무슨 말을 하는 거야?"

"미안해."

도키에가 사에키를 향해 고개를 돌렸다. 굳은 의지가 담긴 눈이 사에키를 꿰뚫어보았다.

"지금까지 쭉 참아왔어. 내 고집을 부린 건 루비를 기를 때랑 가루이자와로 이사를 왔을 때뿐이야. 애들도 당신이 있는 한 집에 오지 않잖아. 이제는 더 이상 견딜 수가 없어."

"루비가 있잖아. 텃밭이 있잖아."

사에키가 떨리는 목소리로 말했다. 하지만 그는 도키에의 뜻을 꺾을 수 없었다.

"루비가 옆에 있는 동안에는 어떻게든 힘을 내려고 했지만…… 나는 당신을 용서한 게 아니야."

도키에는 여전히 흔들림 없는 시선으로 사에키를 응시했다.

"도키에……."

"단지 화를 내지 않았을 뿐이야. 화낼 힘이 없었을 뿐이지 용서한 게 아니라고."

할 말을 잃은 사에키는 그저 그 자리에 우두커니 서 있었다.

"피곤해. 자고 싶어."

도키에가 말했다. 내 인생에서 나가 줘, 라는 말을 들은 기분이었다.

차 안에서 루비가 요란하게 짖고 있었다. 병원의 독특한 냄새 속에 도키에의 흔적이 섞여 있었던 걸까. 사에키는 힘없이 문을 열고 운전석에 올라탔다. 그와 동시에 루비가 허벅지 위로 뛰어올랐다. 뒷다리로 선 채 앞다리로 기대면서 사에키의 얼굴을 들여다보았다.

"널 병실에 데려갈 수는 없어. 엄마도 아직 밖에 나올 수 없고."

사에키는 중얼거리듯이 말했다. 피곤했다. 피로가 뼛속까지 스며들었다. 팔을 움직이는 것조차 귀찮았다.

엄마, 라고 한 순간 루비의 귀가 쫑긋했다. 코를 킁킁거리면서 채근하듯이 사에키의 가슴을 발로 눌렀다.

"엄마가 그렇게 좋니?"

사에키가 물었다. 루비는 계속 코를 킁킁거렸다.

"그래. 루비는 엄마가 세상에서 제일 좋구나."

사에키는 루비를 꼭 안았다. 이다지도 사랑스러운데, 그렇게나 귀여워했는데 어째서 이 아이를 두고 먼저 갈 수 있는 걸까.

"그만큼 내가 밉다는 건가? 나와는 같이 있고 싶지 않다는 건가……."

루비를 안은 채 머리 받침대에 머리를 기댔다. 허무한 슬픔이 덮쳐 왔지만, 어쩐 일인지 눈물이 나올 기미는 전혀 없었다.

6

루비가 기대에 찬 눈길을 보내고 있었다. 사에키는 갓 딴
방울토마토를 깨물어 반으로 잘랐다. 껍질이 갈라지면서 신선
한 과즙이 입안에 퍼졌다. 건강한 산미에 피로가 풀리는 느낌
이었다. 깨문 토마토의 절반을 손바닥에 올려 루비 앞에 내밀
었다. 루비는 냄새를 맡을 틈도 없이 토마토를 먹었다.

도키에는 루비에게 함부로 간식을 주는 것을 엄격하게 금했
다. 인간에게는 아무렇지 않은 양이라 해도 루비 같은 소형견
에게는 지나치게 많은 양일 수 있다며. 하지만 과일이나 채소
한 조각 정도는 도키에도 눈살을 찌푸릴 뿐 불평하진 않았다.

루비와 아침 산책을 끝내면 텃밭에 물을 주고 다 자란 채소
를 수확한다. 원래 도키에의 일이었지만 앞으로는 사에키가
할 수밖에 없었다. 도키에에게 물어보기엔 짜증이 나서 가정

텃밭에 관한 책을 사들이고 인터넷에서 정보를 수집했다. 토마토가 맛있는 것은 도키에가 정성을 다해 키웠기 때문이지만, 직접 수확해 보니 또 다른 특별함이 있었다.

수확을 마치자 다시 루비의 눈이 빛난다. 사에키는 도키에가 그랬던 것처럼 잔디밭을 향해 작은 공을 던졌다. 루비가 쫓아가 공을 물고 돌아온다. 눈은 기쁨으로 가득 차 있고, 몸은 생명력으로 가득했다.

그러나 사에키가 몇 차례나 공을 던졌을까, 루비가 갑자기 동작을 멈췄다.

"루비야, 왜 그러니? 이제 피곤해?"

루비가 사에키를 돌아보며 난감한 표정을 지었다. 도키에와 공놀이를 할 때는 도키에가 두 손 들 때까지 술래잡기를 반복하는 게 일상이었다.

"내가 던지면 재미가 없나……."

사에키는 새어나오는 한숨을 꾹 참으며 루비를 불렀다. 터벅터벅 걸어오는 루비를 안아 올려 집으로 들어갔다.

"오늘은 기온이 살짝 높았지? 좀 더웠니?"

찬물을 주었지만 루비는 마시지 않았다. 아주 조금이지만 아침밥도 남겼다. 몸이 좋지 않은 걸까, 아니면 도키에의 부재로 인한 정신적인 영향인 걸까.

"토마토도 좋다고 먹었잖아. 도키에가 없어서 쓸쓸한 걸 거야."

사에키는 스스로를 타이르듯이 혼자 중얼거렸다.

휴대폰이 울렸다. 화면에 가에데의 이름이 떠 있었다. 가에데와 사쿠라가 병원에 가서 도키에를 설득하기로 되어 있었다. 도키에는 사에키의 말에는 귀를 기울이지 않지만, 딸들이 필사적으로 설득하면 뜻을 굽힐지도 몰랐다. 한 가닥 희망을 딸들에게 걸었던 것이다.

사에키는 깊게 숨을 들이마시며 전화를 받았다.

"여보세요?"

"당신 탓이야." 가에데의 목소리는 증오로 가득 차 있었다. "엄마가 죽으면 당신이랑 인연을 끊을 거니까 그렇게 알아."

전화가 끊어졌다.

사에키는 휴대폰을 움켜쥔 채 맥없이 바닥에 주저앉았다. 사에키와 딸들을 어떻게든 이어 주고 있던 것은 도키에의 존재였다. 도키에가 세상을 떠나면 그는 버림받을 것이다.

바람을 피웠기 때문만은 아니다. 그는 오만하고 제멋대로인 아버지였다. 자신의 의견을 일방적으로 강요할 뿐, 딸들의 목소리에 귀를 기울인 적은 없었다. 아이들은 부모가 하는 말을 듣기만 하면 된다고 생각했다. 그렇게 행동한 결과 아이들의 마음에 남은 것은 증오와 멸시뿐이었다.

루비가 무릎 위로 올라왔다. 사에키는 고개를 들었다. 루비가 작은 혀로 사에키의 뺨을 핥았다.

이렇게 작은 생물도 타인의 괴로움을 이해하는데, 나는 왜 딸들의 마음을 이해하지 못했던 걸까.

"어째서 너처럼 사랑해 주지 못했을까⋯⋯."

사에키는 루비의 머리를 쓰다듬었다. 따스한 체온이 느껴진 순간, 눈물이 터져 나왔다.

아무리 울어도 눈물이 밈추지 않았다.

7

싫다는 도키에를 휠체어에 태우고 병원 주차장을 가로질렀
다. 하늘은 잔뜩 흐렸지만 때때로 구름 사이로 햇살이 비추고
있었다. 차에 다가가자 루비의 목소리가 들려왔다. 루비가 조
수석에서 펄쩍펄쩍 뛰고 있었다.

"루비……."

지금까지 고집스럽게 눈물을 참던 도키에가 얼굴을 감쌌다.

"당신이 돌아오기를 내내 기다리고 있었어."

흐느끼는 도키에의 어깨에 손을 올렸다. 도키에는 놀랄 만
큼 살이 빠져 있었다. 피부 바로 아래로 뼈가 느껴질 만큼.

"루비를 위해서라도……."

도키에가 고개를 저었다. 결혼한 지 40년이 넘었지만, 도키
에가 이렇게까지 완고할 거라고는 생각도 못했다. 사에키는

한숨을 꾹 참으며 도키에를 위해 문을 열었다. 차에서 뛰어내린 루비가 휠체어 주위를 빙글빙글 돌았다.

"이리 오렴, 루비."

도키에가 팔을 뻗자 루비가 도키에의 무릎 위로 뛰어올랐다. 그러고는 도키에의 몸속으로 파고들며, 꼬리가 끊어질 듯이 흔들었다. 가장 사랑하는 존재와 다시 만난 기쁨을 온몸으로 표현하고 있는 것이다.

도키에가 불치병에 걸렸다는 걸 알 리 없는 루비의 해맑음이 사에키는 부러웠다.

"자, 집에 가자."

루비를 껴안는 도키에를 보며 사에키는 휠체어를 접어 도키에의 짐과 함께 짐칸에 넣었다.

사쿠(佐久) 시의 병원에서 집까지는 40분 정도 걸리는 거리였다. 그동안 도키에는 루비를 안고 루비의 귀에 뭔가를 계속 중얼거리고 있었다. 귀를 쫑긋 세운 루비는 진지한 얼굴로 열심히 듣고 있었다.

집에 도착하자 도키에는 재빨리 차에서 내렸다. 옛 모습을 찾아볼 수 없을 정도로 여위었지만 발걸음은 아직 다부졌다. 테라스에 올라가 의자에 앉은 도키에와 루비 위로 햇살이 쏟아져 내렸다.

사에키는 도키에의 짐과 휠체어를 집 안으로 옮겼다. 많은 약들을 분류하고 옷들이 가득 든 가방을 침실로 옮겼다. 휠체어 세팅을 마친 뒤 사에키는 테라스로 나왔다.

"텃밭을 손질했네."

도키에가 말했다. 루비는 테라스에서 정원으로 내려가 있었다. 기대에 찬 눈으로 도키에를 보고 있었는데, 공놀이를 재촉하는 것이다.

"아아……."

사에키는 발에 샌들을 꿰차고 정원으로 내려갔다.

"아무 말도 안 해서 황폐해진 채로 내버려 뒀나 했어."

"당신이 소중히 여기는 텃밭이잖아. 또 직접 따서 먹으니까 평소보다 맛있게 느껴지더라고. 그래서 열심히 해 봤지."

사에키는 발치에 굴러다니는 공을 주워 잔디밭을 향해 던졌다. 루비가 몸을 날리며 달려간다. 도키에가 입원해 있었을 때보다 활기 찬 모습이었다.

"앞으로도 텃밭 손질은 내가 할게."

대답이 없었다. 돌아보니 도키에가 눈을 감고 있었다. 순간 숨이 멈췄나 싶어서 마음이 초조했지만, 잘 보니 가슴이 천천히 움직이고 있었다. 사에키는 참았던 숨을 내뱉었다. 공을 입에 문 루비가 어느새 돌아와 있었다.

"잘했어."

머리를 쓰다듬고 다시 공을 던졌다. 루비가 쫓아가는 것을 확인하고, 다시 도키에를 돌아보았다.

자고 있다는 걸 알고 있었다. 그래도 도키에는 죽은 것처럼 보였다.

* * *

신통제가 더 이상 듣지 않았다. 도키에가 침대에서 벗어나
는 횟수는 점차 줄어들었고, 결국 내내 누워만 있는 상태가 되
었다. 매일 오전에 오는 홈케어 의사가 마약 성분의 진통제 패
치를 갈아 주지만, 오후가 되면 도키에는 고통을 호소했다. 그
럴 때면 도키에의 얼굴은 파랗게 질리고 몸은 진땀으로 뒤범
벅이 되었다.

차마 눈 뜨고 볼 수 없는 광경이지만, 도키에를 돌볼 수 있
는 사람은 사에키밖에 없었다. 고통을 견디는 도키에의 목소
리가 들려오면 침실로 가서 잠옷을 벗긴 뒤 땀을 닦아내고 마
약 패치를 갈아 준다. 그 사이 루비는 바닥에 앉아 사에키와
도키에를 지켜보고 있었다.

"도키에, 병원에 가자." 어느 날 사에키가 말했다. "더 이상
나 혼자는 무리야. 입원해서 전문가에게 맡기는 편이⋯⋯."

도키에는 얼굴을 찡그리면서 고개를 저었다.

"이렇게 아파하면서 도대체 왜 고집을 부리는 거야?"

"여기가 내가 마지막으로 있을 곳이야." 도키에는 띄엄띄엄
말했다. "여기서 죽고 싶어. 병원은 싫어."

마약 패치가 듣기 시작하면 도키에는 잠에 빠졌다. 당장이

라도 죽음의 심연으로 빨려들 듯한 도키에의 얼굴을 보면서 사에키는 생각했다.

이것은 도키에가 나에게 내리는 벌이다. 상상을 초월하는 고통을 견디면서 죽어가는 자신을 지켜보는 것. 그것이 제멋대로이고 오만한 남편에게 내리는 벌이라고.

가에데와 사쿠라에게서 느닷없이 전화가 걸려오곤 했다. 딸들은 도키에의 상태를 묻고, 사에키를 힐책했다. 하지만 스스로 나서서 도키에를 간호하지는 않았다. 딸들은 각자 가정이 있고, 무엇보다 사에키를 몹시 싫어했다.

도쿄에 있다면 또 모르겠지만 도키에의 뜻에 따라 가루이자와에 사는 이상, 딸들에게 뭔가를 기대하는 건 소용없는 일이었다.

기꺼이 벌을 받을 것이다. 자책감과 자기혐오로 스스로를 채찍질하면서, 사에키는 죽음을 앞둔 도키에를 간호했다. 힘든 고행 같은 일이었지만, 사에키는 루비가 있음으로서 구원받을 수 있었다.

동그랗고 귀여운 눈동자, 활기차고 작은 몸, 의심할 줄 모르는 마음. 매일매일 아무리 힘들어도 루비가 그를 달래 주었다.

"고맙구나, 루비."

기회가 있을 때마다 루비에게 감사의 말을 내뱉는 것이 사에키의 일과였다.

* * *

아침부터 루비의 기침이 멈추지 않았다. 축축한 습기와 추위 탓일까. 기상청이 장마의 끝을 알렸지만, 어제부터 차가운 비가 계속 내리고 있었다. 기온은 13도. 7월치고는 상당히 추웠다.

"루비를 병원에 데려가."

도키에가 말했다. 마약 패치가 효과를 발휘하고 있는지 안색이 좋았다. 하지만 말라서 뼈만 앙상한 몸은 숨길 수 없었다. 도키에에게는 죽음의 그림자가 짙게 드리워 있었다.

"하지만 당신을 혼자 둘 수는······."

"오늘은 컨디션이 좋아서 괜찮아. 이렇게 기침을 하다니, 추워서 감기에 걸린 걸지도 몰라."

도키에가 루비를 쓰다듬었다. 그러자 기침을 멈춘 루비가 꼬리를 흔들었다. 꼬리의 격렬한 움직임이 평소와 다르지 않아서 사에키는 안도했다.

"그럼 잠깐 다녀올게. 금방 돌아올 테니까 무슨 일 있으면 휴대폰으로 전화해."

"걱정 마. 오늘은 정말 컨디션이 좋아."

도키에를 침대에 누인 사에키는 루비를 데리고 차에 탔다. 외출에 흥분한 루비는 안절부절 어쩔 줄을 몰라 했다. 그 탓인지 기침도 멈췄다. 하지만 병원에 도착한 루비는 몸을 바들바들 떨었다. 병원이 너무 싫은 것이다.

접수를 마치고 루비를 안은 채 대기실 의자에 앉았다. 옆에 앉아 있던 중년 여자가 루비를 보고 미소를 지었다.

"귀엽네요. 몇 살인가요?"

"아홉 살입니다."

사에키의 대답에 상대방은 한숨을 내쉬었다.

"소형견은 아홉 살이어도 이렇게 젊네요. 우리는 대형견이라 아직 여덟 살인데도 늙어서 비실비실해요."

대기실에 대형견은 보이지 않았다. 진찰이나 치료를 받고 있는 것이리라.

루비가 집에 오기 전에는 막연히 대형견을 갖고 싶다고 생각했었다. 하지만 10년도 안 돼 이별이 찾아온다면 과연 나는 견딜 수 있을까.

언제나 그랬다. 깊게 생각하기도 전에 일단 자신의 감각을 따르고 말았다. 그리고 누군가에게 상처를 주거나 자기혐오에 빠졌다. 나이를 먹으면 어느 정도 나아지려니 했지만, 해마다 심해질 뿐이다.

반대로 루비든 뭐든, 도키에는 항상 옳았다.

"다지마 씨."

진찰실에서 목소리가 들려오자 여자가 자리에서 일어섰다.

"실례할게요."

사에키에게 인사를 건넨 여자는 진찰실로 사라졌다. 대기실에는 사에키와 루비 외에 두 팀뿐이었다. 모두가 걱정스러운 표정으로 자신의 개를 바라보고 있었다.

루비가 다시 기침을 하기 시작했다. 순간 도키에의 여윈 얼굴이 뇌리를 스쳤다. 불길한 예감에 등에 소름이 돋았다. 사에키는 투비의 등을 쓰다듬었다.

"괜찮아. 너는 괜찮을 거야."

중얼거리던 사에키는 다른 주인들도 똑같이 행동하고 있다는 느낌에 사로잡혔다.

좀 전의 여자가 진찰실에서 나왔다. 하얀 대형견인 그레이트 피레니즈와 함께였다. 진찰실을 나온 여자가 갑자기 발걸음을 멈췄다. 그러고는 개를 끌어안고 주위에 상관없이 울기시작했다. 피레니즈는 어리둥절한 얼굴로 주인을 바라보고 있었다.

사에키를 포함한 세 사람은 여자와 개에게서 눈을 돌렸다. 차마 눈 뜨고 볼 수 없는 광경이었다.

늙기 시작한 건 분명하지만 여전히 건강해 보이는 피레니즈에게 죽음의 선고가 내려진 것이리라. 주인 여자는 마음이 뭉개지는 아픔을 견디지 못해 흐느껴 울고 있었다.

미래를 예견하고 우는 것은 인간뿐이다. 개는 아무것도 모른다. 울고 있는 인간도, 영문을 모른 채 우두커니 서 있는 개도, 모두 가련했다.

사에키는 루비를 안은 채 병원을 나왔다. 비는 더욱 세차게 내리고 있었다. 격렬한 빗소리조차 귓가에 맴도는 여자의 울음소리를 지워 주지는 못했다.

"안 돼."

정처 없이 걸으면서 사에키가 말했다.

"루비, 너는 안 돼. 너까지 없어지면 난 어쩌라는 거야."

팔 안에서 루비가 꼬리를 흔들었다. 기침은 멈춰 있었다. 작은 몸이 금세 비에 젖어들었다.

"제발 나를 두고 가지 마. 도키에가 세상을 떠나면 가족은 너랑 나뿐이야."

비에 흠뻑 젖은 사에키는 신음하면서 걷고 또 걸었다. 사에키의 팔 안에서 루비는 계속 꼬리를 흔들고 있었다.

보르조이

1

"레일라, 컴."

유토(悠人)의 말은 완벽하게 무시당했다. 레일라, 길쭉한 몸에 탐스럽고 덥수룩한 털을 두른 보르조이는 창밖을 응시한 채 꼼짝도 하지 않았다.

"레일라, 이리 오라니까. 산책 가자."

일부러 굵은 목소리로 외쳐도 레일라는 변함없이 유토를 무시했다.

"하아, 장난해?"

유토가 리드줄을 들어 올리며 레일라에게 다가갔다. 순간 레일라가 벌떡 일어나더니 유토를 돌아보며 으르렁댔다. 어금니를 드러내며. 그 자리에 멈춰 선 유토는 리드줄을 쥔 손을 내렸다. 레일라는 다시 창밖을 바라보았다.

항상 그렇게 마나부 씨가 돌아오기를 기다리고 있는 것이다.

"레일라, 기다리고 있어 봤자 그 사람은 아직 안 와. 산책하러 가자니까. 안 가면 또 집 안에 오줌 쌀 거잖아. 넌 그래도 괜찮을지 모르지만, 난 혼난단 말이야."

애원했지만 레일라는 여전히 유토를 무시했다.

"됐어, 네 맘대로 해."

유토가 소리치며 들고 있던 리드줄을 바닥에 내동댕이쳤다. 그래도 레일라는 움직이지 않았다. 문을 쾅, 닫으며 화풀이를 한 유토는 2층 자기 방으로 향했다. 계단도 일부러 쿵쾅거리며 올라갔다.

"젠장, 전부 날 우습게 본단 말이지."

유토는 입술을 깨물며 쏟아질 것 같은 눈물을 꾹 참았다.

* * *

"유토, 레일라가 거실에 오줌을 쌌어. 산책 제대로 시킨 거 맞아?"

아래층에서 엄마의 목소리가 들려왔다. 몇 분 전에 엄마가 왔다는 걸 알고 있었지만, 중간에 게임을 멈추고 싶지 않아서 모른 척하고 있었다.

"유토!"

엄마의 목소리가 높아졌다. 더 이상 무시하면 결국 귀가 아플 만큼 째진 목소리로 바뀔 거였다.

"네에……."

김샌 목소리로 대답을 하며 유토는 자리에서 일어났다. 게임기 스위치를 끄고 방을 나섰다. 발걸음이 무거웠다.

"레일라가 오줌을 쌌다고."

레일라의 소변으로 젖은 마룻바닥을 닦고 있는 엄마의 얼굴이 구겨져 있었다.

"산책 빼먹었지?"

"아니야." 유토가 소리쳤다. "레일라가 말을 안 듣는단 말이야. 억지로 데리고 가려고 하면 어금니를 드러내면서 으르렁거린다고."

"또 거짓말. 레일라는 착한 애야. 그런 짓을 할 리가 없잖니?"

레일라는 창가에 엎드려 있었다. 레일라가 엄마에게 딱히 붙임성이 좋은 건 아니었다. 하지만 엄마를 무시하지도 않았다. 유토만 바보 취급을 하고 있었다. 그렇게 생각하니 점점 더 화가 났다.

"레일라가 착한 건 그 사람이 있을 때뿐이잖아."

"유토……."

"이런 큰 개를 나보고 어쩌라는 거야. 레일라는 그 사람 개니까, 그 사람이 산책을 시키면 되겠네."

"아빠라고 부르라고 했지!"

"그 사람은 아빠가 아니야. 우리 아빠는 날 낳아 준 아빠뿐
이야!"

유토는 째지는 목소리로 소리를 질렀다. 어이없어 하는 엄
마를 뒤로하고 계단을 뛰어 올라갔다.

"전부 다 싫어!"

유토는 더 크게 소리를 지르며 자기 방에 틀어박혔다.

2

문을 열자마자 레일라가 달려들었다. 니와 마나부(丹羽学)는 레일라가 못 움직이게 꼭 끌어안았다. 길쭉한 혀가 마나부의 얼굴 여기저기를 핥는 동안, 레일라의 몸을 수차례 쓰다듬었다.

"다녀왔어, 레일라. 말 잘 듣고 있었니?"

마나부의 말에 레일라가 코를 킁킁거렸다. 이제 다섯 살이 되는데도 변함없이 응석받이였다. 흥분이 가라앉자 레일라는 밖으로 나가고 싶어 했다.

"잠깐만 기다려. 산책은 좀 있다 하자."

턱 아래를 쓰다듬어 줬지만 레일라는 고개를 휙 옆으로 돌리더니 복도 안쪽으로 가 버렸다.

"여왕님, 죄송합니다."

마나부는 쓴웃음을 지으며 신발을 벗었다. 레일라는 변함 없이 응석받이였고, 변함없이 기분파였다.

털갈이가 시작되었는지 양복에 레일라의 털이 잔뜩 달라붙 어 있었다. 흰색과 갈색, 두 종류의 부드러운 털이었다. 흰 털 은 아침 해니 저녁놀이 비치면 황금색으로 빛나는데, 마나부 는 황금색 털을 휘날리며 침착하고 여유 있게 달리는 레일라 를 보는 것이 무엇보다 좋았다.

"그러고 보니 요즘 도그런(dog run)이고 사이클링 코스고, 아무 데도 데려가질 않았네. 스트레스가 쌓였을라나……."

슬리퍼로 갈아 신은 마나부는 나 왔어, 하고 안쪽을 향해 목소리를 높였다. 그러자 리에(理惠)의 대답이 돌아왔지만 유 토의 목소리는 들리지 않았다. 마나부는 한숨이 나오는 걸 꾹 참았다.

식탁에는 저녁밥이 차려져 있었다. 함박스테이크와 채 썬 양배추, 구운 야채 샐러드에 된장국. 3인분의 식사가 놓여 있 었다.

"유토는?"

리에가 고개를 저었다. 화장을 지운 얼굴이 울적해 보였다.

"무슨 일 있었어?"

"집에 왔더니 레일라가 저기에 오줌을 싸 놨어."

리에가 거실 한구석을 가리켰다. 아직 레일라가 강아지였 을 때 배변 시트를 놓아 두던 장소였다.

"그래서?"

"유토가 산책을 빼먹은 탓인 것 같아서 혼을 냈더니, 화가 나서 방에 틀어박혀 나오질 않아."

마나부는 탄식했다.

"혼내기 전에 먼저 사정을 들어 봐야지."

두 개의 함박스테이크에서는 김이 피어오르고 있었지만, 나머지 하나는 완전히 식어 있었다.

"하지만 유토가 자꾸 레일라가 산책하기 싫어한다고 하잖아. 나랑 산책하러 갈 때는 아무 문제없는데……."

마나부는 레일라에게 시선을 돌렸다. 자기가 화제에 오른 것을 아는지 모르는지, 큰 입을 벌리며 하품을 하고 있었다.

"저 아이는 말이지, 무리의 상하관계에 민감해. 내가 보스고, 당신은 아직 좀 미묘한 위치일 거야. 어쨌든 레일라에게 당신은 동등한 위치이거나 조금 위인 존재야. 유토는 부하고. 레일라는 그렇게 생각해. 그래서 유토가 하는 말은 듣지 않는 거야. 우리가 상하관계를 제대로 만들어 줘야 하는데……."

"하루건너 한 번씩이야, 레일라 오줌 치우는 게. 피곤해서 집에 왔는데 오자마자 뒤치다꺼리를 하면……."

마나부는 가방을 내려놓고 넥타이를 풀었다.

"어디 가?"

"유토 좀 달래 주고 올게."

"방에 못 들어오게 할 거야."

"그래도 괜찮아."

마나부는 거실을 나와 계단을 올라갔다. 유토의 방에서는 전자음이 새어나오고 있었다. 문을 노크해도 전자음은 멈추지 않았다.

"유토, 이빠야."

대답은 없었다.

"유토야, 아빠라니까. 우리 얘기 좀 할까……."

"아빠 아니야. 우리 아빠는 죽었어."

유토의 목소리는 몹시 갈라져 있었다. 잔뜩 흥분한 목소리였다. 재혼하고 같이 살게 된 지 곧 석 달째였지만, 유토는 아직 한 번도 아빠라고 불러 준 적이 없었다.

"그건 나도 알아. 하지만 유토랑 얘기를 하고 싶어. 방에 좀 들어가면 안 될까?"

그때 발소리가 들렸다. 고개를 돌리니 레일라가 계단을 올라왔다. 그러고는 마나부의 발치에 엎드려 유토의 방문을 지그시 바라보았다.

"싫어. 날 내버려 둬."

"유토……."

"저리 가라고!"

유토가 찢어지는 목소리로 소리쳤다. 그러자 레일라가 벌떡 일어서더니 문을 향해 어금니를 드러내며 으르렁대기 시작했다.

"레일라."

마나부가 레일라를 책했다. 그 순간 레일라에게서 분노가 사라지고, 대신 두 눈에 두려운 기색이 떠올랐다.

"누구한테 으르렁대는 거야. 유토는 네 가족이야."

마나부가 노려보자 레일라가 고개를 돌리고 도망치듯이 계단을 뛰어 내려갔다. 레일라는 마나부의 감정을 확실히 읽어 낼 수 있는 것이다.

그때 갑자기 방문이 열렸다. 내려뜨린 오른손에 휴대용 게임기를 든 채 유토가 마나부를 올려다보았다.

"지금 레일라한테 화냈어?"

"응."

"나 때문에?"

"응. 유토는 분명히 산책을 가려고 했는데 레일라가 말을 안 들었지?"

유토가 고개를 끄덕이며 대답했다.

"그게 다가 아니야. 어금니를 드러내고 으르렁거렸어. 난 레일라가 싫어. 무서워."

"괜찮아." 마나부는 허리를 숙여 유토의 머리를 쓰다듬었다. "아무리 으르렁대거나 어금니를 드러내도 레일라는 결코 유토를 물거나 하지는 않아. 약속할게."

"그래도……."

"그리고 레일라가 또 그러면 아빠가 더 엄하게 혼낼게. 그러니까 기분 풀고 엄마를 용서해 주자. 내려가서 밥도 먹고."

"응."

유토는 마나부의 옆구리를 빠져나가 경쾌한 발걸음으로 계단을 내려갔다. 그 모습을 바라보며 마나부는 흐뭇한 미소를 지었다.

* * *

리에가 아직 따뜻한 함박스테이크 접시를 유토 앞에 놓고, 식은 함박스테이크를 전자레인지에 넣고 있었다. 레일라는 리에에게 달라붙어 있었다.

"레일라, 앉아."

마나부가 명령하자 레일라가 동작을 멈추고 그 자리에 앉았다.

"스테이."

다시 명령하고 나서 마나부는 식탁에 앉았다. 이미 유토는 함박스테이크를 입속 가득 넣고 있었고, 레일라의 눈이 유토의 입에 고정되어 있었다.

마나부는 자연스럽게 레일라에게서 시선을 돌렸다. 그러자 레일라가 매끈한 동작으로 일어나 유토에게 다가가 함박스테이크 냄새를 맡았다.

"유토, 레일라에게 '다운'이라고 해 봐."

마나부가 속삭이자 유토가 따라 했다.

"레일라, 다운."

하지만 레일라는 유토의 지시를 완전히 무시했다. 고상한 여왕님은 자기보다 아래인 자의 명령을 들을 생각이 눈곱만큼도 없어 보였다.

마나부는 유토가 눈치 못 채게 레일라를 노려보았다. 순간 레일라의 귀가 축 쳐졌다. '다, 운' 마나부가 소리 없이 천천히 입을 움직이자 레일라가 쭈뼛거리며 바닥에 앉았다.

"엄마 봤어? 레일라가 내 말을 들었어."

"응. 봤어, 봤어. 대단한데, 유토?"

리에의 과장된 반응에 유토가 가슴을 쫙 폈다. 두 사람의 얼굴에는 미소가 한 가득 담겨 있었다. 이제 두 번 다시는 가질 수 없을 거라 여겼던 평안함과 따뜻함이 거기에 있었다.

"고맙다, 레일라."

마나부가 소리 없이 중얼거렸다. 레일라의 꼬리가 살랑살랑 흔들렸다.

3

"어이, 유토."

점심시간이 시작되자마자 사이토 마사키(斎藤正樹) 무리가
유토를 찾아왔다. 도망칠 방법을 찾으려고 주위를 둘러보던
유토는 낙담하고 말았다. 어차피 도망칠 수 있을 리가 없었기
때문이다.

"나 좀 보지?"

반에서 키가 제일 큰 사이토 마사키는 변성기도 이미 지난
후였다. 아직 열 살인데도 거리를 걷고 있으면 중학생으로 오
해를 받을 정도였다. 완력으로는 절대 당해 낼 수 없는 상대였
다.

"내가 볼일이 좀 있어."

고개를 숙이면서 유토가 말했다.

"뭐라고? 너, 마짱의 명령을 거스를 생각이야?"

니시다 고헤이(西田康平)가 이죽댔다. 니시다 고헤이는 반에서 제일 작았지만, 사이토 마사키의 부하라는 걸 믿고 아무에게나 으스대는 녀석이었다.

"거스르는 건 아니지만……."

"됐으니까 이리 와, 유토."

마사키가 두꺼운 팔로 유토의 목을 휘감았다. 이렇게 되면 더 이상 도망갈 수가 없었다.

"금방 끝날 테니까. 볼일은 그 후에 보면 되겠지?"

사이토 마사키가 팔에 힘을 주기 시작하자 목이 답답해 숨 쉬기가 힘들었다.

"갈게. 갈 테니까 팔 좀 풀어."

사이토 마사키와 니시다 고헤이 외에 세 명의 아이들이 유토를 둘러쌌다. 다른 아이들은 보고도 못 본 척을 하고 있었다. 사이토 마사키에게는 아무도 거스를 수 없는 것이다.

유토는 학교 건물을 나와 뒷마당으로 아이들을 따라갔다. 교정은 학생들로 북적였지만 건물 뒤쪽에는 인기척이 거의 없었다.

"무슨 일인데?"

사이토 마사키의 팔에서 풀려난 유토가 목을 쓸어내리며 물었다.

"유토, 너 용돈 얼마 받아?"

사이토 마사키가 허리를 굽혀 유토의 얼굴을 들여다보았다. 얼굴에 닿은 사이토 마사키의 숨에서 조금 전 먹은 급식 냄새가 훅 끼쳤다.

"안 받아."

"거짓말쟁이."

퍽, 사이토 마사키가 주먹으로 유토의 옆구리를 내질렀다. 유토는 몸을 구부리며 컥컥거렸다.

"거, 거짓말 아니야. 갖고 싶은 게 있으면 엄마에게 말하고, 엄마가 오케이 하면 돈을 받는다고."

"지금 얼마 있는데?"

"없, 없어."

움츠러드는 몸에 애써 힘을 주며 유토가 말했다. 청바지 주머니에 있는 지갑 속에는 500엔짜리 동전이 하나 있었다. 그걸 들키면 한 대 맞는 것만으로는 끝나지 않을 게 틀림없었다.

"거짓말쟁이."

사이토 마사키가 뒤로 돌아가더니 갑자기 강한 힘으로 유토를 껴안았다. 유토는 꼼짝할 수 없었다.

"뭐, 뭐 하는 거야?"

"어이, 이건 신체검사야."

유토가 발버둥을 쳤지만 사이토 마사키의 힘은 터무니없이 강했다. 그때 니시다 고헤이의 손이 유토의 청바지 주머니를 뒤적거렸다.

"하지 마!"

"이건 뭔데?"

니시다 고헤이가 지갑을 꺼내 들어 올렸다.

"하지 마. 돌려줘!"

유토가 소리친 순간, 몸이 공중으로 붕 떠올랐다. 사이토 마사키의 팔에서 풀려난 유토는 등부터 땅에 떨어졌다. 격렬한 통증에 숨을 쉴 수가 없었다.

"있잖아, 돈."

니시다 고헤이가 지갑을 치켜들었다. 3년 전 생일에 아빠가 사 준 지갑이었다.

"돌려줘!"

유토는 니시다 고헤이를 향해 팔을 뻗었다. 니시다 고헤이가 슬쩍 뒤로 물러나는 순간, 지갑에서 사진이 빠져나왔다. 사진은 꽃잎처럼 팔랑이며 땅에 떨어졌다. 사진을 잡으려고 했지만, 유토는 등이 너무 아파 얼굴을 찌푸리는 게 고작이었다.

"쳇, 500엔밖에 없네. 마짱."

니시다 고헤이가 지갑에서 꺼낸 동전을 공중에 튕겼다. 사이토 마사키는 그쪽에는 흥미를 보이지 않고 땅에 떨어진 사진을 바라보고 있었다.

"뭐야, 이 사진······."

사이토 마사키가 사진을 주워 들었다.

"돌려줘. 아빠 사진이야. 돌려 달라고."

"너네 아빠 죽었지?"

사이토 마사키의 애어른 같은 얼굴에 심술궂은 미소가 떠올랐다.

"돌려 달라니까."

"5,000엔 가져 오면 돌려줄게."

유토는 할 말을 잃었다. 초등학교 4학년에게 5,000엔은 너무 큰 금액이었다.

"농담하지 마."

"농담 아니야. 소중한 아버지 사진이잖아? 그럼 5,000엔도 싼 거 아냐?"

사이토 마사키의 말에 니시다 고헤이 무리가 고개를 끄덕였다.

"사이토, 제발……."

"오늘이 목요일이니까 그래, 월요일까지 5,000엔 가져와. 그럼 이 사진 돌려줄게."

"5,000엔은 무리야."

유토가 일어서며 고개를 저었다. 어느새 등의 통증은 사라져 있었다.

"어떻게든 해 봐. 안 그러면 이 사진 찢어 버리든가 불태우든가 할 거야. 괜찮겠어?"

"돌려줘."

유토는 사진을 향해 팔을 뻗었다. 하지만 사이토 마사키가 팔을 뿌리치며 허리를 걷어찼다. 무릎이 꺾인 유토는 땅에 손을 짚었다. 아픔보다 분함과 슬픔이 더 컸다.

"돌려줘."

유토는 사이토 마사키를 노려보았다.

"5,000엔 갖고 오면."

사이토 마사키가 웃으면서 유토에게서 돌아섰다.

"어이, 가자."

"월요일까지 5,000엔 갖고 와. 알겠지?"

니시다 고헤이가 강아지처럼 짖으며 사이토 마사키의 뒤를 쫓았다. 다른 셋도 니시다 고헤이를 따라갔다.

"이 나쁜 놈들."

유토는 다섯 명의 등에 대고 욕을 퍼부었다. 제일 뒤에 있던 가토 겐타(加藤謙太) 녀석이 뒤를 돌아보더니 맹렬하게 달려왔다.

"누구 보고 나쁜 놈이라는 거야?"

가토 겐타가 거칠게 유토의 가슴팍을 움켜쥐더니 뺨을 때렸다. 반격하고 싶었지만 팔이 떨려서 힘이 들어가지 않았다. 유토는 결국 울음을 터뜨렸다.

* * *

집이 가까워질수록 마음이 무거워졌다. 레일라는 또 산책을 거부하고 집 안에서 오줌이나 쌀 테고, 혼이 나는 것은 자신일 거였다.

"안 그래도 힘들어 죽겠는데……."

유토는 지갑을 꺼냈다. 몇 번을 봐도 사진은 없었다. 꿈이 아니라 현실이라는 뜻이었다.

유토는 결국 딴 길로 샜다. 학교와 집을 잇는 통학로를 조금 벗어난 곳에는 공원이 하나 있었다. 그네랑 시소만 있는 작은 공원으로, 초등학생은 거의 오지 않는 곳이었다. 유토는 그네에 걸터앉아 앞뒤로 몸을 흔들었다.

유토의 아빠 요시아키(良昭)는 위암으로 세상을 떠났다. 내내 허리가 아프다고 했지만, 아빠도 엄마도 모두 그렇게 위중한 병이라고는 상상도 못했다.

하지만 어느 날, 아빠는 통증이 너무 심해 일어나지 못하게 되자 구급차로 병원에 실려 갔다. 그리고 허리 통증의 원인이 위암이라는 사실을 알게 되었다.

아빠가 막 서른다섯 살이 되었을 때였다. 암은 나이가 들어 생기면 천천히 나빠지고, 젊을 때 생기면 눈 깜짝할 사이에 나빠진다고 엄마가 말했다. 그 말대로 아빠는 입원한 지 반년 만에 세상을 떠나고 말았다.

아빠는 화를 내면 엄청 무서웠지만, 평소에는 유토를 향해 늘 웃어 주었다. 유토가 장난을 쳐도, 시험 점수가 나빠도, 항상 웃으면서 "남자아이니까 어쩔 수 없지"라며 머리카락을 쓰다듬어 주었다. 항상 발끈하던 엄마와는 많이 달랐다.

유토는 아빠를 좋아했다. 그것도 아주 많이 좋아했다.

그래서 엄마가 재혼하고 싶다는 말을 꺼냈을 때, 유토는 미친 듯이 날뛰었다. 아빠는 어쩌고? 아빠는 이제 어떻게 돼도 상관없어? 아빠는, 아빠는, 아빠는……. 지칠 때까지 소리치고, 지칠 때까지 울다 잠이 들었다. 그러던 어느 날 꿈속에 아빠가 나타났다.

'잘 지내니, 유토? 아빠는 엄마랑 네가 걱정이야. 유토는 남자지? 그러니까 엄마가 행복해질 수 있도록 유토가 분발해야 돼.'

그래서 엄마의 재혼을 허락했던 것이다. 엄마가 행복해질 수 있도록. 하지만 새아빠라고 부르는 건 절대 싫었다. 그런데도 마나부 씨는 아빠라고 불러 주길 원했다. 웃기지도 않게.

"아빠, 왜 죽은 거야?"

유토는 중얼거렸다. 대답은 없었다. 실망한 유토는 고개를 숙인 채 그네에서 내려와 집으로 발길을 돌렸다.

레일라가 또 말을 듣지 않으면 오늘이야말로 리드줄로 힘껏 후려쳐 주겠어. 어금니를 드러낸다고, 으르렁거린다고 누가 무서워할까 봐?

"다녀왔습니다……."

그러나 현관문을 연 순간, 유토는 할 말을 잃었다. 항상 거실 창가에서 마나부 씨가 돌아오기를 기다리며 밖을 내다보던 레일라가 현관 앞에 웅크리고 있었다.

"어떻게 된 거야, 레일라?"

레일라가 몸을 일으키자 얼굴이 바로 유토의 코앞에 있었다. 처음 이 집에 왔을 때, 유토는 레일라의 큰 몸집에 두려움을 느꼈었다.

레일라의 코가 유토의 눈 아래에 닿았다. 레일라가 킁킁 소리를 내며 분주하게 유토의 냄새를 맡았다. 비린내 나는 입 냄새와 피부를 간질이는 부드러운 털의 감촉에 유토는 얼굴을 찌푸렸다.

"뭐야, 레일라?"

밀어내려고 했지만 레일라는 꿈쩍도 하지 않았다. 몸집은 날렵해도 레일라는 힘이 셌다.

레일라가 냄새 맡는 동작을 멈췄다. 그리고 유토의 눈가를 날름 혀로 핥더니 가만히 유토의 얼굴을 들여다보았다.

"왜 그러는데?"

얼음처럼 투명한 레일라의 눈에는 털끝만큼의 더러움도 없었다. 레일라가 그저 바라보기만 하고 있으니 유토는 어쩐지 마음이 불편해지기 시작했다. 그때 레일라가 오른쪽 앞다리를 뻗어 유토의 어깨에 올렸다. 뭔가를 하라고 재촉하는 포즈였다.

"쓰다듬으라는 거야?"

유토는 당황하면서 레일라의 가슴을 쓰다듬었다. 그러자

털이 빠져 손에 달라붙었다. 그래도 레일라는 다리를 풀지 않았다.

"어쩌라는 거야?"

유토가 묻자 레일라가 앞다리를 바닥에 내려놓더니 신발 상자 위에 놓여 있는 리드줄을 코로 쿡쿡 찔렀다.

"산책? 산책하러 가자고?"

레일라가 다시 똑바로 유토를 바라보았다. 유토는 믿을 수 없는 기분으로 리드줄을 손에 쥐었다. 레일라가 목을 쭉 내밀었다. 리드줄을 목걸이에 연결시키라는 뜻이었다.

"정말?"

유토는 목걸이와 리드줄을 연결했다. 레일라가 유토의 뺨을 핥았다. 봐, 하면 할 수 있잖아. 그렇게 말하는 느낌이 들었다.

허둥지둥 책가방을 현관 앞에 내려놓고 유토는 배변 봉투를 넣은 파우치를 어깨에 멨다. 유토와 산책하러 갈 때, 레일라가 똥을 싼 적은 없었다. 그래도 혹시 알 수 없는 일이었다.

현관문을 열자 레일라가 유토를 밀치듯이 밖으로 뛰어나갔다. 유토는 두 손으로 리드줄을 꽉 잡고 그 뒤를 따랐다.

4

유토의 얼굴에 미소가 가득했다. 유토의 해맑은 미소를 보는 건 이 집에 와서 처음 있는 일이었다.

"어떻게 된 거야? 뭐 좋은 일이라도 있었어?"

넥타이를 풀면서 거실로 들어서던 마나부가 궁금해 물었다.

"오늘 레일라가 먼저 산책을 가자고 했대요."

리에의 얼굴에도 온화한 미소가 떠올라 있었다.

"오오, 그랬군."

레일라는 유토의 발치에 엎드린 채 떨어지는 음식을 노리고 있었다. 그 표정을 봐서는 유토를 무리의 상위자로 인정했다는 생각은 좀처럼 들지 않았다.

"어떤 식이었어?"

마나부가 식탁에 앉으며 물었다. 오늘의 메뉴는 마요네즈에 버무린 새우에 그린 샐러드, 그리고 파가 들어간 중화풍의 수프였다. 유토의 접시는 이미 거의 비어 있었다.

"학교에서 돌아왔더니 레일라가 현관에서 기다리고 있었어."

유토가 소리치듯이 말했다. 온몸으로 기쁨을 표현하고 있었다.

"보통 레일라는 창가에 있으니까 깜짝 놀랐거든. 그런데 레일라가 내 얼굴을 지그시 바라보더니 얼굴 냄새를 맡기 시작했어."

"오호."

대답을 하면서, 마나부는 레일라의 얼굴을 슬쩍 훔쳐보았다. 개가 상대방의 눈을 정면으로 응시하는 것은 싸움을 걸고 있다는 의미였다. 따라서 레일라는 결코 마나부 이외의 사람과는 눈을 마주치려고 하지 않았다. 마나부와의 사이에는 신뢰 관계가 쌓여 있기 때문에 아무렇지도 않지만, 타인과는 어떤 트러블이 생길지 알 수 없었기 때문이다. 당연히 사람의 얼굴 냄새를 맡는 일도 없었다.

아니, 딱 한 번, 레일라가 마나부의 얼굴 냄새를 맡은 적이 있다. 전처가 죽던 밤이었다. 침대에 쓰러져 울고 있는데 레일라가 다가왔다. 그리고 마나부의 얼굴 냄새를 맡으며 뺨에 흐르는 눈물을 핥아 주었던 것이다.

마나부는 레일라에게서 유토로 시선을 옮겼다. 유토는 여전히 해맑은 웃음을 짓고 있었다.

"그러더니 레일라가 내 얼굴을 핥고 코로 리드줄을 쿡쿡 찌르는 거야. 산책하러 가자고."

"잘됐구나, 유토."

"응. 끌려 다니느라 힘들었지만, 30분 정도 걷다가 왔어."

"나 대신 산책시켜 줘서 고마워." 마나부가 말했다. "그런데 레일라가 왜 유토의 얼굴 냄새를 맡았을까?"

그 순간 유토의 표정이 얼어붙었다. 마치 마술사가 비둘기를 없애듯이, 해맑은 웃음이 눈 깜짝할 사이에 사라졌다.

"유토? 왜 그러니?"

리에가 유토의 얼굴을 들여다보았다. 유토가 얼굴을 돌렸다.

"아무것도 아니야. 잘 먹었습니다."

퉁명스럽게 대답한 유토가 식탁에서 일어났다. 리에가 불러 세우려고 했지만, 거실을 뛰듯이 나가 버렸다.

"무슨 일이지, 쟤가 갑자기……."

"학교에서 뭔가 일이 있는 거 아니야?"

"뭔가, 라니?"

"가령 괴롭힘을 당하고 있다든가."

"설마. 그런 얘기 전혀 안 했는데."

"레일라가 사람 얼굴 냄새를 맡는 건 그 사람이 울고 있기 때문이야. 전에도 나한테 그런 일이 있었거든. 그러니까 학교에서 돌아왔을 때, 유토도 울고 있었던 거 아닐까? 그래서 레일라가 위로해 준 걸지도 몰라."

"그게 정말이야?"

리에는 레일라에게로 눈을 돌렸다. 레일라가 몸을 일으켰다. 밥시간이 됐다고 짐작하고 있는 것이다.

"레일라, 정말 유토가 울고 있었니?"

레일라가 묻는 리에를 향해 얼굴을 돌렸다. 무슨 말을 하는지 전혀 이해할 수 없다는 표정을 지은 채.

"틀림없다니까. 유토가 울고 있었기 때문에 레일라가 평소와는 다른 태도를 취한 거야."

마나부의 말에 리에가 젓가락을 내려놓았다.

"나 좀 물어보고 올게."

"나도 갈까?"

리에는 잠시 망설이더니 고개를 저었다.

"일단 나 혼자 물어볼게. 당신이 있으면 얘기가 복잡해질지도 몰라서……."

"아아, 그래."

가슴을 스치는 쓸쓸함을 애써 감추며, 마나부는 고개를 끄덕였다.

* * *

2층은 조용했다. 가끔 리에의 숨죽인 목소리가 흘러나왔지만, 유토의 목소리는 들리지 않았다. 세탁을 마친 마나부는 소파에 앉아 레일라를 불렀다. 밥을 다 먹은 레일라가 만족스러운 모습으로 소파로 뛰어올라 마나부의 허벅지에 턱을 올리며 엎드렸다. 마나부는 레일라의 머리를 쓰다듬었다. 레일라는 하품을 하면서 눈을 감았다.

"유토를 위로해 줬니?"

레일라의 귀가 쫑긋 섰지만, 그게 다였다. 레일라는 잠에 빠져드는 참이었다.

"같은 무리니까 위로해 줬니?"

레일라는 더 이상 귀를 움직이지 않았다. 숨을 쉴 때마다 등이 규칙적으로 오르락내리락했다. 이대로 밤 산책 시간까지 숙면을 취하겠지.

'보르조이'란 준민(俊敏), 또는 기민(機敏)을 뜻하는 러시아어로 명명된, 인간의 사냥을 돕기 위해 개량된 품종이었다. 유선형의 두부(頭部)와 길고 가느다란 몸은 전부 빨리 달리기 위해, 늑대보다 빨리 달리기 위해 인간의 손에 의해 만들어진 것이다.

늑대를 사냥하기 위해서는 사냥감을 발견하자마자 순식간에 뒤를 쫓아야 한다. 이는 주인으로부터 떨어져 행동하는 것을 의미한다. 그래서 보르조이는 스스로 판단하기를 원한다. 인간에게 충성을 맹세하지만, 무조건 명령 받는 것은 좋아하지 않는다는 뜻이다. 얼핏 멋대로 구는 것처럼 보이는 건 그런 보르조이의 혈통 탓이었다.

레일라는 전처가 한눈에 반해 기르게 된 개였다. 그러나 전처는 그저 보르조이의 군더더기 없는 우아한 육체에 반했을 뿐, 보르조이라는 견종의 특성을 이해하지 못했다. 그래서 레일라를 처음 맞아들였을 때는 혼쭐이 났다.

그러나 그것도 먼 옛날이야기다. 레일라는 이제 마나부가 원하는 바를 순식간에 헤아리고, 마나부 역시 레일라의 바람을 금세 이해한다.

"그렇구나, 레일라. 어쨌든 넌 유토를 무리의 일원으로 인정했구나."

마나부가 말을 걸었지만 레일라는 깊은 잠에 빠져 있었다. 마나부가 일 때문에 외출해 있을 동안, 레일라는 한숨도 자지 않고 마나부의 귀가를 기다렸다. 배가 불러오니 졸음이 쏟아지는 것도 당연했다.

"고맙다, 레일라. 그런데 유토가 날 가족으로 인정해 주는 건 언제쯤일까……."

마나부는 천장을 올려다보며 한숨을 내쉬었다.

* * *

강가 공원까지 마나부는 자전거를 밀며 천천히 걸음을 옮겼다. 레일라도 익숙한 듯 경쾌한 발걸음으로 마나부의 속도에 맞춰 걷고 있었다.

도로에서는 무턱대고 달리지 말아야 한다. 이것을 레일라에게 이해시키는 데 2년 반의 세월이 걸렸다. 레일라는 달리기 위해 태어났기 때문이다. 언제라도 달리고 싶어서 좀이 쑤시는 것이다.

강가 공원은 인기척이 뜸했다. 소형견을 산책시키는 사람들이 한두 명 눈에 띄는 정도였다. 제방을 따라 놓인 사이클링 도로까지 간 마나부는 비로소 자전거 안장에 걸터앉았다. 10만 엔 가까운 가격의 사이클링용 자전거는 레일라의 운동 부족을 해소하기 위해 구입한 물건이었다. 하지만 지금은 자신의 운동 부족을 해소하기 위해 쓰고 있었다.

"가자, 레일라."

마나부의 말이 떨어지기가 무섭게 레일라가 몸을 낮췄다. 마나부도 사이클링 슈즈를 페달에 단단히 고정시켰다. 레일라가 달리기 시작하자 리드줄이 쭉 늘어났다. 마나부는 이를 악물고 마구 페달을 밟기 시작했다. 적절한 타이밍에 기어를 올리며.

마나부 바로 옆에서 레일라의 몸이 약동하고 있었다. 길고 가느다란 얼굴에 환희가 폭발하고 있었다. 가로등 불빛을 받은 털이 반짝반짝 빛난다.

달려라, 달려라, 달려라.

이런 대도시에 너를 데려온 내 보답이야. 이 몸이 비명을

지를 때까지 페달을 밟아 줄게. 그러니까 레일라, 너도 달려.

기분이 고조된다. 레일라와 함께라면 이대로 땅 끝까지라도 달릴 수 있을 듯했다. 하지만 그건 환상일 뿐. 5분 정도 쉬지 않고 페달을 밟자 숨이 차오른다. 폐가 비명을 지른다.

한계에 이를 때까지 계속 발버둥을 치던 마나부는 결국 다리에서 힘을 뺐다. 시속 45킬로미터 전후를 오가던 디지털 스피드 미터의 숫자가 급격히 떨어졌다.

리드줄이 끝까지 늘어난 순간, 레일라도 전력 질주를 멈췄다. 그리고 마나부 옆에 나란히 서서 빠른 걸음으로 달리기 시작했다. 마나부를 힐긋 쳐다보는 눈에는 아직 더 달리고 싶은 간절함이 역력했다.

"알았어. 오늘은 세 번 왕복해 줄게. 그거면 됐지?"

레일라가 알았다는 듯 고개를 끄덕였다. 물론 마나부만의 생각이었다. 개가 고개를 끄덕일 리 없었다. 그러나 개를 지나치게 의인화하는 것도 위험하지만, 의인화하지 않으면 함께 살아가는 의미 또한 없었다.

"좋았어, 돌아가자. 이번에는 좀 더 분발해 볼게."

거칠어진 호흡이 원래대로 돌아왔다. 사이클링 도로에는 아무도 없었다. 마나부와 레일라만을 위해 준비된 길처럼.

"간다, 레일라."

마나부는 다시 페달을 밟기 시작했다.

* * *

땀으로 뒤범벅이 되어 집으로 돌아오니, 리에가 찌푸린 얼굴로 소파에 앉아 있었다. 레일라가 거기는 내 자리라는 듯이 소파에 뛰어올라 리에의 몸을 떠밀었다. 리에는 소파 구석으로 자리를 옮겼다.

"어땠어?"

리에는 고개를 저었다.

"입을 다물고 아무 말도 안 해."

"틀림없이 학교에서 뭔가 있는 거야……."

"역시 괴롭힘을 당하고 있는 걸까?"

이번에는 마나부가 고개를 저었다.

"섣불리 단정 짓지 않는 게 좋아. 다음 주에 같이 학교에 갈까?"

"일은?"

"사랑스러운 아들을 위해서 반나절 정도는 쉴 수 있어. 당신 혼자 가는 것보다 같이 가는 게 낫잖아."

"고마워."

마나부는 얼굴을 찌푸리고 있는 리에의 손을 잡아 일으켜 세웠다. 그리고 살며시 안아 주었다.

"인사는 됐어. 우린 가족이잖아."

"잠깐만, 이게 뭐야. 땀범벅이잖아!"

리에가 소리쳤다. 확실히 사이클링복은 땀에 흠뻑 젖어 있
었다.

"미안, 미안. 나도 모르게 깜박하고······."

"됐으니까 빨리 샤워하고 와."

리에가 노려보는 가운데, 마나부는 맥없이 화장실로 물러
났다.

* * *

스웨트 셔츠로 갈아입은 마나부가 수건으로 머리를 말리며
화장실에서 나왔을 때, 리에는 휴대폰으로 누군가와 이야기를
하고 있었다. 유토의 동급생 부모와 통화를 하고 있는 듯했다.

전화는 한동안 끝나지 않을 듯했다. 마나부는 냉장고에서
캔맥주를 꺼내 마셨다. TV를 켰지만 볼만한 프로는 없었다.
마나부는 캔맥주를 든 채 2층으로 올라갔다. 유토의 방을 향
해 귀를 기울였지만, 아무 소리도 들려오지 않았다.

"유토?"

말을 걸어 봤지만 역시 대답은 없었다. 조용히 문을 열자
유토가 책상에 엎드려 자고 있었다.

"이런, 이런."

방으로 들어온 마나부는 책상 끝에 캔맥주를 올려 두고 침
대 이불을 걷었다. 그리고 깨우지 않게 조심하면서 유토를 안

아 올렸다. 유토는 생각보다 무거웠다. 매일 보고 있어서 미처 몰랐지만, 유토는 나날이 성장하고 있었다. 침대에 눕히고 이불을 덮어 줄 때도 유토는 눈을 뜨지 않았다. 그때 복도를 밟는 소리가 들렸다. 돌아보니 레일라가 방으로 들어오려고 하고 있었다.

"이리 오렴."

마나부가 조용히 말을 걸자 레일라가 안으로 들어왔다. 그리고 마나부 옆에 서서 유토를 내려다보았다. 틀림없이 자기보다 아래인 존재를 보는 눈초리였다.

괜찮다. 유토가 성장하면 언젠가 레일라와의 상하관계는 반드시 역전될 테니까. 그때까지는 누나인 척하는 것도 나쁘지 않았다.

"그 대신……" 마나부는 레일라의 머리를 쓰다듬으면서 말했다. "누나니까 누나답게 유토를 잘 지켜 줘야 해. 알겠지, 레일라?"

레일라는 아무 반응도 보이지 않은 채 그저 가만히 유토를 내려다보았다.

5

 유토는 발소리를 죽이며 계단을 내려갔다. 거실은 캄캄했지만, 눈이 어둠에 익숙해진 덕분에 가구 등의 위치는 어렴풋이 알 수 있었다.

 유토는 구석에 놓인 찬장을 노렸다. 제일 아래 서랍 안쪽에 돈이 들어 있었다. 만일의 경우를 위해 엄마가 숨겨 놓은 비상금이었다.

 5,000엔을 달라고 하면 뭘 할 거냐는 질문을 받을 게 분명했다. 이유를 말할 수는 없었다. 하지만 스스로 5,000엔을 모으는 건 거의 불가능했다.

 "빌리는 거야." 유토는 중얼거렸다. "용돈을 모아서 꼭 갚을 거니까."

 마른침을 꿀꺽 삼키며 서랍을 연 순간, 으르렁대는 소리가 날아들었다. 심장이 뛰었다. 유토가 뒤를 돌아보자 어둠 속에서 레일라의 두 눈이 번쩍거리고 있었다.

"레일라……."

레일라가 다가왔다. 으르렁대긴 하지만 예전처럼 어금니를 드러내지는 않았다. 화를 낸다기보다 그런 짓 하면 못써, 라고 나무라는 듯했다.

"레일라, 제발 못 본 걸로 해 줘." 유토가 애원했다. "5,000 엔이 없으면 걔네들이 아빠 사진을 찢어 버릴 거야."

레일라가 유토의 눈앞에 멈춰 선 채 으르렁대며 유토를 바라보았다.

"아빠 사진, 그거 한 장밖에 없단 말이야. 다른 사진은 엄마가 마나부 씨랑 결혼할 때 전부 할아버지 할머니 집에 보내 버렸어."

그러나 레일라는 으르렁거리는 소리를 멈추지 않았다. 유토가 그 소리를 무시하면 이어서 반드시 어금니를 드러낼 것 같았다.

"그래. 무슨 이유로든 말없이 돈을 가져가는 것은 좋지 않지."

유토의 어깨가 축 늘어졌다. 그러자 레일라가 혀를 내밀어 유토의 뺨을 핥았다. 착하네. 그렇게 말하는 듯했다.

"뭐야, 개 주제에."

유토는 입술을 삐죽거렸다. 하지만 신기하게도 방을 나올 때 느꼈던 무거운 마음은 사라진 뒤였다.

"나, 어떻게든 그 녀석들한테 사진을 돌려받을 거야. 맞아도 절대 울지 않겠어. 약속할게, 레일라."

유토는 레일라의 머리를 쓰다듬었다. 레일라가 고개를 휙 돌리면서 유토에게서 떨어졌다. 그러고는 곧장 소파로 뛰어올라 엎드리더니 그대로 눈을 감고 잠이 들었다.

* * *

"다녀오겠습니다."

목소리를 높이며 유토가 집을 나섰다. 리드줄이 팽팽해졌다. 레일라가 재촉하고 있었다.

"더 천천히 가야지, 레일라."

유토는 두 팔에 힘을 주었다. 긴장을 늦추면 금세 리드줄을 놓칠 거였다.

주말 산책은 원래 마나부 씨의 몫이었다. 하지만 어제오늘은 유토가 자진해서 저녁 산책을 맡았다. 레일라가 먼저 산책하러 가자고 다가와 준 그날부터, 어쩐지 레일라와의 사이가 급진전된 느낌이었다. 어젯밤도 그랬다. 나쁜 사람이 될 뻔했는데 레일라가 막아 주었다.

유토는 종종걸음으로 달리기 시작했다. 레일라는 달리는 건 아니지만, 길을 서두르는 듯 걸음을 재촉하고 있었다. 달리지 않으면 쫓아갈 수 없었다.

주택가를 벗어나 널찍한 길로 나왔다. 길을 건너 조금만 더
가면 강가에 조성된 넓은 공원이 나왔다. 공원을 한 바퀴 빙
돌고 나서 집으로 돌아가는 것이 유토와 레일라의 산책 코스
였다.

공원에 들어선 지 얼마 되지 않았을 때였다. 몇 백 미터 앞
에서 산책하고 있는 소형견이 눈에 들어왔다. 토이푸들 종류
일까. 어쨌든 작고 까만 개였다. 유토가 그렇게 생각한 순간,
손에 강한 충격이 왔다. 리드줄에 강한 힘이 걸린 것이다. 충
격이 너무 강한 나머지 유토는 자기도 모르게 리드줄을 놓치
고 말았다.

"레일라!"

유토가 외쳤을 때 레일라는 이미 수십 미터 앞을 달리고 있
었다. 심장이 얼어붙었다. 레일라는 틀림없이 앞에 있는 소형
견을 뒤쫓고 있었다.

"레일라!"

유토도 달리기 시작했다. 하지만 레일라와의 차이는 점점
벌어졌다. 진지하게 달리는 레일라를 보는 건 처음이었다. 빨
랐다. 마치 F1 레이싱 카처럼 빨랐다. 도저히 쫓아갈 수가 없
었다.

"하지만,"

유토는 계속 달렸다. 마나부 씨 대신 레일라를 보살펴 주기

로 약속하고 산책을 나온 것이다. 어떻게든 레일라를 데리고 돌아가야 했다.

레일라를 알아챈 주인이 소형견을 황급히 안아 올렸다. 그러나 레일라는 소형견 주인 옆을 지나 계속 앞으로 달려갈 뿐이었다.

"이 녀석은 한번 달리기 시작하면 머리가 어떻게 돼 버리거든." 마나부 씨의 목소리가 머릿속에 되살아났다. "어쨌든 달리고, 달리고, 또 달리는 거야. 만족할 때까지 계속 달리는 거지. 그러니까 절대 리드줄을 놓치면 안 돼."

레일라는 진짜 계속 달렸다. 레일라의 모습은 어느새 점점 작아져 쌀알보다도 작아졌다. 이윽고 그 쌀알조차 유토의 눈앞에서 사라졌다.

"레일라……."

망연자실한 유토가 걸음을 멈췄다.

* * *

레일라는 보이지 않았다. 공원 구석구석을 찾아봐도, 공원에서 집까지 가는 길을 찾아다녀도, 어디에도 모습이 보이지 않았다.

녹초가 된 유토는 공원 그네에 앉아 있었다. 가슴은 답답하고 머리도 잘 돌아가지 않았다.

이대로 레일라가 발견되지 않으면 마나부 씨는 엄청 슬퍼할 거였다. 아니, 마나부 씨만이 아니었다. 엄마도 자신도 틀림없이 울고 싶을 만큼 슬퍼질 것이다.

"다 내 탓이야."

유토는 고개를 숙였다. 눈에서 눈물이 떨어졌다. 그때 상스러운 목소리가 들려왔다.

"어이, 유토? 왜 울고 있는 거야?"

니시다 고헤이의 목소리였다. 눈물을 닦으면서 고개를 들어 보니 사이토 마사키와 그 무리들이 이쪽을 향해 오고 있었다. 유토는 허둥지둥 일어나 등을 돌렸다.

"어, 저 녀석 도망칠 건가 본데?"

니시다 고헤이의 목소리에 이어 발소리가 들려왔다. 가토 겐타가 달려왔다. 사이토 마사키는 발이 느리지만, 가토 겐타는 반에서 제일 발이 빨랐다. 게다가 유토는 완전히 지쳐 있었다. 금세 따라잡힌 유토는 가토 겐타에게 팔을 붙잡혔다.

"마짱, 역시 이 녀석 울고 있었어. 눈이 새빨개."

"놔줘."

유토는 저항했지만, 가토 겐타는 잡은 팔을 놓지 않았다.

"설마 사진을 뺏겨서 운 건 아니겠지?"

니시다 고헤이가 심술궂은 미소를 지으면서 유토의 가슴을 쿡 찔렀다.

"울지 않아도 돼. 돈만 가져 오면 돌려준다니까." 니시다 고헤이가 주머니에서 사진을 꺼냈다. "이것 봐, 아직 찢지 않고 갖고 있어."

"놔줘!"

유토는 가슴을 쭉 펴면서 버럭 소리쳤다.

"뭐? 감히 어따 대고. 너, 마짱이 무섭지 않냐?"

"선생님한테 말할 거야. 너희들이 때리고, 돈 가져오라고 했다고."

"웃기지 마, 유토."

니시다 고헤이가 다시 가슴을 찌르려고 했다. 유토는 그보다 앞서 니시다 고헤이의 허벅지를 걷어찼다. 니시다 고헤이가 비명을 지르며 몸을 웅크렸다.

"너 이 자식, 해보겠다는 거야?"

사이토 마사키의 표정이 돌변했다. 그 순간 용기가 사라지는 듯했다. 니시다 고헤이나 가토 겐타라면 한번 붙어 볼 수도 있었다. 하지만 사이토 마사키는 너무 컸다. 사이토 마사키가 때리면 니시다 고헤이가 때린 것보다 백배는 아플 게 틀림없었다.

"쫄 거면 처음부터 까불지 말았어야지. 야, 너희들 저 자식 꽉 잡아."

가토 겐타와 또 한 명이 유토의 두 팔을 붙잡았다. 사이토 마사키가 커다란 돌 같은 주먹을 치켜올렸다.

맞는다. 유토는 질끈 눈을 감았다. 하지만 기다려도 주먹은 날아오지 않았다. 그 대신 땅속에서 울리는 것처럼 으르렁거리는 소리가 들려왔다.

유토는 눈을 떴다. 공원 입구에 레일라가 서 있었다. 몸을 낮게 숙인 채 레일라가 사이토 마사키 무리를 향해 어금니를 드러냈다.

"이, 이 개는 또 뭐야?"

가토 겐타의 목소리가 떨렸다. 모두 사이토 마사키의 등 뒤에 숨어 레일라를 바라보았다.

"마, 마짱."

누군가가 말했지만 사이토 마사키는 대답하지 않았다. 얼굴이 땀투성이였다.

유토는 레일라를 쳐다보았다. 어금니를 한껏 드러낸 레일라는 낮은 소리로 계속 으르렁거리고 있었지만, 눈만은 달랐다. 떨고 있었다. 저 눈은 마나부 씨에게 혼날 때의 눈이었다. 레일라는 모르는 사람을 상대하는 것을 두려워했다. 하지만 유토를 위해 싸우려고 하고 있었다.

나도 가만히 있을 순 없지.

유토가 주먹을 쥔 순간, 그것이 마치 신호인 것처럼 레일라가 짖기 시작했다. 처음 듣는 굵은 목소리였다.

순간 사이토 마사키가 맨 먼저 도망치기 시작했다. 다른 녀석들도 그 뒤를 따라 도망을 쳤다. 그 뒤를 향해 레일라가 요란하게 짖었다.

"레일라, 그만."

유토는 레일라를 막았다. 그러자 레일라가 금세 울음을 그쳤다. 떨고 있던 눈이 평소의 눈으로 바뀌면서 코끝으로 유토의 뺨을 쿡쿡 찔렀다. 괜찮아? 그렇게 묻고 있었다.

"괜찮아. 고마워 레일라."

유토는 몸을 굽혔다. 발치에 사진이 떨어져 있었다. 아버지의 사진이었다. 당황한 니시다 고헤이가 떨어뜨리고 간 것이다. 사진을 집어 든 유토는 미소 짓는 아버지의 얼굴을 보았다. 정성껏 먼지를 닦고 나서 지갑에 넣었다.

"레일라, 구해 준 건 고맙지만 갑자기 달리면 어떡해. 얼마나 찾았는지 알아?"

레일라의 몸에 리드줄이 감겨 있었다. 유토는 목걸이에서 떼어낸 리드줄을 풀어 다시 맸다.

"다음에 또 그러면 나 이제 다시는 레일라와 산책하러 가지 않을 거야."

그렇게 말하면서 리드줄을 당기자 레일라가 순순히 따라오기 시작했다.

"그래도 역시 고마워, 레일라."

얼굴을 들여다보자 레일라가 계속 눈을 깜박거리고 있었다. 어쩐지 쑥스러워하는 듯한 레일라의 모습이 우스워 유토는 크게 웃음을 터뜨렸다.

"자, 집에 가자."

두 번 다시 놓치는 일이 없도록 유토는 리드줄을 손목에 칭칭 감았다.

"도대체 어디를 돌아다닌 거야? 용케 차에 안 치였네. 정말 걱정했단 말이야."

집으로 가면서 유토는 레일라에게 이런저런 얘기를 건넸다. 레일라가 자신의 얘기에 귀를 기울이고 있는 것 같은 기분이 들었다.

몇 분 후면 집에 도착하는데, 맞은편에서 낯익은 자전거가 다가왔다. 마나부 씨였다. 유토와 레일라가 돌아오지 않자 무슨 일인가 싶어 달려온 것이었다. 레일라가 꼬리를 흔들었고, 유토는 꼬리 대신 손을 흔들었다.

"유토, 무슨 일 있었니? 늦게 들어오니까 엄마가 걱정하잖아."

"쫌 있었지. 하지만 그건 나랑 레일라의 비밀이야."

유토는 마나부 씨에게 리드줄을 건넸다. 좀 전까지와는 달리, 레일라가 아이 같은 얼굴을 하고 기뻐하고 있었다.

"그래, 무사하면 됐어. 혹시 레일라가 널 힘들게 한 건 아니지?"

유토는 힘껏 고개를 저었다.

레일라는 마나부 씨를 정말 좋아했다. 그렇다면 마나부 씨는 절대 나쁜 사람이 아니었다. 엄마를 울리거나 하지 않을 것이다.

지금 당장은 무리겠지만, 언젠가 마나부 씨를 아빠라고 부를 날이 오겠지.

그렇게 생각하니 왠지 우습다는 생각이 들어서, 유토는 고개를 숙인 채 미소를 지었다.

시바

1

눈이 모든 것을 뒤덮고 있었다.

나는 납빛 하늘을 올려다보았다. 뺨에 떨어진 무겁고 축축한 함박눈이 금세 녹아내렸다. 눈은 동쪽 지평선 가까이에서 그치고 있었지만, 반대로 서쪽으로 갈수록 더 두껍고 진한 빛깔로 내리고 있었다.

눈은 공평하게 만물 위에 내리고 있었다. 대지진과 쓰나미가 초래한 저 파괴의 흔적을, 파괴된 채 그대로 방치된 경계지역의 참상을 덮어 가리면서 세상을 온통 새하얗게 칠하고 있었다.

눈이여, 내리지 말아다오. 나는 그렇게 생각했다. 가려서는 안 된다. 이 지역이 맞닥뜨린 액운과 재앙, 이 나라 정부의 무능한 모습을 보여 주는 풍경은 항상 사람들 눈에 드러나 있어야 했다.

"간다(神田) 씨, 서두르죠."

다구치(田口)의 재촉에 비로소 나는 정신을 차렸다. 다른 멤버들은 이미 차에 올라타 있었다.

"눈이 쌓인 덕분에 동물들의 발자국을 추적할 수 있을지도 모르겠네요."

"그러네요."

나는 다구치와 어깨를 나란히 하고 멤버들의 뒤를 쫓았다.

그렇다. 눈은 모든 것을 덮어 가려 버린다. 그러나 그 위를 걸었던 동물들의 발자국이 새겨지는 것도 사실이었다. 우리에게는 뜻밖의 행운이라고도 할 수 있었다.

나는 미니밴의 짐칸에 배낭을 던져 넣었다. 배낭 안에는 강아지 사료와 고양이 사료, 리드줄 몇 개와 개목걸이가 들어 있었다. 다른 멤버들의 배낭 안에도 비슷한 것이 들어 있겠지. 전국 각지의 뜻있는 사람들이 동물보호단체 '레스큐 라이브스(rescue lives)'에 보내 준 것이었다.

"허가 받은 기간 안에 가능한 한 많은 동물들을 구합시다."

다구치의 말에 나는 대꾸 없이 고개를 끄덕였다.

정부와 후쿠시마(福島) 현이 경계구역에 남겨진 동물들을 보호하기 위한 가이드라인을 발표한 것이 바로 얼마 전의 일이다. 대지진이 발생한 지 9개월이 지날 시점이었다. 이 가이드라인에 의해, 규정을 지키면 민간 동물보호단체도 경계구역에 들어갈 수 있게 되었다.

그전에는 한밤중에 몰래 침입하는 방법밖에 없었다. 길거리와 인터넷에서 많은 사람들의 서명을 받아 정부에 계속 압력을 넣은 결과, 간신히 가이드라인이 완성된 것이다.

그러나 경계구역 출입은 기간이 한정되어 있었다. 짧은 시간 동안 가능한 한 많은 동물을 보호해야 했다.

* * *

미니밴은 주택지역을 달리고 있었다. 때때로 속도를 늦추고 조수석의 다구치가 눈 위의 흔적을 확인했다. 눈은 그칠 기미가 보이지 않고, 적설량도 3센티미터에 가까워져 있었다. 서두르지 않으면 모처럼 눈 위에 찍힌 발자국도 계속 내리는 눈에 덮여 사라지게 될 것이다.

하지만 나는 멍하니 창밖만 바라보았다. 경계구역에 들어갈 때마다 마음이 과거로 향하는 것을 막을 수가 없었다. 이제 조금만 더 가면 쓰나미에 파괴된 거리가 보이기 시작할 터였다. 그곳에 내가 나고 자란 집의 잔해가 있었다.

나는 이 마을에서 태어나, 열여덟 살에 도쿄(東京)의 대학에 진학할 때까지 쭉 살았다. 대학을 졸업하고, 취직하고, 결혼하고, 이혼하고 — 인생의 연륜이 더해질 때마다 귀성 횟수는 줄어들었지만, 나는 틀림없이 이 마을에 속한 인간이었다.

대지진과 쓰나미가 도호쿠(東北) 연안을 덮치던 바로 그때, 나는 이탈리아에 있었다. 새롭게 매입할 와인의 시음을 위해 토스카나 지방의 시골 마을을 방문한 참이었다. 밤에 호텔 방으로 돌아와 TV를 켠 나는 쓰나미의 영상을 보고 깜짝 놀랐다.

저기는 어딜까? 그런 태평한 생각을 한 것은 TV 채널이 이탈리아어 방송이었기 때문이다. 일과 관련된 이탈리아어는 어느 정도 사용하지만, 일상 회화는 아직 갈 길이 먼 상태였다. 쓰나미에 떠내려가는 어선의 동체 부분에 한자가 적혀 있는 것을 알아차린 뒤에야 나는 허겁지겁 채널을 바꿨다.

CNN. 영어라면 그래도 상당 부분 이해할 수 있었다.

나는 아연실색했다. 지진과 쓰나미가 덮친 곳은 다름 아닌 일본이었다. 반복해서 흘러나오는 쓰나미의 영상. 그 아래 흐르는 자막은 게센누마(気仙沼), 이시노마키(石巻) 등등 태평양 연안에 위치한 도호쿠의 마을 이름이었다. 내 고향에서 그다지 멀지 않은 지역의.

TV에서 흘러나오는 영상에 시선을 고정한 채 고향 집에 전화를 걸었다. 어머니 혼자 살고 있는 고향 집 번호는 머릿속에 단단히 새겨져 있었다. 전화는 연결되지 않았다. 당황한 나는 휴대폰 주소록에 있는 어머니 번호로 다시 전화를 걸었다. 전화는 연결되지 않았다. 여동생에게 전화를 걸었다. 연결되지 않았다. 몇 번을 걸어도 전화는 연결되지 않았다.

그 사이, 화면 아래 자막에 후쿠시마라는 문자가 표시되었다. 원자력 발전소가 쓰나미에 휩쓸린 모양이라고, 캐스터가 빠른 영어로 떠들어대고 있었다.

휴대용 아이패드의 전원을 켜고 인터넷으로 검색을 했다. 정보가 복잡하게 뒤섞여 있었다. 확실한 것은 지진의 영향으로 현재 일본 국내에서는 휴대폰이 연결되기 어렵다는 사실 정도였다. 여동생에게 메일을 보냈다. 자세한 정보를 알려 줘. 어머니는 어떻게 됐어?

여동생은 센다이(仙台)에 살고 있었다. 센다이도 지진의 피해를 입은 것 같았지만 가만히 있을 수가 없었다. 중학교, 고등학교 시절의 친구들에게도 닥치는 대로 메일을 보내고, 도호쿠 지방과는 아무 관계도 없는 지인과 친구에게도 메일을 썼다.

나는 지금 이탈리아에 있어. 일본은 어떻게 됐어?

아무에게도 답장은 없었다. CNN 방송을 보면서 나는 꼬박 밤을 새웠다.

* * *

"발자국이다. 발자국이 보여."

다구치의 목소리에 차 안에 긴장감이 흘렀다. 쌍안경을 눈에 대는 멤버도 있었다. 나는 마스크 위치를 조정했다. 이 시기에는 방한구는 물론 모자와 고글, 마스크도 필수품이었다.

정부가 의미도 없이 이 일대를 경계구역으로 지정한 것은 아니었다.

다구치가 가리키는 곳, 수백 미터쯤 떨어진 동쪽 눈 위에 한 줄의 선이 보였다. 아마도 개의 발자국인 듯했다. 미니밴이 속도를 더 늦췄다. 재해가 발생한 지 9개월. 개들은 인간에 대한 경계심을 나날이 강화하고 있었다. 개들의 활동 흔적을 발견해도, 그들에게 접근, 보호하는 일은 대단히 어려웠다. 이 또한 경계구역에 남겨진 동물들을 보호하기 어렵게 만드는 요인 중 하나였다.

인간들이 저버린, 아니 저버릴 수밖에 없었던 개들이 지금은 우리를 저버리고 있었다. 그렇게 종종 느껴졌다.

미니밴이 멈췄다. 다구치가 나를 향해 고개를 끄덕였다. 다른 멤버를 남겨 두고 나 홀로 차에서 내렸다.

"중형견이네요."

발바닥 사이즈를 볼 때, 체중 15킬로그램에서 20킬로그램 사이의 개 발자국이었다. 최근 수개월 사이 발자국만 봐도 개의 사이즈를 순식간에 알 수 있게 되었다.

발자국은 동쪽으로 100미터 정도 나아간 후 남쪽을 향해 가고 있었다. 이곳을 통과한 지 그리 오래되진 않은 듯했다. 발자국이 난 방향을 뚫어져라 쳐다봤지만 개의 모습은 보이지 않았다.

다구치가 미니밴의 짐칸에서 사료를 꺼내 와 발자국 근처에 놓았다. 여기에 오면 먹이를 구할 수 있다고, 개가 그렇게 인식하면 보호하기가 쉬워진다. 아니, 그 이전에 개의 아사를 막을 수 있었다. 굶어 죽은 동물의 사체를 보는 것만큼 괴로운 일은 없었다.

"일단 추적해 봅시다."

나는 다구치에게 말했다. 여기서부터는 차가 아니라 두 다리를 사용해야 했다. 미니밴에 남은 멤버는 다른 흔적을 찾을 것이다.

나와 다구치는 발자국을 쫓기 시작했다. 쓰나미에 휩쓸린 지역이 바로 눈앞에 보였다. 나의 고향 집도 바로 저기에 있었다. 지금은 뼈대밖에 남아 있지 않지만. 친절했던 이웃 아줌마 집도, 친구와 놀던 공원도, 모든 것이 철저히 파괴된 채 그대로 방치되어 있었다.

다른 피해 지구는 미미하지만 복구가 진행되고 있었다. 그러나 후쿠시마 제1원자력 발전소에서 그리 멀지 않은 이 일대는 손도 못 대고 있었다. 3월 11일부터 시간은 멈춰 있었다.

나는 새어나오는 한숨을 애써 참으며 개의 발자국에 집중했다.

2

여동생에게 답장이 온 것은 3월 13일이었다. 지금 살고 있
는 맨션에 약간의 피해가 있지만, 자신과 남편, 조카는 모두
무사. 어머니의 안부는 불명. 피해를 입은 지역은 전기·수도
·통신 시설이 모두 파괴된 것은 물론 휴대전화도 연결되지
않아 상황을 전혀 파악할 수 없음. 여동생은 문법에 맞지 않는
문장으로 이렇게 쓰고 있었다.

고향의 소꿉친구들에게서도 조금씩 답장이 왔다. 내용은
모두 같았다. 더없이 혼란한 상황이며 피해지역의 상황은 전
혀 알 수 없다고 했다.

한시라도 빨리 귀국하고 싶었지만, 모든 항공사가 일본행
운항을 보류하고 있었다. 언제 비행기가 뜰지 아무도 알 수 없
었다. 나는 한국행 항공편을 수배하여 비행기에 올라탔다. 한

국까지 가면 일본 항공사가 항공편을 운항하고 있을 것 같았다. 설사 그렇지 않다고 해도 배로 일본에 입국할 수 있을 터였다.

내 짐작은 맞았다. 한국에서 간사이(関西) 국제공항에 닿는 비행기를 탈 수 있었던 것이다.

어떻게든 도쿄의 맨션에 도착한 나는 손에 들어오는 대로 정보를 모조리 수집했다. 그리고 CNN이 영상으로 전하는 이상의 재앙이 도호쿠 연안을 덮친 것을 알고 아연실색했다. 후쿠시마 제1원자력 발전소는 비상용 전원이 소실되어 노심을 냉각할 수단이 사라진 상태였다. 원자로 건물에서 수소 폭발이 일어나 당장 멜트다운이 시작되어도 이상하지 않은 상황인 듯했다.

"그래서 싫었던 거야."

나는 누구에게랄 것도 없이 저주를 퍼부었다. 철이 들었을 무렵부터 원자력 발전소는 바로 곁에 있었다. 어른들은 원자력 발전소가 시야에 들어오면 눈살을 찌푸렸지만, 원자력 발전소를 통해 마을에 흘러 들어오는 돈은 기꺼이 받았다. 학교에서는 원자력 발전소가 안전하다고 가르쳤다. 하지만 그런게 다 거짓부렁이라는 사실은 어른들의 태도를 보면 금세 알수 있었다.

하지만 원자력 발전소는 늘 거기에 있었다. 우리에게는 그생활을 받아들이는 것 외에 다른 선택지가 없었다.

고향으로 당장 날아가고 싶었다. 어머니의 안부를 확인하고 싶었다. 방사능에 오염됐든 아니든 그런 건 상관없었다. 그러나 피해지역의 출입은 엄격하게 제한되어 있었다.

답답함과 함께 늙은 어머니의 얼굴이 뇌리에 떠올랐다.

낙치는 내로 전화를 돌린 끝에 메스컴 관련 일을 하는 친구의 지인의 지인이 이틀 후 취재를 위해 피해지역으로 간다는 이야기를 들었다. 체면이고 뭐고 아랑곳하지 않고 애원한 끝에 그 취재에 동행을 할 수 있었다.

* * *

"간다 씨……."

다구치가 전방을 가리켰다. 1킬로미터 정도 발자국을 쫓아온 지점에서, 발자국이 여러 개로 늘어나 있었다. 홀로 움직이던 개가 다른 개들과 합류한 것이다. 전부 다섯 마리. 중형견이 두 마리이고, 나머지는 소형견이었다.

다섯 마리의 발자국은 남서쪽의 작은 산을 향하고 있었다.

"다섯 마리라. 한꺼번에 보호할 수 있으면 최고일 텐데 말이죠."

"너무 큰 기대는 하지 말고, 일단 한 마리씩 보호하도록 해봅시다."

내 말에 다구치가 고개를 끄덕였다. 생존의 흔적을 발견해

간신히 접근에 성공해도, 개들의 체력과 민첩성을 인간이 당해 낼 수는 없었다. 한 걸음만 더 다가가면 되는 순간, 개들이 도망치는 바람에 몇 번이나 이를 갈았는지 모른다. 아직 인간에게 의존하는 개들은 쉬운 편이었다. 부드러운 목소리로 말을 걸며 먹을 것을 흔들면 먼저 달려왔으니까.

문제는 자립심이 왕성한 개들이었다. 녀석들은 스스로의 힘으로 먹을 것을 찾아냈다. 그리고 언제나 경계심을 드러내며 모르는 인간에게는 결코 다가오지 않았다. 그런 녀석들을 보호하는 것은 지극히 어려운 일이었다.

눈발이 더 거세지고 있었다. 모처럼 발견한 발자국도 이미 상당히 흐려져, 앞으로 30분 정도 지나면 완전히 눈에 묻혀 버릴 듯했다.

"서두릅시다."

나는 다구치를 재촉하며 발자국을 쫓기 시작했다.

* * *

어머니를 발견한 것은 피해지역에 들어간 지 1주일 후였다. 신원 불명의 사체가 되어, 이웃 마을에 있는 작은 절 본당에 안치돼 있었다.

눈물은 나오지 않았다. 나는 어머니의 유체 옆에 무릎을 꿇고, 그저 멍하니 어머니의 얼굴을 바라보았다. 어머니의 얼굴은 고통으로 일그러져 있지도, 그렇다고 편안한 것도 아니었다. 갑자기 덮쳐 온 죽음에 뭔가를 생각할 겨를도 없이 휩쓸린 듯한, 그런 표정이었다. 트레이닝복 상하의에 다운재킷을 걸친 가벼운 복장이었다. 허겁지겁 집을 나왔다는 걸 짐작할 수 있었다. 오른손은 리드줄을 꼭 잡고 있었다. 후타(風太)와 함께 도망치려고 했던 걸까. 하지만 가죽으로 된 가느다란 리드줄 끝은 갈기갈기 찢어져 있었고, 붙어 있어야 할 개목걸이도 보이지 않았다.

후타는 도망친 걸까? 어머니는 후타를 찾다가 쓰나미에 휩쓸린 걸까?

"나랑 같이 도쿄에서 살아요."

어머니에게 그렇게 호소했던 것은 아버지의 사십구재가 끝난 직후였다. 내 말에 어머니는 조용히 미소를 지으며, 그러나 단호하게 고개를 저었다.

"평생을 살아온 마을을 떠날 생각은 없어. 내가 떠나면 아버지도 쓸쓸해 할 거야."

나는 어머니를 설득할 말이 없었다. 그래서 도쿄로 어머니를 모시는 대신, 지인에게 받은 강아지를 어머니에게 선물했다. 혼자 사는 외로움을 달래 줄 거라 생각하며.

그것이 바로 후타다. 수컷 시바견이었다.

가끔 고향 집에 얼굴을 비추는 여동생 이야기에 따르면, 어머니는 바지런히 후타를 돌보고 있었다고 한다. 여동생이 질투할 정도로 맹목적인 사랑이었다. 후타도 그런 어머니를 잘 따랐다.

그러나 후타는 시바였다. 수컷 일본 개. 어머니에게는 아무 저항도 없이 배를 보이며 응석을 부려도, 커가면서 차츰 타인에게 공격적인 행동을 보였다. 후타에게 가족은 어머니뿐이었다. 여동생은 가끔 찾아오는 가족에 준하는 사람일 뿐. 그 이외의 사람은 무리에 위협이 되는 적일 수밖에 없었다. 후타는 이웃들, 우편배달과 택배, 집에 다가오는 모두를 향해 짖으며 어금니를 드러냈다. 그 탓에 집을 찾는 사람의 숫자가 갑자기 줄었다는데, 어머니는 전혀 신경 쓰지 않는 듯했다. 후타가 있으면 그걸로 충분했던 것이다.

나 또한 후타에게는 타인일 수밖에 없었다. 고향 집에 갈 때마다 후타는 사납게 짖으며 어금니를 드러냈다. 아무리 비위를 맞추려고 해도 따르지 않았다. 1년에 한 번 정도만 얼굴을 비췄으니 어찌 보면 당연한 일이었다.

"나는 너와 엄마를 이어 준 큐피드야."

어금니를 드러내며 으르렁거리는 후타에게 몇 번이나 그렇게 말했는지 모른다. 내가 없었으면 너는 네가 세상에서 제일 좋아하는 엄마를 만날 수 없었다고. 그런 생각을 담아 말을 이어가면 후타가 겁먹은 모습을 보이는 것이 웃겼다.

어머니는 아침저녁으로 각각 한 시간에 걸쳐 후타를 산책시켰다. 때로는 바다로, 때로는 산으로. 어머니는 군살이 빠지고 얼굴은 더 단정해졌다. 어머니는 행복해 보였다.

"고마워, 후타."

여동생이 후타에게 그렇게 말하는 것을 들은 적이 있다. 나도 여동생도 후타에게는 감사하지 않을 수 없었다. 후타는 항상 어머니와 함께였다. 태어나 고향을 버리고 도시로 나온 아들과 딸 대신 후타는 어머니를 사랑하고, 어머니에게 사랑받고, 어머니에게 보호받고, 어머니를 보호하고 있었다.

그런 후타가 사라졌다.

어머니는 리드줄을 움켜쥔 손을 꽉 오므리고 있었다. 시시각각 닥쳐오는 쓰나미의 공포에도, 어머니는 후타와 함께 도망치려고 했던 것이다. 어머니는 리드줄을 꽉 쥔 채 후타와 결코 떨어지지 않을 거야, 잃어버리지 않을 거야, 하면서 달렸을 것이 틀림없다.

그런데 후타가 없었다. 어머니 곁에 없는 것이다.

처음에는 죽었다고 생각했다. 후타가 살아 있다면 어머니 곁을 떠날 리가 없다고 생각했다. 그러나 쓰나미에 휩쓸리면서 리드줄이 끊어지고, 후타는 어머니와 헤어지며 죽고 말았다고.

나는 어머니의 마지막을 알고 싶었다. 후타가 어떻게 됐는지도 알고 싶었다. 피난소란 피난소는 죄다 돌아다니며 아는 사람을 찾았다. 그러나 겨우겨우 고향 집 근처에 살던 이들을 발견해도 돌아오는 말은 다 똑같았다.

"나부터 도망치느라 정신이 없어서 자네 어머니에 대해서는 잘 몰라."

당연히 후타의 행방을 아는 사람도 없었다.

피해지역에 남겨진 가축과 반려동물이 아직 살아 있다고 보도된 건 언제였더라. 어머니의 장례식을 마친 나는 도쿄로 돌아왔다. 그리고 얼마 뒤 TV 뉴스 프로그램에서 이 소식을 알게 되었다. 피해지역을 취재하던 TV 그룹이 한 무리의 개들을 발견하고 카메라로 쫓고 있었다. 순종부터 잡종까지 개의 종류는 다양했지만, 모두 개목걸이를 하고 있었다.

나는 컴퓨터를 부팅하고 인터넷으로 검색을 했다. 유튜브에 동영상 몇 개가 올라와 있었다. 그 동영상들을 샅샅이 훑던 나는 마침내 후타를 발견했다.

그 동영상 역시 TV 뉴스 프로그램이었다. 영상은 처음에 내가 나고 자란 지역을 비추고 있었다. 침통한 표정의 리포터가 쓰나미와 원자력 발전소 사고라는 이중의 재해가 덮친 마을의 풍경에 대해 이야기하고 있었다. 그때, 동영상 오른쪽 구석을 개 몇 마리가 가로질러 가는 모습이 보였다.

카메라가 방향을 바꿨다. 줌으로 개들을 쫓았다. 선두를 달리는 것은 일본 개였다. 더 자세히 비춰 봐! 답답함을 곱씹으면서 나는 동영상을 주시했다.

그리고 선두의 일본 개가 카메라를 돌아보았다. 나는 마른침을 꿀꺽 삼켰다. 후타다. 틀림없다. 화면은 선명하지 않았지만, 어머니의 성화로 도쿄 애견샵에서 직접 산 개목걸이는 확실히 기억하고 있었다.

후타는 살아 있었다.

나는 휘청거리는 발걸음으로 거실로 가서 어머니의 위패 앞에 앉았나.

"후타를 부탁해."

위패가 그렇게 말하는 느낌이었다.

3

발자국은 마치 우리를 희롱하듯이 느닷없이 행선지를 바꿨다. 그리고 잠시 앞으로 나아가더니 다시 방향을 바꿨다.

"머리가 좋은 녀석들이군요." 다구치가 말했다. "아니, 리더가 똑똑한 건가."

나는 고개를 끄덕였다. 자기들이 추적당하고 있는 것을 눈치챈 것이다.

"방식을 바꿉시다."

내가 말했다. 개들과 술래잡기를 해서 인간이 이길 리가 없었다. 지금까지의 경험으로 익히 잘 알고 있는 사실이었다.

"아마 저 신사(神社) 경내가 녀석들의 보금자리일 거예요."

"그렇겠네요."

질서 정연했던 발자국이 신사 부근에서 흐트러져 있었다.

보금자리로 돌아가려던 리더가 우리의 추적을 알아채고 행선지를 바꾼 것이다. 흐트러진 발자국은 다른 개들이 당황했다는 증거였다.

"잠복할까요?"

"네. 이대로 계속 뒤를 쫓는 것보다 그 편이 가능성이 높을 것 같아요."

우리는 발길을 돌려 신사로 향했다. 작전 변경이라고 하니 듣기에는 그럴싸해 보이지만, 결국 먹이로 낚으려는 속셈이었다. 경계구역에 남겨진 동물들은 굶주려 있었다. 리더가 아무리 우리를 경계해도 먹이 냄새에 낚여 이탈하는 개가 나올 가능성이 높았다.

신사 도리이(鳥居) 아래서 어깨에 메고 있던 배낭을 내리고, 안에서 가공 치즈와 육포를 꺼냈다. 사료보다 감칠맛이 좋은 것, 냄새가 강한 것이 개들을 낚는 데 효과적이었다.

내가 먹이를 놓는 사이, 다구치는 접이식 케이지, 그리고 리드줄과 일체형인 개목걸이를 준비했다. 만약에 케이지에서 자란 개가 있다면 안으로 들어올 가능성도 있었다. 개목걸이는 그렇지 않은 개들을 보호하기 위해 필요했다.

"먹으러 와 줄까요?"

다구치가 물었다.

"얼마나 굶주려 있는가에 달려 있겠죠. 아마 굶주려 있을 겁니다."

대답하던 나는 괴로운 추억이 되살아나 살짝 고개를 저었다.

* * *

경계구역에 남겨진 동물들을 보호하려는 움직임은 급속하게 확대되었다. 몇몇 자원봉사 단체가 발족되고, 이들이 정부와 대립하면서 게릴라식으로 경계구역에 몰래 들어가 동물들을 보호하기 시작했던 것이다.

나는 어떻게 해야 할지 혼란스러웠다. 어머니를 위해 후타를 찾아내서 보호하고 싶었다. 자원봉사자들의 박애주의적인 동기에 비해, 나의 동기는 비루하기 짝이 없었다. 오히려 그렇기에 더더욱 나는 내 충동을 억누를 수가 없었다.

다행히 1년 정도는 어떻게든 먹고살 만큼 모아 둔 돈이 있었다. 혼자 사는, 그리고 개인 사업을 하는 사람이라 가능한 일이었다. 회사에 다녔다면 이런 시국에 1년이나 휴가를 내는 것은 불가능했을 것이다. 회사를 그만두는 건 쉬워도, 다음 일자리를 찾는 것은 더없이 곤란했을 테니.

재밌었던 건 일본인은 내 미래를 걱정하는데, 서양인은 내 미래보다 내 결단을 극구 칭찬한 것이다. 가치관의 차이, 아니 반려동물에 대한 문화적 차이인 걸까. 개나 고양이와 함께 산 적 없는 일본인은 동물을 위해 일부러 방사선량이 높은 지역에 가는 행위를 잘 이해하지 못한다. 하지만 서양의 와이너리에서 일하는 사람들은 자기를 희생해서라도 사람보다 약한 동물들을 구하는 것은 의미 있는 일이라고, 너는 훌륭하다고 말하는 것이다.

1년 동안 자원봉사 활동을 하자. 만약 봉사 활동 중에 후타를 찾는다고 해도, 자원봉사는 계속하지. 나는 그렇게 결심했다. 그건 지극히 사적인 이유로 경계구역에 가려고 하는 내가 보여야 할 최소한의 성의였다.

후타를 양도해 준 브리더가 레스큐 라이브스를 소개해 주었다. 책임자 다구치는 그 브리더의 조카였다. 나는 7월부터 레스큐 라이브스 활동에 참가했다.

시간이 흘러갈수록 보호할 수 있는 동물의 숫자는 줄어갔다. 길에서 아사한 개나 고양이의 사체를 볼 때마다 가슴이 찢어졌다. 가장 괴로웠던 것은 어느 낙농가의 외양간에 갔을 때의 일이었다.

여전히 줄에 매여 있는 소들은 움직이지도 못한 채 수척해져 있었다. 몇 마리는 이미 아사해서 부패한 냄새를 풍기고 있었다. 마스크를 쓰고 있어도 도저히 견딜 수 없는 냄새였다. 그리고 개와 고양이들이 그 부패한 살을 허겁지겁 먹고 있었다. 죽은 동료가 먹히고 있는 옆에서, 소들이 슬픈 눈으로 우리를 응시하고 있었다.

그 자리에 있던 모두가 울었다. 울면서 개와 고양이들을 보호했다. 하지만 죽어가는 소들은 남겨둘 수밖에 없었다. 보호

한다고 한들 그들을 어디로 데려가려는 것인가.

그때의 부패한 냄새와 우리를 바라보던 소들의 눈은 밤이 되자 악몽이 되어 나를 덮쳤다. 나만은 아닐 것이다. 그날, 그때, 그 장소에 있던 사람들 모두가 인간의 행위가 초래한 끔찍한 광경을 잊을 수 없을 것이다.

그 외양간에는 이제 소가 없다. 모두 죽어 버렸다.

* * *

눈이 멈췄다. 서쪽 하늘부터 눈이 걷히고 있었다. 나와 다구치는 보이지 않는 곳에 숨은 채 추위에 떨고 있었다. 도리이 아래쪽에 먹이를 둔 지 30분 이상 지났지만, 개들이 올 기미는 없었다.

"실패한 걸까요?"

다구치가 하얀 숨을 내뱉었다.

"조금만 더 버텨 봅시다."

내가 대답할 때 다구치의 다운재킷 주머니에서 휴대폰 진동음이 울렸다.

"여보세요. 다구치입니다."

다구치가 전화를 받았다. 나는 대화 내용이 들리도록 다구치 쪽으로 귀를 기울였다.

"암컷 잡종을 한 마리 보호했습니다. 빨간색 목걸이예요.

131

아마 보호를 의뢰받은 모모짱인 것 같습니다."

전화 상대는 레스큐 라이브스 실전 부대의 홍일점 아사쿠라 리카(朝倉里香)였다.

"그거 잘됐네. 이쪽은 개들 무리를 쫓아 대기 중이에요." 다구치는 손목시계로 시선을 보냈다. "앞으로 한 시간만 더 기다려 보고 실패하면 그쪽에 합류할게요."

"알겠습니다. 힘내세요."

"간다 씨 안 바꿔 줘도 돼요?"

"이상한 소리 좀 그만하세요."

리카의 목소리가 높아지더니 전화가 끊겼다. 빨개진 볼을 부풀리고 있을 리카의 얼굴이 뇌리에 선명하게 떠올랐다.

"어린애를 놀리면 못써요, 다구치 씨."

"리카짱, 간다 씨에게 분명히 마음이 있다니까요. 알고 있죠?"

"저랑 스무 살 가까이 차이가 난다고요."

"요즘 그 정도 차이를 핸디캡이라고 할 수 있나요? 우리 아저씨 군단에서 독신은 간다 씨밖에 없고."

리카는 센다이에서 재난 피해를 입었다. 나토리(名取)에 있는 고향 집은 쓰나미에 휩쓸렸다. 리카의 부모님은 무사히 피난했지만, 키우던 개까지는 손이 미치지 못했다. 툇마루에 리드줄째로 묶여 있었던 암컷 아키타(秋田)견 사쿠라(さくら)는 시체조차 발견되지 않았다고 한다.

다른 개는 사쿠라 같은 운명을 짊어지지 않았으면 좋겠다는 이유로, 리카는 레스큐 라이브스에 참가했다. 키가 크고 길고 가느다란 팔다리를 가진 너무나도 현대적인 아가씨로, 일도 열심히 하고 센스도 있었다.

리카가 나에게 흥미를 보인 것은 레스큐 라이브스에 참가한 이유가 매우 비슷했기 때문이다. 그러나 사쿠라는 아마 죽었을 테지만, 후타는 살아 있었다.

"후타군, 꼭 찾으실 거예요."

그렇게 말하며 나를 바라보는 리카의 정직한 시선에 매번 당황하지 않을 수 없었다.

"간다 씨!"

다구치의 목소리에서 긴장감이 느껴졌다. 북쪽에서 개가 다가오고 있었다. 잡종 일본 개였다. 목걸이는 보이지 않았다. 주위를 경계하면서 도리이를 향해 다가오는 개는 체중 10킬로그램 정도로 갈색 털을 가지고 있었다.

나도 다구치도 침묵을 유지했다. 개가 먹이를 먹고 안심할 때까지 인기척을 내면 안 되기 때문이었다. 우리가 있다는 걸 눈치채면 발길을 돌려 도망가 버릴 터였다.

개가 도리이로부터 5미터 정도 떨어진 곳에서 멈추더니 코를 벌름거렸다. 끈적끈적한 침이 길게 늘어져 땅으로 떨어졌다. 굶주림이 경계심을 이기는 것도 시간문제 같았다.

내 짐작이 맞았다. 개가 다시 움직이기 시작했다. 금세 먹이

를 먹기 시작할 게 분명했다. 그때 부드럽게 말을 걸면서 다가
가면 보호할 수 있을 가능성이 높았다.

갑자기 멀리서 개 짖는 소리가 들려온 것은 그때였다. 개가
걸음을 멈추고 뒤를 돌아보았다.

"젠장."

나는 욕을 퍼부으며 숨어 있는 장소에서 일어섰다.

"이리 오렴. 여기 음식이 있어. 먹고 싶은 만큼 먹어도 돼."

개가 이쪽을 봤다. 얼굴에 겁먹은 기색이 역력했다. 나는 기
회를 놓치지 않고 육포를 꺼내 개에게 보여 줬다.

"이것 봐, 육포야. 정말 맛있어."

개가 움직임을 멈추고 진지한 눈으로 육포를 바라보았다.
얼마나 배가 고플까. 그렇게 생각하니 가슴이 아팠다.

멀리서 들려오던 소리가 요란하게 바뀌었다. 조금씩 선명
해지는 걸 보니 이쪽으로 다가오는 듯했다. 아마도 무리의 리
더인 개가 눈앞의 개에게 경고하고 있는 것 같았다. 단독 행동
하지 마, 위험해, 라고.

"이리 오렴, 먹어도 된단다. 배고프지? 잔뜩 먹으렴."

나는 부드러운 목소리를 내면서 조금씩 발을 내디뎠다. 개
는 여전히 육포를 응시하고 있었다.

"자, 이쪽으로 오렴."

나는 몸을 수그렸다. 시선을 낮추면 개는 안심한다. 개의 입
에서 다시 침이 흘러내렸다.

리더가 계속해서 짖고 있었다. 개의 눈은 육포를 향해 있지만, 귀는 리더가 짖는 소리를 포착하고 있었다.

나는 육포를 나와 개 사이에 살며시 내려놓았다.

"이것 봐, 먹어도 된다니까. 사양할 것 없어."

개가 앞으로 한 발 내디뎠다. 그리고 머리를 낮추고 육포 냄새를 맡으려고 했다.

"잘한다. 어때, 냄새 좋지? 너무 먹고 싶지?"

개가 다시 다가왔다. 이제 곧 ― 그렇게 생각한 순간, 리더 개의 짖는 소리가 새된 소리로 바뀌었다. 긴장한 개가 날쌔게 물러서더니 소리가 나는 쪽으로 고개를 돌렸다.

나도 그쪽으로 고개를 돌렸다. 그리고 순간, 얼어붙었다. 100미터 정도 앞에 있는 무너진 가옥 지붕 위에 개가 한 마리 올라가 있었다. 시바였다. 시바가 날카로운 눈으로 나를 바라보며 계속해서 짖고 있었다.

"후타!"

나는 소리쳤다.

"후타!"

틀림없었다. 후타였다. 말라서 더 사납고 예리한 모습이었지만, 내가 후타를 잘못 볼 리 없었다.

"후타!"

내 목소리에 놀란 눈앞의 개가 도망치기 시작했다. 나는 그 뒤를 쫓았다.

"후타!"

내 목소리가 닿은 것일까, 아니면 동료 개가 도망치는 것을 확인했기 때문일까. 후타는 더 이상 짖지 않았다.

허겁지겁 배낭을 내려 안에 쑤셔 둔 지퍼백을 꺼냈다. 그 안에는 어머니가 돌아가실 때 입고 있던 속옷 조각이 들어 있었다.

"후타!"

나는 속옷 조각을 좌우로 흔들었다. 냄새여, 가라. 가서 후타에게 닿아라. 그런 염원을 안고 속옷을 흔들었지만, 후타는 조용히 나를 바라볼 뿐이었다.

"나야, 후타. 네가 세상에서 제일 좋아했던 엄마의 아들이야. 기억나지?"

후타는 꼼짝도 하지 않았다. 나는 달렸다. 속옷 조각을 휘두르며 달렸다. 먹이 냄새에 낚여 다가왔던 개도 후타를 향해 달렸다. 나와 개의 거리는 갈수록 벌어졌다.

후타가 고개를 들었다. 철학자 같은 풍모로 허공을 노려보는 녀석의 코끝이 꿈틀거리고 있었다. 어머니의 냄새가 닿은 걸까? 나는 더 격렬하게 속옷 조각을 휘둘렀다.

"후타, 알겠지? 엄마 냄새야. 너를 세상에서 제일 사랑했던 사람의 냄새야."

후타가 짖었다. 아까와는 달리, 애수를 띤 채 꼬리를 내리고서.

"후타, 이쪽으로 오렴. 나랑 같이 가자."

개가 후타와 합류했다. 집의 잔해에서 뛰어내린 후타가 나를 향해 꼬리를 돌렸다.

"안 돼. 가지 마, 후타!"

후타가 뒤를 돌아보았다.

"이것 좀 봐, 엄마야. 엄마 냄새야. 알잖아?"

하지만 후타는 휙 고개를 앞으로 돌리더니 달리기 시작했다. 경쾌한 몸놀림으로, 동료 개를 이끌고, 바람처럼 시야에서 사라졌다.

"후타……."

나는 그 자리에 무릎을 꿇었다. 숨이 가빴다. 마스크를 벗어버리고 싶다는 충동에 시달렸지만, 간신히 참아냈다.

다시 눈이 내리기 시작했다.

4

나는 어릴 적에 어머니의 미소를 본 기억이 없다. 어머니는 온종일 못마땅한 얼굴로 집안일과 육아를 소화했다.

나중에 알게 됐지만, 그 무렵 아버지는 밖에 여자를 숨겨 두고 있었다. 집안일은 전부 어머니에게 떠넘기고 자신은 노는 데 정신이 팔려 있었던 것이다.

내가 초등학교 5학년이 되던 해 연말이었을 것이다. 무시무시한 부부 싸움이 일어났고, 나와 여동생은 이불을 뒤집어쓴 채 떨었다. 고함 소리, 식기와 유리가 깨지는 소리가 멈추지 않았다.

얼마나 시간이 흘렀을까. 모든 소리가 갑자기 멈췄다. 숨쉬기 어려울 정도의 적막이 이어진 후, 아버지의 당황한 목소리가 들려왔다. 고장 난 레코드플레이어처럼 아버지는 어머니의 이름을 반복해서 부르고 있었다.

　나는 쭈뼛쭈뼛 이불에서 빠져나와 거실의 상황을 살피러 나갔다. 발 디딜 틈도 없을 만큼 그릇 조각들이 어지러이 흩어져 있던 거실에서, 아버지가 축 늘어진 어머니를 껴안고 있었다. 어머니의 입가에는 피가 맺혀 있고, 왼쪽 눈이 거무스름하게 부어 있었다.

　아버지가 어머니를 때린 것이다. 순간적으로 상황을 이해한 나는 119에 신고를 했다. 아버지는 그저 어머니를 끌어안은 채 어머니의 이름을 부르고 또 부를 뿐이었다. 어머니가 죽은 거라고 생각한 나는 울면서 방으로 돌아가 여동생을 꼭 끌어안았다.

　하지만 어머니는 뇌진탕을 일으켰던 것뿐이었다. 며칠 입원했을 뿐, 아무 일도 없었던 것처럼 어머니는 다시 집으로 돌아왔다.

　어머니는 변하지 않았지만, 그 뒤로 아버지는 변했다. 자기의 행동을 반성한 것인지, 숨겨 둔 여자와 헤어지고 좋아하던 술과 도박을 딱 끊었다. 누군가가 마법을 건 것처럼 좋은 남편, 좋은 아버지로 변신한 것이다.

　집에는 평화가 찾아왔다. 그러나 어머니는 여전히 거의 웃지 않았다. 마치 웃는 법을 잊어버린 것처럼, 가끔씩 짓는 미소는 어딘가 어색했다.

　어머니가 다시 웃게 된 것은 후타와 살기 시작한 뒤부터였다. 후타의 몸짓 하나하나에 자지러질 것처럼 웃음을 보이는 어머니는 어쩐지 다른 사람 같았다. 그러나 만약 어머니가 누군가와 바뀌었다고 해도, 찌푸린 얼굴의 어머니보다 웃는 어머니를 보고 있는 것이 훨씬 마음이 편했다.

웃음을 되찾은 어머니는 멀리 도쿄에서 사는 니에게 면죄부를 주었다. 언젠가는 어머니를 설득해 도쿄에서 함께 살아야 한다는 것은 알고 있었다. 그러나 후타와 함께라면 어머니가 단번에 노쇠해지는 일은 없을 것이다. 나에게는 아직 내 맘대로 쓸 수 있는 시간이 남아 있다.

어머니가 후타를 향해 미소를 보낼 때마다, 나는 그렇게 생각했다.

* * *

"틀림없이 후타였습니까?"

다구치의 물음에 나는 고개를 끄덕였다.

"틀림없습니다. 어머니의 개예요."

"품격이 있어 보였는데. 그런 개가 무리를 이끌고 있다니 만만치 않겠네요."

다구치는 후타의 무리가 사라져 버린 방향으로 시선을 보냈다.

"다구치 씨, 죄송하지만 제 부탁을 좀 들어주시겠습니까?"

"저 무리를 쫓자는 말씀이죠? 무리예요. 제대로 작전을 짜서 장비를 갖춰야 합니다."

"생각이 있습니다. 단독으로 움직이게 해 주세요."

후타는 틀림없이 어머니의 냄새를 알아차린 듯했다. 그렇다면 후타와 다시 대면할 가능성이 있었다. 다구치는 손목시계를 확인했다.

"그럼 딱 두 시간만."

"고맙습니다."

"저는 다른 사람들과 합류할 거예요. 저 발자국을 발견한 장소에서 만납시다."

나는 인사를 하고 배낭을 멨다. 어머니의 속옷 조각은 다시 지퍼 백에 담아 다운재킷 주머니에 쑤셔 넣었다.

다구치가 휴대폰으로 동료와 연락을 취하고 있었다. 나는 묵례하고 다구치에게서 돌아섰다.

"간다 씨."

나를 불러 세우는 다구치의 목소리에 뒤를 돌아보았다. 다구치가 내게 휴대폰을 내밀었다.

"리카짱이에요. 이야기가 하고 싶대요."

나는 망설이면서 휴대폰을 받았다.

"여보세요, 간다 씨? 후타군이 발견됐다는 게 진짜예요?"

"아아, 진짜야. 네댓 마리의 무리를 이끌고 있는 것 같아. 이제부터 후타를 찾으러 갈 거야."

"저도 가면 안 돼요? 같이."

"안 돼." 나는 차가운 목소리로 대답했다. "경계심이 강한 개거든. 다른 사람이 있으면 다가오지 않을 거야."

"그런가요……."

"무사히 보호하게 되면 제일 먼저 연락할게."

나는 리카의 대답을 기다리지 않고 전화를 끊었다. 그녀는 자신의 고향 집에서 일어난 일과 나의 고향 집에서 일어난 일을 중첩시키고 있었다. 죽은 사쿠라 대신 후타를 구함으로써 구원을 얻으려 하고 있었다.

나에게 마음이 있는 것처럼 보이는 건 그 때문이었다. 그러니 상처가 다 나으면 나 같은 건 잊어버릴 것이다.

* * *

재해 이후 고향 집, 정확히는 고향 집이 있던 장소에 오는 것은 네 번째였다. 처음에는 어머니를 찾는 실마리가 될 만한 것을 찾기 위해, 두 번째, 세 번째는 어머니의 유품을 찾기 위해서였다. 사진 한 장이라도 갖고 싶었다. 하지만 아무것도 찾을 수 없었다. 이 디지털 전성시대에 어머니의 디지털 사진 한 장 갖고 있지 않은 자신을 어떻게 책망하면 좋을지 몰라 나는 너무나 괴로웠다.

"저기, 오빠, 그거 알아? 엄마는 오빠가 돌아왔으면 하나 봐."

언젠가 여동생에게 들은 말이 머릿속에 새겨져 있다.

알고 있었다. 그러나 나는 계속 모른 척했다. 원자력 발전소가 있는 마을에서의 생활이 마음에 걸린 나는 어머니에게 후타를 떠넘김으로써 죄책감을 봉인해 왔다.

이 얼마나 불성실한 아들인가. 내 일은 인터넷 회선이 있으면 어디에서나 할 수 있었다. 그런데도 나는 계속 도쿄를 고집해 왔다. 도쿄에서 사는 동안, 나는 어머니에 대한 생각 같은 건 하지도 않았다.

그 탓인지 아닌지는 모르겠다. 후타가 살아 있다는 걸 알았을 때, 어떻게 해서라도 후타를 내가 거둬야 한다고 생각했다. 어머니 대신 내가 후타를 돌보자. 그것이 작게나마 속죄를 하는 길이리라. 웃을 일이 없던 어머니를 웃게 만든 후타를, 이번에는 내가 웃게 해 주자.

눈은 여전히 소복소복 내리고 있었다.

고향 집은 뼈대를 제외하고 거의 대부분이 쓰나미에 휩쓸려 버렸다. 하지만 거실과 부엌, 목욕탕과 부모님 침실, 1층의 배치가 그대로 드러나는 뼈대들을 바라보는 것만으로도 예전 집의 모습을 선명하게 떠올릴 수 있었다. 부지는 50평, 건평은 30평으로, 마당은 어머니가 손질하던 화단으로 채워져 있었다. 현관 옆에 후타의 집이 있어서, 후타는 집 앞을 오가는 모든 사람을 향해 짖어댔다.

나와 여동생 방, 그리고 손님방은 2층에 있었다. 여름 방학에는 종종 지붕에 올라가 햇볕을 쬐다 아버지에게 야단을 맞았다. 아버지는 도쿄전력(東京電力)의 하청회사에서 일했다. 이 마을에는 어업이나 농업이 아니면, 도쿄전력 관련 일밖에 없었다. 원사력 발전소를 받아들이고, 원자력 발전소에서 받은 돈으로 집을 사고, 그 집이 쓰나미에 휩쓸리고, 원자력 발전소 사고 탓에 고향으로 돌아오는 것도 허락되지 않는 현실.

누구의 탓인가. 누구를 탓하면 좋은 걸까.

책임을 물어야 할 사람은 나다. 원자력 발전소가 있는 고향을 버리고, 원자력 발전소에 관한 것은 완전히 잊은 채 도시에서 향락적으로 살았던 나 같은 사람 모두가 책임을 져야 하는 것이다.

나는 콘크리트 잔해 사이를 가로질러 밖으로 드러난 철근에 어머니의 속옷 조각을 동여맸다. 그리고 콘크리트 뼈대 위에 앉아 바다를 바라보았다. 예전에는 시야를 차단해 주던 방풍림이 흔적도 없이 사라져 있었다. 밀려온 어선과 쓰러진 간판, 잡동사니들이 그날의 모습을 그대로 드러내며 방치돼 있었다. 어느 부처의 장관이 이 광경을 보고 '죽음의 마을'이라고 표현했다가 비난을 받고 사임했다. 하지만 그는 틀리지 않았다. 이곳은 틀림없이 죽음의 마을이었다.

그리고 사람이 저버린 그 마을에서, 사람에게 버림받은 동물들이 필사적으로 살아가고 있다.

힘껏 눈을 밟는 소리가 났다. 천천히 돌아보자 리카가 멋쩍어 하는 얼굴로 서 있었다. 리카와 함께 움직였을 때 여기로 안내한 적이 있었다.

"죄송해요. 아무래도 신경이 쓰여서."

나는 고개를 끄덕이며 옆에 앉으라고 권했다.

"혹시 후타가 나타나면 넌 절대로 움직이면 안 돼."

"알겠어요. 후타가 나타날 것 같은가요?"

"나도 몰라. 내가 여기 있는 건 어떻게 알았어?"

"저도 그랬거든요……."

리카의 말꼬리가 바다에서 불어오는 바람에 날려 사라져 갔다.

"하루 종일 사쿠라를 찾으러 동네를 배회하다 완전히 녹초가 됐는데, 어쩌면 집에 돌아와 있을지도 모른다는 생각에 날이 저물 때까지 집에서 기다렸어요."

"하지만 돌아오지 않았지."

"사쿠라는 죽었으니까요. 하지만 후타군은 살아 있으니까 반드시……."

또 리카의 말꼬리가 흐려지면서 바람에 섞여 날아갔다. 리카는 뭔가를 더 말하려고 입을 반쯤 벌렸다가 마음을 고쳐먹은 것처럼 다시 입을 다물었다. 우리는 얼마 동안 말없이 바다를 바라보았다. 두 사람의 머리와 어깨 위에 눈이 쌓이기 시작했다.

"후타군을 찾으면 말하려고 결심한 것이 있어요."

갑자기 리카가 말문을 열었다.

"후타를 보호할 수 있든 없든 상관없이, 1년 동안은 레스큐 라이브스 활동에 전념하기로 결심했어."

나는 리카기 더 이상 말하지 못하도록 빠른 말투로 떠들어 댔다.

"그 후에는 후쿠시마 어딘가에 농지를 빌려서 농사라도 지을까 생각 중이야. 사고 때문에 이농하는 사람이 많으니까 땅은 금세 구하게 되겠지. 거기서 아무도 먹어 주지 않을 수도 있는 채소를 재배할 거야.

"간다 씨……."

"너는 센다이로 돌아가."

나는 단호하게 말했다. 리카는 아무 대답도 하지 않았다. 나는 그녀의 얼굴을 들여다보고 싶은 충동과 필사적으로 싸워야 했다. 틀림없이 울고 있을 것이다. 우는 얼굴을 보면 내 마음은 흔들리고 말겠지.

"아!"

리카가 작게 소리를 냈다. 나도 눈치챘다. 수백 미터쯤 떨어진 쓰레기 더미 위에 개가 서 있었다. 후타였다.

나는 철근에 감아 놓았던 속옷 조각을 끌러 손에 쥐었다. 바람이 바다에서 육지를 향해 불고 있었지만, 어머니의 냄새가 후타에게 닿을지는 솔직히 의심스러웠다. 아니, 후타는 신사 근처에서 어머니 냄새를 맡고 여기까지 온 게 분명했다. 머리가 좋은 후타라면 냄새를 뿜어내는 것이 이 속옷 조각이라는 사실을 알아차렸을 게 틀림없었다.

나는 속옷 조각을 쥔 손을 좌우로 흔들었다. 후타가 조금씩 이쪽을 향해 다가왔다.

"여기야, 후타. 여기."

나는 목소리를 낮춰 소곤거렸다. 큰 소리를 내면 후타가 경계할지도 몰랐다.

"빨리 와, 후타. 나랑 같이 살자. 엄마를 웃게 해 준 것처럼, 나도 웃게 해 주지 않겠니?"

그날 이후, 마음속 깊은 곳에서부터 웃음이 나온 적이 단한 번도 없다. 동료와 술을 마셔도 얼굴에 가짜 미소를 지은채, 마음속에서는 메마른 바람이 부는 걸 느껴야 했다.

후타는 천천히, 하지만 확실히 다가왔다. 내 옆에서는 리카가 꼼짝도 하지 않고 있었다.

"후타, 나야. 엄마 아들이야. 항상 설날에 만났었지? 만날 때마다 날 향해 짖었잖아."

후타가 100미터 정도 떨어진 곳에서 발걸음을 멈췄다. 그리고 머리를 낮추고 코끝을 벌름거렸다.

"후타, 이것 봐. 엄마 냄새야. 알아보겠지?"

소리치고 싶은 것을 꾹 참으며, 달래듯이 낮고 부드러운 목소리로 말을 걸었다. 하지만 후타는 거기에서 움직이려고 하지 않았다.

"리카, '잘 자라 우리 아가'를 불러 줘."

"네?"

"자장가 말이야. 알지?"

후타기 아직 강아지였을 때 어머니는 자장가를 들려줬다. 부드러운 노랫소리를 들으면서, 후타는 행복한 듯이 잠에 빠지곤 했다. 나도 여동생도 들은 적이 없는, 더할 나위 없이 상냥한 어머니의 자장가였다.

리카가 노래를 부르기 시작했다. 생각한 대로였다. 리카의 음색은 어머니의 그것과 매우 닮아 있었다. 후타의 귀가 쫑긋 섰다. 멀리서 봐도 곤두선 게 또렷하던 털이 차츰 가라앉았다.

"후타, 엄마 냄새야. 엄마 자장가라고."

나는 리카의 노랫소리에 맞춰 말을 이어갔다. 후타가 움직이기 시작했다. 얼굴을 들어 천천히 이쪽으로 다가왔다.

"잘 자라 우리 아가, 잘 자라……."

리카는 같은 구절을 반복하고 있었다. 이어지는 파트를 잘 모르는 것이리라. 하지만 그걸로 충분했다.

"후타, 이것 봐. 엄마 냄새야."

나는 조용히 일어섰다. 속옷 조각을 내밀었다. 우리와 후타의 거리가 50미터로 줄어 있었다.

후타가 짖었다. 하지만 위압적인 느낌은 없었다.

"제발 부탁이니 도망가지 마. 이쪽으로 오는 거야. 나에게 속죄할 기회를 주렴. 응, 후타?"

후타는 두 번 세 번 짖었다. 짖으면서 다가왔다. 꼬리를 살랑살랑 흔들며.

"이리 와, 후타. 자, 이리 오는 거야."

나는 딱 한 걸음 후타에게 다가가 몸을 숙였다. 시선을 낮추고 속옷 조각을 든 팔을 힘껏 뻗었다. 후타가 다시 거리를 좁혀왔다. 후타의 눈망울이 젖어 있는 것처럼 보인 것은 나의 착각일까. 적어도 신사에서 본, 경계하는 기색은 상당히 옅어져 있었다.

"후타."

후타가 훌쩍 도약했다. 단 몇 걸음 만에 거리를 좁히면서 5미터 정도 떨어진 곳에 멈춰 섰다.

"후타, 엄마 냄새야. 마음껏 맡아. 실컷 맡아도 돼."

내가 팔을 내민 것처럼 후타도 목을 내밀었다. 그리고 코를 바쁘게 움직였다.

"이리 오렴, 후타."

내가 말하자 후타는 다시 발을 내디뎠다. 속옷 조각에 코를 가까이 댄 후타가 아우, 하고 울음을 터뜨렸다. 정말 그런 소리로 후타가 울었다.

후타가 어머니의 죽음을 애도하고 있다.

그런 생각과 동시에 필사적으로 참았던 눈물이 터져 나왔다.

"후타."

나는 후타를 조용히 끌어안았다. 속옷 조각에 코를 들이박
은 후타가 나에게 안긴 채 가만히 있었다. 털은 지저분하고,
만져 보니 늑골이 오롯이 느껴졌다. 부족한 음식을 동료와 나
누면서 간신히 살아온 것이다.

"이제 괜찮아, 후타. 돌아가면 배불리 먹게 해 줄게. 네 동료
들도 보고해서 모두 배불리 먹게 해 줄 거야. 내가 다시 행복
하게 해 줄게."

후타가 내 볼을 핥았다. 나와 여동생에게 위압적으로 행동
하고, 당당하게 동료들을 이끌 때의 용맹함은 사라지고 없었
다. 어머니의 냄새를 맡으며 어머니와 살았을 때의 감정이 되
살아난 것이리라.

어느새 후타가 나에게 응석을 부리고 있었다.

"엄마, 내가 잘못했어. 후타는 내가 보살필 테니까 부디 날
용서해 줘."

나는 어머니를 향해 나직이 말했다. 리카가 옆에 있는 걸 알
고 있었지만, 가슴에서 넘쳐흐르는 말을 억누를 수가 없었다.

＊ ＊ ＊

가벼운 식사와 물을 주자, 후타는 순순히 리드줄을 받아들
였다. 이따금 뒤를 돌아보는 것은 지금까지 함께 살아남은 동

료를 걱정하고 있기 때문일 것이다.

"후타, 그렇게 걱정이 되면 다른 동료를 보호하게 도와 줘."

리더인 후타가 있으면 다른 개들도 빨리 마음을 허락하게 될 것이다. 그들의 주인이 발견되지 않는다면 내가 직접 기를 수밖에.

"간다 씨, 다른 개들도 직접 기를 생각이세요?"

리카가 물었다. 리카에게 어머니께 용서를 구하는 모습을 보이고 말았다. 부끄러워서 제대로 얼굴을 볼 수가 없었다.

다구치와 약속한 장소에 도착하자 차가 서 있었다.

"난 센다이에 돌아가지 않을 거예요."

리카가 그렇게 말하더니 차를 향해 달려갔다. 그 뒷모습을 향해 후타가 짖었다.

눈이 계속 내리고 있었지만 추위는 느껴지지 않았다. 내 손에는 아직 어머니의 속옷 조각이 남아 있었다.

웰시 코기 팸브룩

1

칠흑 같은 눈동자에서 당장이라도 슬픔이 쏟아져 내릴 듯
했다.

"얘, 우리 집에 데려갈게."

생각하기도 전에 말이 먼저 흘러 나왔다.

"그렇게 간단한 문제가 아니야, 마나미(真波). 아까 설명했
지? 이 아이, 학대를 심하게 당했는지 사람에게 마음을 열지
않는다고."

마나미는 노조미(希美)의 목소리를 한 귀로 듣고 한 귀로 흘
렸다. 케이지 구석에서 꼼짝도 하지 않는, 몸통이 긴 개를 계
속 바라보았다. 흰색과 노란색의 투톤 컬러. 긴 몸통을 덮은
털은 푹신하고 부드러우며, 짧은 꼬리는 털실로 짠 공 같았다.
애교스러운 이목구비에 쫑긋 선 귀가 늠름해 보였다.

"알아."

마나미가 말했다.

"남편도 괜찮대? 레이아는? 걔 까탈스럽지 않아? 이미 개가 있는 집에서 새로운 개를 맞이하는 건 마나미가 생각하는 깃만큼 쉬운 일이 아니야. 얘는 안 그래도 문제투성이란 말이야."

"레이아는 괜찮아. 남편도 설득할게."

"마나미……."

"이렇게 슬픈 눈을 봤는데 내버려 둘 수 없잖아. 이 아이를 이렇게 만든 건 사람이지? 그럼 사람이 이 아이를 치료해 줘야지."

"그건 그렇지만……."

"결정했어. 얘 내가 데리고 갈게."

마나미는 허리에 두 손을 얹으며 케이지 안을 들여다보았다. 케이지 안의 코기가 몸을 움찔하며 떨었다.

"괜찮아, 루크. 오늘부터 넌 우리 집의 일원이야. 행복하게 살자."

"루크?"

"얘 이름. 우리 집 공주님 이름이 레이아니까, 백마 탄 기사는 당연히 루크라고 해야지."

"요즘 시대에 누가 〈스타워즈〉를 알겠어? 그리고 레이아 공주가 사랑한 건 한 솔로야. 루크는 레이아의 쌍둥이 오빠 아니었어?"

"한 솔로는 부르기 어렵잖아."

"너란 애는 정말……."

노조미는 어이가 없다는 듯이 고개를 설레설레 저었다.

* * *

노조미에게서 전화가 온 것은 이틀 전이었다. 일주일쯤 전에 맞은편에 살던 집이 이사를 하면서 기르던 개를 버리고 갔다는 것이었다. 버려진 개는 수컷 웰시 코기 팸브룩. 집 근처 전신주에 매여 있던 것을 노조미가 보호하고 있었다.

원래 문제가 있는 주인이었다는 얘기는 마나미도 들은 적이 있었다. 산책도 제대로 시키지 않고, 오랫동안 집을 비우고, 종종 히스테릭하게 개를 혼내는 소리를 들었다고 했다. 물론 개의 비명도 함께. 근처 애견인들이 주의를 주는 일도 종종 있었지만, 내 개를 어떻게 하든 내 맘이라는 대답이 돌아올 뿐이었다고 한다.

노조미가 보호했을 때 코기는 꼬챙이처럼 말라 있었다. 밥도 제대로 먹지 못했던 것이다.

보건소에 연락해 봤자 주인이 인수하든가 양부모가 나타나지 않는 한, 살처분을 당할 수밖에 없었다. 노조미는 1년 전에 오랫동안 함께 살았던 닥스훈트를 잃은 참이었다. 슬슬 새로

157

운 가족을 들일 생각이었던 노조미는 코기를 직접 기르기로
결심했다. 하지만 일주일 만에 항복하고 마나미에게 전화로
SOS를 보낸 것이다.

* * *

"자, 이리 오렴, 루크. 새집에 가자. 건방지지만 귀여운 레이
라는 닥스훈트도 널 기다리고 있어."

마나미가 케이지 문을 열었다. 그 순간 루크가 몸을 떨기
시작했다.

"이것 봐, 계속 이런 상태야. 절대 케이지에서 나오지 않아.
밥도 화장실도 전부 이 안에서 해결해. 청소도 큰일이라니까."

"루크, 이리 오렴."

"잠깐만, 하지 말라니까."

노조미가 말렸지만 마나미는 케이지 안에 손을 넣었다. 순
간 떨고 있던 루크의 눈빛이 변했다. 슬픔으로 물들어 있던 눈
동자가 공포로 뒤덮인 것이다. 루크가 사납게 짖기 시작했다.
어금니를 드러낸 채 케이지 구석에 꼬리를 바싹 붙이고, 침을
튀기면서 날카로운 소리로 계속 짖었다.

"그만해, 마나미. 네가 그렇게 하는 한 이 아이는 절대 울음
을 그치지 않아. 불쌍하잖아."

마나미가 팔을 거둬들이며 케이지 문을 닫았다. 그러자 루

크도 더 이상 짖지 않았다. 하지만 몸은 여전히 격렬하게 떨고
있었다.

"어지간히 지독하게 당했구나."

"그런 것 같아. 저기, 데려갈 게 아니라 이런 일에 전문인 단
체에 상담하는 게 낫지 않을까?"

"아니, 난 결정했어."

마나미는 루크를 바라보면서 말했다. 알겠니, 루크? 이건
너에게 하는 말이야.

"넌 이제 우리의 새로운 가족이야. 내가 꼭 행복하게 해 줄
게."

마나미의 말에 루크는 서글퍼 보이는 눈초리로 마나미를
쳐다볼 뿐이었다.

* * *

레이아가 케이지 주위를 빙글빙글 돌았다. 루크의 냄새를
맡았다가 멀어지고, 짖고, 다시 빙글빙글 돌았다.

루크는 싫은 기색을 보이지 않았다. 사람에게는 마음을 닫
고 있어도, 상대가 개라면 괜찮은 듯했다.

루크가 케이지에서 한사코 나오려고 하지 않아 마나미는
케이지를 통째로 옮겨 왔다. 마나미의 집에 온 루크의 눈동자
에는 노조미네 집에 있을 때보다 더 깊은 슬픔이 깃들어 있었

다. 그 눈을 보자 마음이 아팠다. 하지만 요란한 울음소리와 함께 레이아가 모습을 나타내자, 루크의 눈에 떠오른 슬픔이 옅어져 갔다.

"레이아, 우리의 새로운 가족인 루크야. 나이는 모르지만 아마 두세 살 정도? 네가 누나니까 사이좋게 지내렴."

하지만 레이아는 마나미를 향해 격렬하게 짖었다. 루크가 마음에 들지 않는 듯했다.

"그런 표정 짓지 마. 루크는 불쌍한 아이란 말이야."

마나미가 케이지 문을 열었다. 레이아가 상대라면 나올지도 모른다고 생각한 것이다. 루크는 호기심 어린 눈으로 레이아의 움직임을 좇았다. 하지만 케이지 밖으로는 여전히 나오려고 하지 않았다.

마나미는 거실에서 부엌으로 자리를 옮겼다. 마나미의 기척이 느껴지지 않으면 루크가 나올지도 몰랐기 때문이다.

하지만 그 기대도 무너졌다. 10분 정도 기다린 후 거실로 돌아와 봤지만, 루크는 변함없이 케이지 안에 있었다. 레이아도 루크에게 질린 건지 소파 위에서 꾸벅꾸벅 졸고 있었다.

"저기, 루크. 평생 거기서 나오지 않을 생각이야?"

루크에게 말을 걸었지만, 그것만으로도 루크의 마음이 공포로 물들어 가는 것을 알 수 있었다. 루크에게 사람은 무서운 적인 것이다.

"도대체 어떻게 된 걸까……."

마나미가 소파에 앉자 자다가 깬 레이아가 허벅지 위로 올라왔다.

"레이아, 루크가 무슨 생각을 하고 있는지 좀 알려 줄래? 동족이니까 넌 알 수 있을 거 아냐?"

그때 레이아가 귀를 쫑긋 세우더니 바닥으로 내려가 현관을 향해 달려갔다. 남편 료스케(良輔)가 돌아온 것이다.

"나 왔어." 료스케의 목소리와 함께 레이아의 낑낑거리는 소리가 들렸다. "네네, 공주님. 다녀왔습니다."

명랑한 목소리와 함께 덩치가 큰 료스케가 거실로 들어왔다. 그리고 금세 케이지를 향해 눈을 돌렸다.

"왜 코기가 여기 있는 거야?"

"우리의 새 식구 루크야."

"잠깐만, 나한테 아무 상의도 없이 결정했다고?"

료스케가 어이없는 얼굴로 케이지 앞으로 다가가 앉으며 물었다. 이미 루크의 얼굴은 공포로 일그러져 있었다.

"얘 지금 떨고 있는 거야?"

"좀 사연이 있는 아이거든. 사람이 너무 무섭나 봐."

"그런 애를 데려와서 어쩌려는 거야?"

료스케가 답답한 듯 오른손으로 머리를 긁적였다. 그러자 루크가 날카로운 소리로 울더니 료스케에게서 등을 돌리고 엄청난 기세로 케이지를 긁어대기 시작했다.

"자, 잠깐, 뭐가 어떻게 된 거야?"

"료스케, 케이지에서 떨어져. 옆방에 가 있어."

루크는 패닉에 빠진 게 분명했다.

"아, 알았어."

료스케가 거실을 나갔다. 레이아도 그 뒤를 쫓았다.

"괜찮아, 루크. 이 집에 있는 사람들은 너에게 나쁜 짓 안해. 그러니까 진정해. 응?"

부드럽게 말을 걸어도 루크의 패닉은 잦아들지 않았다. 눈을 치켜뜨고, 어금니를 드러내고, 으르렁거리고, 침을 흘리고, 케이지를 계속 긁어댈 뿐이었다.

"그러다 다쳐."

마나미는 한숨을 내쉬었다.

* * *

모든 이야기를 다 들은 료스케가 살짝 고개를 저었다.

"당신이 생각하는 것만큼 간단하지가 않아. 아까 상황 봤지?"

"하지만 저대로 내버려 둘 순 없어. 레이아에게는 저런 태도를 취하지 않아. 원래 순수하고 상냥한 아이란 뜻이야. 사람이 저렇게 만든 거야. 그렇다면 사람이 다시 저 아이를 어떻게든 해 줘야지."

"무슨 말인 줄은 알겠는데, 그게 어째서 우리여야 하는 거야?"

"만나고 말았으니까. 누구보다 먼저 내가 루크를 만났으니까."

료스케가 파안대소했다.

"정말이지 마나미답네. 잠깐만 기다려."

료스케가 식탁에서 일어나 루크가 들어가 있는 케이지에 다가갔다.

"하지 마. 간신히 진정했는데."

료스케의 접근에 루크는 다시 몸을 떨기 시작했다.

"실험."

"실험이라니 무슨……."

료스케가 케이지 근처에서 오른손을 치켜들었다. 그러자 루크가 다시 패닉에 휩싸여 케이지를 긁어대기 시작했다.

"역시."

"역시라니, 뭐가?"

"마나미가 똑같이 해도 쟤, 저렇게는 안 하지?"

"겁은 내지만 저 정도까지는 아냐."

"남자 주인한테 맞은 거야." 료스케가 말했다. 루크를 바라보는 눈이 고뇌에 가득 차 있었다. "그래서 내가 팔을 움직이면 엄청나게 무서워하는 거야. 저렇게까지 겁을 내는 걸 보니 어지간히 심한 학대를 받은 모양이네."

"설마……."

루크는 케이지를 계속 긁어댔다. 그리고 케이지에서 나오려고도 하지 않았다.

"못 하게 해야 돼."

"안 돼, 저렇게 서슬이 시퍼런데. 어설프게 손을 대려고 하면 심하게 물릴 거야."

"하지만 이대로 두면 쟤가 다치게 될 거야."

"레이아."

료스케가 레이아를 불렀다. 레이아가 알았다는 표정으로 케이지를 향해 달려갔다. 료스케와 레이아는 서로 마음이 통하는 상대였다. 마나미가 때때로 격렬한 질투를 느낄 정도로.

레이아가 케이지를 향해 짖었다. 그러자 루크가 동작을 멈췄다. 레이아가 계속 짖자 루크가 엎드린 자세를 취했다. 레이아를 윗사람으로 인정하고 복종한다는 것을 태도로 보여 주고 있었다.

"레이아, 고마워."

료스케의 말에 레이아가 자랑스레 꼬리를 흔들었다.

2

마나미는 거실 문을 조용히 열었다. 그리고 살짝 벌어진 틈으로 안을 들여다봤다.

케이지는 비어 있었다. 배변 시트 위에 똥 덩어리가 놓여 있었다. 역시 루크도 케이지 안에 배설하고 싶지는 않은 것이다. 루크는 레이아와 함께 있었다. 소파 위에 나란히 엎드린 채.

레이아는 3일 정도 지나자 루크의 존재에 익숙해졌다. 아니, 루크를 인정했다고 하는 게 맞겠지. 루크를 새 식구로 인식한 것이다. 그와 동시에 루크도 레이아에게 의존하게 되었다. 레이아를 무리의 상위자로 대하기 시작한 것이다. 케이지 안에서 레이아를 향해 응석 부리는 목소리를 내면, 레이아는 케이지로 다가가 꼬리를 흔들었다.

레이아에게는 마음을 열었지만, 상대가 사람이라면 이야기는 완전히 달라졌다. 마나미든 료스케든, 케이지에 다가가면 루크는 패닉을 일으키며 결코 케이지에서 나오려고 하지 않았다. 특히 료스케에 대한 공포가 엄청나, 거실에 료스케가 있을 때는 료스케의 일거수일투족에 한시도 눈을 떼지 않았다. 잠은 커녕 편히게 있지도 못할 정도였다.

도대체 무슨 학대를 받았던 걸까. 그 생각을 하는 것만으로도 가슴이 에이는 듯했다. 개도 이야기를 할 수 있다면 좋을 텐데. 부질없는 생각을 하며 마나미는 한숨을 내쉬곤 했다.

레이아와 단둘이 있게 하는 게 어떻겠냐고 제안한 것은 료스케였다.

"낮 동안 거실에 접근하지 말고, 레이아와 루크만 거실에 두는 거야. 물론 케이지 문은 열어 둬야지. 레이아에게는 마음을 열고 있으니 케이지에서 나올지도 몰라."

마나미는 그 아이디어에 마음이 움직였다. 그리고 오늘, 레이아와 둘이서만 있게 두기로 한 지 3일 만에, 루크가 케이지에서 나온 것이다.

"맞아. 사진을 찍어야지."

마나미는 엿보던 문에서 떨어져 발소리를 죽인 채 침실로 돌아가 디지털카메라를 챙겼다. 그리고 다시 거실로 돌아와 문틈으로 렌즈를 내밀었다.

레이아는 평소와 마찬가지 모습이었고, 루크 또한 마나미와 료스케가 있을 때는 보여 준 적이 없는 완전히 안심한 모습으로 잠들어 있었다. 진짜 남매 같았다.

마나미는 조용히 셔터를 눌렀다. 그러나 카메라는 무심하게도 거친 소리를 냈고, 루크가 귀를 쫑긋 세우더니 뒤이어 바로 눈을 떴다. 그리고 순식간에 전신의 털을 곤두세우더니 소파에서 뛰어내려 케이지를 향해 돌진했다. 케이지 안으로 들어가 구석에 엉덩이를 바싹 붙인 루크가 몸을 낮추고 마나미의 모습을 살폈다.

마나미는 쓴웃음을 지으며 문을 활짝 열었다.

"그렇게 푹 자고 있었으면서, 좀 오버 아니니? 어때 레이아? 너도 그렇게 생각하지 않아?"

레이아가 잠에 취한 눈으로 꼬리를 흔들었다. 마나미는 케이지 앞에 앉았다.

"이리 나오렴, 루크. 케이지에서 나와도 무서운 일은 하나도 없었잖아."

하지만 루크는 어금니를 드러내며 으르렁거리기 시작했다.

"벌써 집에 온 지 열흘째야. 나도 료스케도 루크에게 불쾌한 행동을 한 적 없었지? 내가 만드는 밥은 맛있게 먹잖니."

말을 건넬 때마다 루크의 으르렁거림이 심해졌다. 다가오지 마, 나를 내버려 둬. 온몸으로 그렇게 호소하고 있었다.

"루크⋯⋯."

가슴이 에일 듯한 감정이 다시 찾아왔다. 루크에 대한 안쓰러움, 아무리 시간이 지나도 마음을 열어 주지 않는 것에 대한 초조함, 무력감이 밀려왔다.

"미안해." 마나미는 다시 일어섰다. "루크는 사람에게 심한 일을 당했지. 그걸 알면서도 내가 너무 초조하게 굴었어. 벌써 열흘이라고 했지만, 사실 너에게는 아직 열흘인 거지."

마나미는 루크의 얼굴을 바라보며 뒷걸음질 쳤다. 루크의 으르렁거림은 그치지 않았다. 마나미는 똥을 싸 놓은 배변시트를 돌돌 말고 새 시트를 깔았다.

"레이아, 루크를 부탁해."

한숨을 꾹 참으며 거실을 나섰다. 개는 인간의 감정에 민감하다. 마나미가 실망했다는 걸 느끼면 루크는 더 완강해질지도 몰랐다.

마이너스 감정은 필요 없었다. 루크에게는 밝은 감정만을 갖고 대해야 했다.

화장실 변기에 변을 흘려보내며, 마나미는 비로소 간신히 한숨을 내쉬었다. 더러워진 시트를 개 오물 전용 쓰레기통에 집어넣었다.

"긍정적으로 생각해야지, 긍정적으로."

그렇게 스스로를 타일러 보지만, 가슴에 구멍이 뻥 뚫린 것 같은 기분은 사라지지 않았다.

　　　　　　　　　　＊　＊　＊

　거실에서 레이아가 야단법석을 떠는 소리가 들려왔다. 잠
에서 깬 마나미는 손목시계를 확인했다. 오후 4시 반. 산책 시
간이었다. 루크의 일로 슬퍼하고 있는 사이, 어느새 깜박 잠이
들었던 것이다.

　"어머나."

　허겁지겁 거실로 가서 조용히 문을 열자 레이아가 재빨리
발치에 들러붙었다. 루크는 여전히 케이지 안에 있었다. 마나
미의 모습을 보자마자 몸을 떨면서.

　"레이아, 미안해. 산책하러 가자."

　산책이라는 말에 레이아가 격렬하게 꼬리를 흔들었다.

　"루크도 갈래? 산책 정말 재밌어."

　케이지에는 다가가지 않은 채 말을 걸어 보았지만, 루크는
몸을 떨고 있을 뿐이었다.

　"알았어. 그럼 루크는 오늘도 집이나 봐야겠다."

　벽에 걸어 둔 리드줄을 풀어서 레이아의 개목걸이에 연결
했다.

　"가자, 레이아."

　복도로 나오자 레이아가 깡충깡충 뛰듯이 걷기 시작했다.
밥과 산책, 그리고 자신을 어루만지는 손길은 레이아에게 최
고의 기쁨이었다.

그때 레이아의 발걸음이 갑자기 멈췄다. 레이아가 뒤를 돌아보았다. 거실에서 루크의 구슬픈 콧소리가 들려왔다.

끼이잉, 끄으응.

영혼을 사로잡는 듯 애절한 울음소리였다. 루크가 레이아를 부르고 있었다. 자기를 혼자 두지 말라고 호소하고 있었다. 루크가 그런 소리를 내는 것은 처음이었다.

레이아는 더 이상 꼬리를 흔들지 않았다. 전에 없이 사려 깊은 표정으로 루크의 울음소리에 귀를 기울였다.

"레이아, 한 번 더 루크에게 산책하러 가자고 해 볼까?"

마나미가 묻자 레이아가 다시 꼬리를 흔들었다. 리드줄을 놓자 레이아가 거실을 향해 달려갔다. 마나미도 뒤를 쫓았다.

레이아가 케이지 주위를 빙글빙글 돌았다. 그러자 루크가 몸을 낮추고 짧은 꼬리를 격렬하게 흔들며 기쁨을 표현했다. 마나미가 거실로 들어와도 신경 쓰지 않았다. 레이아가 자신의 호소를 받아 준 것이 너무나도 기쁜 듯했다.

가슴에서 뭔가 뜨거운 것이 치밀어 올랐다.

지금 마나미의 눈에 비치는 루크는 평범한 개였다. 짧은 다리를 버둥거리며 힘껏 꼬리를 흔들고 기쁨이라는 감정을 드러내고 있었다. 마나미나 료스케에게 보이는 극단적인 공포는 그 어디에도 보이지 않았다.

레이아가 껑충껑충 뛰면서 짖었다. 거기에 응답하듯이 루크도 짖었다.

사랑해, 레이아 누나!

나도 네가 맘에 들어, 루크!

마치 이렇게 대화를 나누는 것처럼 두 마리 개는 서로를 향해 짖고 있었다.

함께 산책하러 가자, 루크. 반드시 가자.

마나미는 갑자기 강한 의지가 끓어올랐다.

산책하러 가면 얼마나 즐거운지 몰라. 지금보다 더 행복해질 수 있어. 모든 무서운 것과 불쾌한 것으로부터, 반드시 레이아가 널 지켜 줄 거야. 그러니까 루크, 산책하러 가자.

마나미는 케이지 앞으로 다가갔다. 하지만 번뜩 정신을 차린 루크가 이번에도 케이지 구석으로 자기 몸을 밀어붙였다.

"괜찮아, 루크. 레이아랑 같이 있고 싶지? 레이아는 이제부터 산책하러 갈 거야. 그게 레이아의 일과야. 그러니까 레이아랑 같이 있고 싶으면 루크도 산책하러 가자."

루크가 어금니를 드러냈다. 으르렁거렸다.

"그런 표정 짓고, 그런 소리 내도 난 무섭지 않아. 난 네가 상냥한 아이라는 걸 알거든. 루크, 우리 산책하러 갈까? 잠깐이라도 좋아. 우리 용기를 내 보자."

마나미는 케이지 안으로 팔을 집어넣었다. 부드러운 미소를 띠고 상냥하게 말하면서, 조금씩 팔을 뻗었다.

루크를 만져 보자. 어루만지면 틀림없이 마음이 전해질 거야. 기묘한 확신이 마나미를 사로잡고 있었다.

"자, 루크. 이리 오렴."

한 번 더 말을 건 순간, 루크의 눈빛이 변했다. 공포가 분노로 돌변했다. 마나미가 미처 팔을 빼기도 전에, 루크의 어금니가 마나미의 손등을 파고들었다.

아프기보다 먼저 놀라지 않을 수 없었다. 설마 물릴 줄이야. 루크는 증오를 드러내며 마나미의 손을 물고 놓지 않았다. 피부를 찢고 살을 파고든 어금니가 뼈마저 부수려 했다.

통증이 엄습했다. 정수리를 꿰뚫는 듯 격렬한 통증이었다. 뿌리치려고 팔을 흔들었지만 루크는 계속 마나미의 팔을 물고 늘어졌다.

그 순간, 레이아가 짖기 시작했다. 지금까지 한 번도 들은 적 없는 격렬한 분노를 품은 소리였다. 그러자 루크의 기가 꺾이며 손에 가해졌던 압력도 사라졌다.

마나미는 팔을 끌어당겼다. 뚝뚝 피가 떨어지고 있었다. 손등의 피부가 찢어져 구멍 뚫린 살이 고스란히 보였다. 얼굴에서 핏기가 사라진 마나미는 카펫 위로 엉덩방아를 찧으며 왼손으로 오른손 손목을 압박했다.

레이아가 마나미의 얼굴을 살폈다. 루크는 케이지 안에서 떨고 있었다.

"알았어. 너 하고 싶은 대로 해."

마나미는 가시 돋친 말을 내뱉으며 벌떡 일어났다. 빨리 지혈하고 병원에 가야 했다.

거실에서 나오기 직전, 마나미는 뒤를 돌아보았다. 루크가 영혼이 빠져나간 표정으로 마나미를 바라보고 있었다.

* * *

"그건 당신이 잘못했네."

료스케가 말했다. 마나미는 뾰로통해 했을 뿐 반론은 하지 않았다. 내가 잘못한 건 나도 알아. 그래도 위로의 말을 해 주길 바랐어.

"대체로 마나미는 뭐든 너무 조급해."

"료스케가 말 안 해도 알아."

마나미는 붕대를 감은 손을 문질렀다. 물린 자국이 자기주장을 하듯이 고통을 호소했다. 레이아의 산책도 미루고 병원으로 직행한 마나미는 열 바늘을 꿰매야 했다. 의사는 당분간 격렬한 운동이나 음주는 금하라고 권고했다. 그런데도 눈앞의 료스케는 마나미를 아랑곳하지 않고 캔맥주를 기울이고 있었다.

"루크가 얼마나 큰 상처를 입었는지 알잖아. 그런 애한테, 집에 온 지 아직 열흘밖에 안 됐는데 짜증을 내다니……."

"짜증 낸 게 아니야. 그저 물리니까 아프고, 슬프고, 화가 나서……."

"당신은 루크를 억지로 케이지에서 나오게 하려고 했어. 그

173

건 어떤 의미에서 짜증을 낸 거나 마찬가지야."

마나미는 입을 다물었다. 분하지만 그의 말이 맞았다. 초조했다. 그 결과 루크에게 물렸고, 자신을 문 루크에게 다시 상처를 주게 되었다.

루크는 케이지 안에 있었다. 케이지 문은 활짝 열려 있었다. 레이아가 열심히 유혹하고 있었지만, 루크는 움직이려고 하지 않았다. 케이지 구석에서 마나미와 료스케를 조용히 바라볼 뿐이었다. 평소의 겁먹은 눈과는 달랐다. 어둡게 가라앉은 눈동자는 마나미를 문 것을 후회하고 있는 듯했다.

잘못한 건 나야, 루크 탓이 아니야. 마나미는 소리 내지 않고 말했다. 루크가 멈칫한 것 같은 기분이 들었다.

"일이 없으면 나도 도와줄 텐데……."

료스케는 지극히 평범한 샐러리맨이었다. 아침 6시에 일어나 7시 반 전에 집을 나선다. 집에 오면 오후 7시가 넘는다. 잔업이 있을 때면 마지막 전철로 돌아올 때도 있다. 그렇다고 월급이 많은 편도 아니다. 그래도 마나미가 일을 하지 않아도 되는 것은 료스케의 아버지가 남겨 준 이 집이 있기 때문이었다. 대출도 없고, 집세도 없는.

료스케에게 더 이상 바라는 건 무리였다.

"전문가와 상담해 보면 어때?"

캔맥주를 다 마신 료스케가 냉장고에서 하나 더 꺼내며 물었다.

"됐어." 마나미가 고개를 저었다. "내가 어떻게든 알아서 할 거야."

"뭘 그렇게 고집을 부려? 조언을 받는 것뿐인데."

"내 힘으로 어떻게든 해 보고 싶어."

료스케가 캔맥주를 땄다. 피식, 하는 소리에 루크가 움찔 몸을 떨었다. 마나미는 깜짝 놀라지만, 료스케는 신경 쓰지 않았다. 우리가 먼저 신경을 써 줄 게 아니라, 시간을 들여 루크가 우리에게 익숙해지도록 만들자는 것이 료스케의 주장이었다.

"코기는 안 그래도 천성이 격렬한 견종이야. 그런 개가 인간 불신에 빠져 있다고. 고집 피울 때가 아닌 것 같은데?"

"원래 루크는 마음씨가 고운 아이야. 료스케는 레이아와 루크가 사이좋게 자는 걸 본 적이 없으니까 그렇게 말할 수 있는 거야."

확실히 코기 중에는 성질이 거친 개가 많다. 사랑스러운 외모와는 반대로, 다른 개에게 아무렇지도 않게 싸움을 걸고 쉽게 어금니를 드러내는 것이다. 하지만 일본인을 하나로 싸잡아 말할 수 없는 것처럼, 코기 중에도 온화한 개가 있다. 싸움을 싫어하는 개도 있다.

"저기, 마나미. 혹시 그 일이 마음에 걸려서 루크에게 고집을 부리는 거라면 그건 잘못된 거야."

"무슨 얘기야?"

"아무리 귀여워도 개는 개야. 사람의 아이가 아니라고."

순간 마나미의 뺨이 뜨겁게 달아올랐다. 두개골 깊숙한 곳에서 발화한 불씨가 점점 활활 타오르며 열을 발산하는 느낌이었다.

료스케와 마나미 모두 아이를 원했다. 하지만 생기지 않았다. 산부인과를 찾아가 검사를 받았는데, 료스케의 정자에는 아무 문제가 없었다. 마나미는 그제야 아이가 생기지 않는 게 자신에게 문제가 있기 때문이라는 것을 알게 되었다.

몇 년 동안 불임 치료를 계속했지만, 결국에는 포기하고 말았다. 그리고 아이를 갖는 대신 레이아를 맞이했다.

레이아는 사랑스러웠다. 마나미는 모든 애정을 레이아에게 쏟았다. 하지만 어느 날, 레이아는 이 집의 보스로 자신이 아닌 료스케를 선택했다. 레이아에게는 료스케가 첫 번째 사랑이었다. 함께 산책을 하러 가는 것도, 식사 준비를 해 주는 것도 마나미인데, 료스케가 귀가하면 레이아는 마나미를 거들떠보지도 않고 료스케에게 달라붙었다. 물론 마나미를 사랑하지 않는 건 아니었다. 하지만 마나미는 어디까지나 두 번째일 뿐이었다.

가능하면 개를 한 마리 더 갖고 싶었다. 가능하면 남자아이로. 나를 제일 사랑해 주는 남자아이로.

"나도 알아."

마나미는 자리에서 일어났다.

개를 애지중지하는 것이 육아의 대체 행위라고 말해도, 마나미는 반론할 수 없었다. 실제로 아이를 포기했기 때문에 개를 기르기 시작했으니까. 아이의 성장을 지켜보는 대신 개의 성장을 지켜보고 있으니까. 그래서 뭐가 어떻다는 것인가. 마나미는 그걸로 행복했다. 레이아도 행복했다.

루크도 행복하게 해 주고 싶었다.

단지 그것뿐이었다.

"당신 힘으로만 하고 싶다면, 그것도 좋아. 하지만 초조해하진 마. 그리고 무엇보다 중간에 내팽개쳐도 안 돼."

료스케가 루크에게 시선을 돌리면서 말했다. 전에 없이 진지한 목소리였다.

"그런 짓 안 해."

"당신한테까지 배신당하면 루크는 죽을 때까지 사람을 믿지 못할 거야."

료스케의 목소리를 들으며 마나미는 거실을 나갔다.

3

잘게 다진 채소와 닭 가슴살을 끓는 물에 데친다. 잡곡을 넣어 지은 밥을 소쿠리에 담아 찬물로 씻고, 보글보글 끓고 있는 수프 안에 넣는다. 밥을 씻는 것은 미끈거리는 점액을 제거하기 위해서다. 개는 인간처럼 씹지 않기 때문에 가급적 소화하기 쉬운 상태로 음식을 만들어야 한다. 때때로 닭고기는 돼지고기로, 그리고 생선으로 바뀌기도 한다.

오른손을 쓰기 힘든 상황에서 음식을 만드는 것은 중노동이나 다름없었다. 밥이 죽처럼 변하면 불을 끄고 냄비를 내려 식힌다.

밥이 식기를 기다리는 동안 마나미는 나갈 준비를 했다. 간단한 화장을 하고 자외선 차단제를 바른 뒤 옷을 갈아입으면 준비 완료.

거실에서 레이아가 들썩이는 소리가 들렸다. 산책하러 간다는 것을 아는 탓이다.

부엌으로 돌아와 식은 밥을 식기에 나눠 담았다. 1 대 3. 많은 쪽이 루크의 몫이었다. 요즘 루크는 체중이 늘고 털의 윤기도 좋아지고 있었다. 가능하면 샴푸를 해 주고 싶고, 병원에도 데리고 가고 싶었다. 하지만 루크는 여전히 뭐든 다 거부하고 있었다.

"루크, 밥, 여기 둘게."

거실의 북쪽 구석, 카펫 옆 마룻바닥이 드러나 있는 곳에 식기를 두었다. 루크는 돌아보지 않지만, 마나미와 레이아가 산책에서 돌아오면 밥은 사라져 있었다. 스테인리스 식기가 반짝반짝 빛날 정도로 말끔히. 루크가 구석구석 핥고 있다는 증거였다.

"자, 레이아, 산책하러 갈까?"

레이아가 기뻐서 어쩔 줄 몰라 하자 루크가 콧소리를 냈다. 가지 마, 날 혼자 두지 마. 레이아에게 열심히 아양을 떨었지만, 레이아는 돌아보지 않았다. 이제 루크의 애원에 익숙해진 것이다.

마나미는 서둘러 신발을 신었다. 루크의 구슬픈 소리를 듣고 있으면 가슴이 찢어질 듯했다. 저렇게까지 외로움을 호소하면서도 고집스럽게 케이지에서 나오지 않는 루크를 볼 때마다 분함과 분노를 느꼈다.

마나미와 레이아가 집을 나올 때까지 루크의 콧소리는 멈추지 않았다. 집을 나온 후의 일은 알 수 없지만, 얼마 동안 계속 울다가 결국 포기하고 밥을 먹을 터였다.

레이아는 평소처럼 집 앞 도로에서 왼쪽으로 가려고 했다. 그쪽 방향으로 15분 정도 걸으면 직은 도그런이 있는 공원이 있었다. 저녁에는 그곳에서 친한 개들과 마음껏 뛰어노는 것이 레이아의 일과였다.

"레이아, 오늘은 그쪽이 아니야."

마나미가 반대쪽으로 걷기 시작하자 레이아가 의아한 표정을 지으며 따라왔다.

오늘은 이웃 동네까지 가 볼 생각이었다. 전철로 두 정거장. 도보로 30분이 약간 넘는 거리였다. 그래서 평소보다 빨리 집을 나섰다.

어제 노조미에게서 전화가 왔다. 노조미는 루크의 전 주인이 이사한 곳을 찾았다며 단단히 벼르고 있었다.

노조미의 이웃이 우연히 그의 아내를 봤다는 것이다. 이웃은 노조미가 루크를 보호한 경위에 대해 알고 있었고, 본인도 과보호일 정도의 애견인이었다. 이웃은 그 사람들이 이사한 곳을 알아내서 항의 편지라도 보내려고 몰래 뒤를 밟았다고 한다.

그들이 이사한 곳은 신축 단독 주택이었다. 개를 기를 수 없는 환경도 아니었다. 그래도 그들은 루크를 버렸다. 마치 쓰레기처럼.

이웃은 노조미에게 전화를 걸어 적절한 곳에 동물학대로 고소를 하는 게 어떠냐고 제안을 했다. 노조미도 그렇게 하고 싶었다. 하지만 증거가 없었다. 루크가 일상적으로 폭력을 당했다는 것은 루크의 반응에 의한 상황 증거일 뿐이었다.

어떻게 할지 고민하던 노조미는 마나미에게 전화를 걸었다. 마나미는 아무것도 하지 말아 달라고 대답했다.

"루크를 위해 할 수 있는 건 전부 내가 할 거야. 내가 저 아이의 새 주인인걸."

레이아가 짖었다. 마나미가 뒤를 돌아봤다. 끝까지 늘어난 리드줄 때문에 레이아가 끌려오듯이 걷고 있었다. 저도 모르게 발걸음이 빨라졌던 것이다.

"레이아, 미안해."

속도를 늦추고 레이아가 쫓아오길 기다렸다. 레이아는 숨을 헐떡이고 있었다.

이러면 안 돼, 침착해야 돼. 마나미는 스스로를 타일렀다.

* * *

그 부부라는 건 몰랐다. 사이좋게 서로를 향해 미소를 지으며 부부가 이쪽으로 걸어오고 있었다. 어디서 어떻게 봐도 행복한 중년 부부였다.

그런데 그 부부가 마나미를 지나쳐 루크의 전 주인이 살고 있다는 집으로 들어가고 있었다.

마나미는 휴대폰을 꺼내 노조미에게서 받은 메일을 체크했다. 메일에는 사진이 첨부되어 있었다. 이웃 분이 찍은 전 주인의 새집이.

틀림없었다. 주소와 문패 모두 사진과 일치했다. 스페인풍이라고 해야 할까. 멋진 집은 주인의 행복을 상징하듯이 햇빛을 받아 빛나고 있었다. 작은 마당에는 흐드러지게 꽃이 피어 있고, 잘 닦인 세단이 한 대 서 있었다.

루크를 학대했을 부부가 소리 내어 웃으며 그 집으로 들어갔다.

마나미는 우두커니 서 있었다. 레이아의 리드줄을 꽉 움켜쥔 채, 멍하니 그 집을 바라보았다. 사실은 큰 소리로 따질 생각이었다. 그동안 하고 싶었던 말을 모조리 그들을 향해 퍼부어 줄 생각이었다. 하지만 행복해 보이는 부부와, 행복의 상징 같은 집은 마나미에게 불의의 일격을 가했다.

거친 분위기를 풍기는 남자가 루크의 주인이어야 했다. 생활에 찌들어, 남편이 하는 말에 그저 네네, 하는 여자가 아내여야 했다. 쏟아낼 데 없는 울분이 약자인 루크를 향했던 것이어야 했다. 그랬다면 용서할 수는 없어도, 이해는 할 수 있었을 것이다.

하지만 저 집은, 저 부부는, 마나미가 이해할 수 있는 범위를 뛰어넘고 있었다. 저들은 벌레 한 마리 못 죽일 것 같은 얼굴을 하고, 불만 같은 건 하나도 없다는 듯이 웃으면서 루크를 학대했던 것이다. 식사를 주지 않고, 산책에도 데려가지 않고, 고함치고, 위협하고, 때렸다. 그리고 끝내는 쓰레기처럼 버리고 떠났다. 사람에 대한 루크의 공포를 봤을 때, 이 예상은 절대 틀리지 않을 것이다.

마음이 차갑게 식었다. 사람이라는 생물이 얼마나 무시무시한 존재인지 깨닫자 다리가 후들거렸다. 그들은 웃으면서 생명을 희롱할 수 있는 것이다.

그때 초등학생 남자아이가 길을 달려왔다. 책가방을 메고, 축구공을 넣은 그물망을 어깨에 걸고 있었다. 볕에 보기 좋게 그을린 아이의 하얀 치아가 눈부셨다. 얼굴에서 떠나지 않는 미소가 소년의 충실한 생활을 이야기해 주었다.

"다녀왔습니다!"

소년이 큰 소리로 인사하면서 스페인풍 집으로 뛰어 들어갔다.

소년은 루크와 함께 살았을 것이다. 루크가 어떤 일을 당했는지 알았을 것이다. 이사하면서 루크가 버려진 사실도 알았을 것이다. 그러나 소년의 미소에는 아무 거리낌도 없었다. 루크의 흔적은 어디에도 보이지 않았다.

마나미는 그 집을 뒤로하고 돌아섰다. 오는 게 아니었다. 저런 사람들을 보는 게 아니었다.

역겨움과 회한이 치밀어 올랐다.

그러나 그들은 절대 예외의 경우가 아니었다. 일본의 무수한 가정이 개를 기르고 있었다. 그중에서 버려지는 개, 학대받고 있는 개도 상당했다. 저런 행복해 보이는 집에서, 얼마나 많은 개가 지금도 똑같은 일을 당하고 있는 걸까.

"가자, 레이아."

마나미는 입술을 깨물며 고개를 저었다. 생각을 멈춰야 한다. 그렇지 않으면 길바닥에서 울어 버릴 것만 같았다.

4

료스케가 오사카(大阪)로 출장을 떠났다. 3일 후 돌아올 예정이었다. 마나미는 집에 친구를 불렀다. 사에코(紗江子)는 레이아와 같은 미니어처 닥스훈트를 기르는 대학 시절 사귄 오래된 친구였다. 사는 곳도 가까워서 달에 한두 번은 도그런에서 함께 놀고 있었다. 사에코가 기르는 라이너스는 레이아의 좋은 놀이 친구였다.

"정말 자고 가도 돼?"

"모처럼 남편도 없는데 같이 술이나 마시자. 취하면 집에 가기 귀찮잖아. 라이너스도 있고."

마나미와 사에코는 개수대에 나란히 서서 만찬 준비에 한창이었다. 큰맘 먹고 산 이탈리아산 햄에 치즈, 색색의 채소를 사용한 샐러드, 단골 빵집에서 조달해 온 바게트. 냄비에서는 토마토소스가 보글보글 끓고 있었다. 거기에 파스타를 넣고, 마지막은 사에코가 사온 초콜릿 케이크로 마무리하면 딱 좋을 것이다. 와인도 화이트와 레드를 한 병씩 준비했다.

거실에서는 레이아와 라이너스가 술래잡기를 즐기고 있었다. 사에코의 존재에 겁을 먹은 루크는 케이지 안에서 움직이려고 하지 않았다. 그러나 부러운 눈으로 둘의 움직임을 좇고 있었다.

"벌써 이 집에 온 지 3주째지?"

채소를 씻으면서 사에코가 물었다.

"응, 딱 3주 됐네."

마나미는 오른손을 내려다보았다. 루크에게 물린 상처도 어느새 많이 회복됐다. 이제 금주도 풀렸다.

"그런데 아직도 저런 상태라니, 너무 안됐어."

"저래 봬도 많이 나아진 거야. 처음 왔을 때 같으면, 사에코가 거실에 들어온 순간 패닉에 빠졌을걸? 마구 짖어대면서 케이지 철망을 긁어댔겠지."

"개를 학대하는 사람이 있다니 믿을 수가 없어."

사에코가 눈을 가늘게 뜨고 흐뭇한 표정으로 서로 장난치는 레이아와 라이너스를 바라보았다. 둘 다 해맑은 미소를 짓고 있었다. 행복하면 할수록 그들의 미소는 더욱 빛이 났다.

루크의 미소는 아직 본 적 없었다. 레이아와 둘만 있을 때는 웃고 있을지도 몰랐다. 하지만 그 미소는 마나미가 모습을 보이자마자 사라져 버릴 뿐이었다.

"내가 직접 길러 보기 전까지는 개가 웃는다는 얘길 들어도 믿기지가 않았어."

사에코가 말했다.

"나도 그래."

"하지만 정말 웃어, 그치? 그것도 아주 행복하게."

"전에 인터넷에서 읽었는데, 사람의 미소를 흉내 낸 거라는 설도 있더라."

"그럼 뭐 어때? 사람의 미소를 흉내 낼 수 있다는 건, 다른 가족이 잘 웃는다는 의미잖아? 그건 그 아이가 행복한 가정에서 산다는 증거야."

그 말을 들은 마나미는 입을 다물었다. 그 가족도 웃고 있었다. 부부와 자식 모두, 터질 듯 환한 미소를 짓고 있었다. 그렇게 미소가 넘치는 가정에서, 루크만이 미소를 빼앗긴 것이다.

"왜 그래? 갑자기 표정이 어두워졌어."

"아무것도 아니야."

마나미는 포장을 벗긴 치즈를 칼로 자르기 시작했다. 레이아와 라이너스가 곧장 달려왔다. 개는 유제품을 매우 좋아한다.

"이건 안 돼. 너희들한테는 염분이 너무 세단 말이야. 나중에 딸기를 줄게."

딸기는 사에코가 개 간식용으로 사온 것이었다.

마나미는 루크를 몰래 훔쳐보았다. 루크는 어리둥절한 표정을 짓고 있을 뿐이었다. 치즈건 요구르트건 먹어 본 적이 없는 얼굴이었다. 마나미에게 올 때까지 루크는 질이 안 좋은 개 사료만 먹었을 것 같았다. 아니, 그것조차 버리기 직전에는 주지 않았던 게 틀림없었다.

마나미는 한숨을 꾹 참았다. 루크를 학대하고 버린 그 가족들만 떠올리면 수만 번이라도 한숨이 나올 것만 같았다.

* * *

취기가 올라왔다. 화이트 와인은 이미 다 마셨고, 레드 와인도 거의 비어 가고 있었다. 전채부터 토마토소스 파스타까지 테이블에 가지런히 놓였던 접시는 완전히 비어 있었다.

"아아, 배불러. 게다가 취하기까지."

사에코가 일어나서 부엌으로 갔다.

"뭐 해? 이제 더 이상 못 먹겠어."

"우리가 먹을 게 아니야."

사에코가 잘게 자른 딸기를 작은 그릇에 담아 왔다. 레이아와 라이너스가 흥분해 꼬리를 흔들었다.

"왕자님, 그리고 공주님, 오래 기다리셨습니다."

사에코가 손바닥에 얹은 딸기 조각이 눈 깜짝할 사이에 사라졌다. 라이너스가 낚아채 간 것이다.

"라이너스, 얌전히 기다려야지!"

사에코가 눈살을 잔뜩 찌푸리며 성을 냈다. 하지만 재빨리 도망치면서도 라이너스는 딸기를 계속 입에 물고 있었다.

"레이아, 넌 저런 짓 안 하지?"

마나미가 웃으며 딸기를 집었다. 레이아는 더할 나위 없이 진지한 눈으로 딸기를 바라만 보았다.

"오케이."

마나미의 말이 떨어지자, 레이아가 마나미의 손을 물지 않도록 조심하면서 솜씨 좋게 딸기를 입에 넣었다. 마나미는 의기양양한 표정으로 사에코를 향해 고개를 돌렸다.

"가정 교육의 차이야."

"라이너스도 다른 집에 올 때만 좀 풀어지는 것뿐이야. 우리 집에서는 절대 저렇게 예의 없이 행동하지 않는다니까."

사에코가 다시 딸기를 손에 쥐자 라이너스가 돌아왔다. 이번에는 얌전히 사에코의 허락이 떨어질 때까지 기다렸다. 마나미도 레이아에게 새 딸기를 주었다.

그때 콧소리가 들려왔다. 피리 소리처럼 높고 날카로운 소리였다. 놀란 레이아와 라이너스가 딸기를 먹다 동작을 멈췄다. 마나미와 사에코도 케이지로 시선을 돌렸다.

울고 있는 것은 루크였다. 케이지 입구 바로 앞까지 왔지만 차마 밖으로 나오지 못한 채, 루크가 자기에게도 먹을 것을 달라고 울고 있었다.

"먹을래, 루크?"

마나미가 물었다. 루크의 울음소리가 더 높아졌다. 마나미는 딸기를 집어 케이지 앞으로 다가갔다. 루크가 케이지 안쪽으로 뒷걸음질 쳤다. 그래도 콧소리는 그치지 않았다.

"루크 것도 있어. 먹어 보렴."

마나미가 딸기를 얹은 오른손을 조심스럽게 케이지 안에 넣었다. 루크에게 물렸을 때의 충격과 아픔이 되살아났다. 그러나 의지의 힘으로 두려움을 억눌렀다.

지금이 승부처야. 그런 확신이 들었다.

루크의 울음소리가 이렇게 말하고 있었다. 딸기를 케이지 바닥에 두고 당신은 케이지에서 물러나.

"안 돼, 루크. 먹고 싶으면 내 손에서 먹어."

넌 지나치게 조급해. 료스케의 목소리가 머릿속에서 메아리쳤다. 게다가 넌 취했어.

그래, 난 항상 조급해. 하지만 어쩔 수 없잖아. 그게 바로 나야.

그래, 난 취했어. 하지만 그게 뭐 어떻다는 거야.

"자, 루크. 힘내. 레이아랑 라이너스도 맛있게 먹고 있는 거 보이지? 딸기라는 거야. 엄청 달아."

루크는 울고 있었다. 평소처럼 패닉에 빠지는 일도, 공포에 떠는 일도 없이, 자기에게도 딸기를 달라고 울고 있었다.

"레이아, 이리 오렴."

마나미가 말한 순간이었다. 레이아가 순간 이동이라도 한 것처럼 바로 옆에 모습을 드러냈다. 루크의 눈앞에서 여봐란 듯이 레이아에게 딸기를 주었다.

루크의 콧소리가 더 높아졌다. 마나미는 새 딸기를 손바닥에 올렸다.

"자, 루크. 딸기를 원하지? 먹고 싶지? 그럼 먹어."

루크는 계속해서 울었다. 하지만 마나미에게 다가오려고 하진 않았다.

"마나미, 왜 이렇게 집요해? 취하면 항상 그런다니까."

"사에코는 가만히 있어. 이건 우리 가족 문제야. 자, 루크."

끄응, 끄응, 끄응. 루크가 레이아를 보며 울었다. 레이아에게 애원하고 있었다.

"나를 봐, 루크. 네 보스는 레이아가 아니라 나야. 뭔가를 원할 때는 나에게 말해야 해."

루크가 마나미를 봤다. 그리고 이어서 딸기를 봤다. 콧소리가 멈췄다.

"자, 루크. 이 딸기는 네 거야. 먹어도 돼. 먹고 싶지? 다 같이 먹고 싶을 거야. 행복의 원 안에 들어오고 싶을 거야. 괜찮아, 루크. 안심하고 맡겨도 돼. 내가, 료스케가, 레이아가 널 반드시 행복하게 해 줄게."

루크가 일어섰다. 주뼛주뼛 앞으로 발을 내디뎠다. 마나미는 최선을 다해 상냥한 마음으로 미소를 지었다. 루크를 안심시키기 위해서, 루크와 약속하기 위해서.

"행복해지고 싶지? 내가 행복하게 해 줄게."

루크의 코가 손끝에 닿았다. 마나미의 손끝이 떨렸다. 흥분한 나머지 소리를 지를 것 같았다. 하지만 루크를 위해 꾹 참았다. 지금 소리치면 도로 아미타불이었다.

그때였다. 루크가 딸기를 덥석 물었다. 씹지도 않고 꿀꺽 삼키더니 다시 케이지 안으로 도망쳤다. 마나미는 새 딸기를 손에 쥐었다.

"아직 더 있어, 루크. 여기 많이 있단다."

레이아가 자기한테도 달라고 야단이었다. 레이아에게 딸기를 주었다. 루크가 다시 뒤를 돌아보았다.

"이것 봐, 루크. 딸기야. 이렇게나 많이 있어. 맛있지? 더 먹어도 돼."

루크가 또 앞으로 다가왔다. 루크가 움직이는 속도에 맞춰 마나미는 뒤로 물러섰다. 루크가 한 발 앞으로 나오면, 마나미는 한 발 뒤로 물러섰다. 두 발 앞으로 나오면, 두 발 물러섰다. 루크의 눈은 진지했다. 딸기만을 보고 있었다. 케이지를 나온 것도 알아차리지 못할 정도로.

"오케이, 루크."

케이지에서 1미터 정도 떨어진 곳에서 마나미가 말했다. 그 순간 손바닥에서 딸기가 사라졌다. 하지만 루크는 그 자리에 머물렀다. 이번에는 딸기를 제대로 씹어 삼켰다. 그리고 그 자리에 앉은 채로 마나미를 올려다보았다.

　더 줘. 동그랗고 귀여운 눈동자가 그렇게 호소하고 있었다. 내내 눈동자에 담겨 있던 슬픔은 어느새 사라져 있었다.

　"자, 이것 봐, 루크."

　마나미는 접시의 내용물을 전부 손바닥에 올렸다.

　"마음껏 먹어도 돼. 먹고 싶은 만큼 먹어."

　마나미의 말이 떨어진 순간, 루크가 딸기를 먹기 시작했다. 마나미는 왼손으로 살짝 루크를 만졌다. 일순 몸이 경련했지만, 루크는 계속해서 딸기를 먹었다. 도망치려고 하지 않았다.

　"먹어. 많이 먹어도 돼. 안심하고 먹으렴."

　마나미는 그렇게 몇 번이고 중얼거렸다.

저먼 셰퍼드

1

"절대 무리예요."

메구무(愛)는 두 손으로 입을 막았다. 머릿속에 그 개를 떠올리는 것만으로도 온몸에 소름이 끼쳤다.

"무슨 소리야. 말을 걸어야 뭐든 기회가 생기지."

유리코(優理子)가 어이없다는 듯이 고개를 저었다. 가게 안은 다양한 꽃들의 향기로 넘쳐났지만, 오전 중에는 거의 손님이 오지 않는다. 그래서 점장인 유리코와 이런저런 이야기를 나누는 게 메구무의 하루 일과였다.

"하지만 그렇게 큰 개를 데리고 있는데 어떡해요? 난 무리야. 개가 나보다 크다니까요."

메구무는 자기 몸을 내려다보았다. 막 일어나서 측정해야 그럭저럭 150센티미터가 되는 작은 몸. 가슴도 거의 없었다.

게다가 얼굴도 동안이라 종종 중학생으로 오해를 받았다. 출퇴근하면서 마주치는 여중생들조차 확실히 메구무보다 훨씬 어른스러워 보였다.

반면 유리코는 170센티미터에 가까운 큰 키의 소유자였다. 그래서 둘이서 손님을 맞고 있으면 종종 모녀라는 오해를 받기도 했다. 얼굴의 윤곽이 비슷한 탓이다. 이제 막 마흔이 된 유리코는 그때마다 "네가 딸이면 난 도대체 몇 살에 애를 낳은 거야?"라며 입술을 삐죽 내밀었다.

"어떤 갠데?"

"큰 개."

"그건 알아. 외모의 특징이 어떤지 묻는 거야."

"귀가 서 있고, 코가 길고, 잘 빠진 다리에 엉덩이가 약간 내려가 있었어요. 털은 검은색과 옅은 갈색의 두 가지 색이고."

"그렇게 말해서는 전혀 모르겠는데."

질색하는 개를 그렇게 찬찬히 뜯어볼 수는 없잖아. 스쳐 지나갈 때마다 항상 벌벌 떨고 있는데.

"아, 경찰견. 맞아, 바로 그거예요!"

"셰퍼드? 그런 개를 데리고 하나레야마(離山) 산에 올라가는 사람이 있어?"

"그렇다니까요."

메구무가 고개를 끄덕였다.

메구무는 작년 가을부터 등산을 시작했다. 치바(千葉)의 바

198

닷가 마을에서 나고 자란 메구무는 고등학교도 전문대도 모두 고향에 있는 학교를 다녔다. 그러나 취직했던 도쿄의 회사가 2년 만에 도산하고 이제부터 어떻게 할까 생각하다가 문득 자기가 바다와 도시에 질렸다는 사실을 깨달았다.

산 근처에서 살고 싶다, 막연히 그런 생각을 했다. 그때 사촌이 솔깃한 이야기를 갖고 왔다. 사촌의 동급생이 가루이자와에서 꽃집을 시작하게 됐는데, 함께 일할 직원을 찾고 있다는 것이었다. 메구무는 전문대 재학 시절, 꽃집에서 아르바이트를 한 적이 있었다. 당시를 기억하고 있던 사촌이 그 꽃집에서 일을 해 보면 어떻겠냐고 메구무의 의중을 떠본 것이다.

가루이자와에 온 지 3년. 처음에는 신선했던 모든 것이 지금은 상당히 시들해지고 말았다. 이래서는 안 돼, 일념발기(一念發起)해서 뭔가를 시작해야 해. 그렇게 생각할 때마다 보이는 게 바로 아사마야마(淺間山) 산의 웅장한 자태였다. 마침 등산 붐이 한창이었다. 모처럼 산들에 둘러싸인 신슈(信州)의 생활을 선택했으니 한번 도전해 보자는 생각에 등산을 시작한 것이다.

하지만 전문대를 졸업한 후에는 제대로 운동을 한 기억이 없었다. 운동신경은 나쁘지 않은 편이었지만, 체력은 확실히 떨어져 있었다. 등산용품은 구비해 뒀지만, 막상 산에 갈 용기가 좀처럼 나지 않았다. 그러나 하자고 결심한 이상, 해야지.

메구무는 등산이 취미라는 유리코의 지인에게 상담을 했

다. 그럼 트레이닝과 실전을 겸해 하나레야마 산에 올라 보는 게 어때? 유리코의 지인은 그렇게 조언했다.

하나레야마 산은 가루이자와의 거의 한가운데에 위치한 해발 1,256미터의 작은 산이었다. 그러나 가루이자와 자체가 해발 1,000미터이므로, 실제 고도의 차이는 256미터였다. 그 정도라면 체력이 떨어진 나도 올라갈 수 있을지 몰라, 그렇게 생각하고 단풍이 시작되기 직전에 하나레야마 산으로 향한 것이다.

그러나 하나레야마는 특수한 산이었다. 과거 이곳을 피서지로 개발한 외국인들은 하나레야마를 테이블 마운틴이라고 불렀다고 한다. 테이블 모양을 한 바위산. 말 그대로 하나레야마의 외관은 사다리꼴처럼 보였다. 좌우의 능선이 갑자기 하늘을 향해 뻗어 있고, 그 위에 평평한 산 정상이 덩그러니 얹어져 있는. 즉, 비슷한 높이의 산에 비해 경사가 훨씬 심한 것이다.

하나레야마 산에는 두 개의 등산로가 있었다. 잘 정비된 동쪽 등산로는 오르내리기가 편했지만, 남쪽 등산로는 짐승이 다니는 길과 별반 다르지 않았다. 당연히 힘들었다. 그러나 유리코의 지인은 남쪽 등산로를 추천했다. 왜냐하면 이건 아사마야마 정도 되는 산에 올라가기 위한 훈련이었기 때문이다.

첫 등산은 엉망이었다. 오르기 시작하자마자 급경사가 이어지면서 숨이 차오르고 근육에 경련이 왔다. 결국 메구무는

3분의 2 정도까지 올라갔다 다시 내려와야 했다. 다음날 찾아온 격렬한 근육통은 무려 3일이나 계속되었다. 걱정이 된 유리코가 유급 휴가를 쓰라고 권할 정도였다.

근육통이 진정되자, 메구무는 다시 도전했다. 힘들었지만 처음만큼 괴롭지는 않았다. 한 시간 반이 걸려 정상에 섰을 때는 이루 말할 수 없는 감동에 젖었다. 맑게 갠 가을 하늘 저 멀리 우뚝 솟은 아사마야마 산과, 아득히 먼 저편에는 북알프스의 산들이 보였다. 그리고 남쪽을 찬찬히 바라보니 유달리 이채를 띤 산 정상도 볼 수 있었다.

"설마 후지산(富士山)?"

가루이자와에서 후지산을 바라볼 수 있다니, 꿈에도 생각하지 못한 일이었다. 그런데 그것이 보인 것이다.

이후 휴일마다 메구무는 하나레야마 산에 올랐고, 올봄에는 마침내 아사마야마 산 정상에도 섰다. 등산은 힘들지만, 정상에 섰을 때의 기분은 그 무엇과도 바꾸기 어려웠다. 메구무는 산에 중독되어 가고 있었다.

"하지만 그 사람, 멋있지?"

유리코가 놀리는 얼굴로 바라보았다. 메구무는 수줍어하면서 고개를 끄덕였다.

그 사람과 무서운 개를 하나레야마 산 등산로에서 보게 된 것은 8월이 끝날 무렵부터였다. 산 정상 근처의 정자에 앉아 집에서 가져온 샌드위치를 볼에 가득 넣고 있는데, 갑자기 그 사람과 개가 나타난 것이다.

나이는 30대 중반 정도. 약간 긴 머리에 반다나를 두르고, 소형 배낭을 메고 있었다. 얼굴에는 선글라스, 왼손에는 리드줄. 리드줄 끝에는 커다란 개가 있었다. 그 사람이 "안녕하세요"라고 인사했지만, 메구무는 고개를 끄덕이며 말을 우물거렸다. 개가 너무 무서웠기 때문이다.

이후 두세 번에 한 번꼴로 그 사람과 개를 만나게 되었다. 가능하면 말을 나눠 보고 싶었지만, 개가 있는 한 영원히 무리일 것 같았다.

"이제 10월이 되는데, 가루이자와에 있으면서 개를 데리고 하나레야마에 오르고 있는 거지? 건실한 사람은 아니네."

"응. 샐러리맨은 아닌 것 같아."

"반지는?"

"안 했어."

"못 말려. 개가 무섭다느니 뭐니 하면서도 볼 건 똑똑히 봤네?"

"그게……."

"그렇게 신경이 쓰이면 말을 걸어야지. 그 개도 너한테 짖거나 하진 않잖아?"

"응. 조용하고 착한 애야."

"그럼 더더욱 그래야지. 너도 알고 있겠지만, 가루이자와가 피서지의 왕이니 어쩌니 해 봤자, 여기는 기본적으로 시골 마을이거든. 좀체 좋은 남자가 없어. 기회는 스스로 붙잡아야 해. 안 그러면 평생 남자와는 인연이 없을 거야, 나처럼."

아니야, 유리코 씨는 아직 젊잖아. 그렇게 말하려고 입을 연 순간, 한 커플이 가게로 들어왔다.

"어서 오세요."

유리코가 경쾌한 목소리로 인사하며 커플에게 다가갔다. 메구무는 미소를 지으며 다시 전표 정리를 시작했다.

2

120개 가까이 되는 계단을 끝까지 올라가니 산 정상이 드러났다. 몇 번을 올라가도 이 계단은 힘들었다. 숨이 거칠어지고, 몸 상태가 안 좋으면 현기증이 날 때도 있을 만큼. 산 정상에 도달하는 루트는 몇 가지가 있는데, 이 계단을 오르는 루트가 그중에서 가장 힘들었다. 그래도 메구무는 계단을 올랐다. 이건 훈련이니까, 그렇게 스스로를 타이르면서 말이다. 한 계단 한 계단 올라갈 때마다 배낭에 매단 곰 퇴치용 방울이 청량한 소리를 냈다.

산 정상에는 전망대 같은 것이 있었다. 대리석 받침대에는 산 정상에서 보이는 산들을 기록한 동판이 놓여 있고, 그 옆에는 쌍안경이 설치되어 있었다. 그리고 쌍안경 기둥에 예의 그 개, 저먼 셰퍼드가 묶여 있었다.

거칠었던 숨이 순식간에 가라앉았다. 메구무는 그 자리에 얼어붙었다. 셰퍼드는 처음부터 메구무가 올라오는 방향으로 고개를 돌리고 있었던 것 같았다. 방울 소리에 귀를 기울이고 있었던 것일지도 몰랐다. 셰퍼드가 냄새를 맡는 시늉을 했다. 늘어져 있던 꼬리가 조금씩 솟아올랐다.

3, 4미터는 떨어진 거리였지만, 개는 마음만 먹으면 순식간에 거리를 좁혀 덮칠 수 있었다. 개와 쌍안경 기둥을 이어 주는 리드줄은 메구무의 눈에서 이미 사라져 있었다.

꼬리가 살짝 좌우로 흔들렸다. 메구무는 그 의미를 알 수 없었다. 인사 대신인 걸까, 아니면 여기서 나가라고 위협하는 걸까. 말을 하지 못하는 커다란 개는 그저 메구무를 바라보고 있을 뿐이었다.

"아아, 미안합니다."

갑자기 수풀 저편에서 목소리가 들려왔다. 개 주인이 종종걸음으로 달려오고 있었다. 그러자 개가 주인을 향해 성대하게 꼬리를 흔들었다.

"굿 스테이. 굿 걸, 메구."

주인도 개를 향해 미소를 지었다. 항상 쓰고 있던 선글라스가 없었다. 선글라스 때문에 왠지 차가워 보였던 얼굴은 살짝 처진 눈꼬리에 애교가 넘치고 있었다. 메구무는 크게 숨을 들이마셨다. 공포라는 이름의 주문이 풀린 것이다.

주인이 개의 머리를 쓰다듬으면서 메구무에게도 미소를 보냈다.

"미안해요. 정상에 도착했는데 갑자기 신호가 와서. 나무 그늘에서 볼일을 보느라고요. 방울 소리가 들려서 서둘러야지 했는데, 이게 최선이었네."

"아…… 그, 그래요?"

"당신, 개가 질색이죠? 그런데 힘들게 여기까지 왔더니 개가 기다리고 있었다? 이거 참, 장난 아니었겠네요."

주인이 쌍안경 기둥에서 리드줄을 풀었다.

"어, 내가 개를 싫어하는 걸 어떻게 알았죠?"

"우리 벌써 몇 번이나 마주쳤잖아요? 알 수 있어요. 그때마다 당신 몸이 굳었거든요. 하지만 메구는 사람을 덮치거나 하진 않아요. 개가 질색인 사람에게는 확실히 무서워 보일지도 모르지만."

"전 크든 작든 상관없이 개가 대체로 다 무서워요. 어렸을 때 물린 적이 있어서."

이웃에 사는 친구랑 숨바꼭질 놀이를 할 때였다. 빨리 숨어야지, 하며 숨을 장소를 찾고 있는데, 어디선가 갑자기 개가 나타났다. 그리고 어금니를 드러내더니 으르렁거리며 메구무를 향해 달려들었다. 오른쪽 허벅지에는 그때 박힌 어금니 흔적이 아직도 남아 있었다.

"아아, 그거 참 안됐네. 불행한 개를 만났군요."

"불행한 개? 불행한 건 물린 저 아닌가요?"

"뭐, 그렇다고 해 둡시다. 그럼 먼저 실례."

주인이 꾸벅 고개를 숙이고 메구무가 올라온 계단과는 반대 방향의 등산로를 내려갔다. 셰퍼드는 리드줄을 잡아당기지도 않고, 주인의 왼쪽 사선 방향 뒤에서 걸어갔다. 항상 그랬다. 등산로에서 만나건, 산 정상에서 만나건, 셰퍼드는 항상 같은 위치에서 주인 뒤를 따라갔다. 주인을 앞지르지도, 다른 방향으로 가려고 하지도 않았다.

메구무는 전망대 난간에 허리를 기댔다. 아직도 심장이 마구 쿵쾅거리고 있었다. 개를 보기 전까지 후끈 달아올랐던 몸이 지금은 완전히 식어 있었다.

개는 무섭다. 그때의 충격과 공포는 잊을 수 없었다.

배낭을 내려 옆 주머니에서 페트병을 꺼냈다. 내용물을 단숨에 끝까지 들이켜자 간신히 마음에 여유가 생겼다.

"그 개를 메구라고 불렀어. 여자아이일까? 나랑 이름이 같아……"

산 정상에는 차갑고 건조한 가을바람이 세차게 불고 있었다. 몸이 조금씩 식었다. 다시 배낭을 멘 메구무는 곰 퇴치용 방울을 딸랑거리며 걸음을 옮겼다.

이제부터는 곰이 활발하게 행동하기 시작할 때였다. 동면 준비에 들어가기 때문이다. 유리코의 지인도 아무쪼록 주의하라고 말했다.

"저런 개랑 함께 올라가면 곰에게 습격당할 일도 없겠어."

메구무는 혼잣말을 하며 산을 내려가기 시작했다.

개는 무서웠다. 하지만 개 주인과 처음으로 제대로 이야기를 나눴다. 오늘은 등산하길 잘한 날이었던 걸로 해 두자.

"하지만 불행한 개라니, 그게 도대체 무슨 뜻일까?"

마른 잎으로 뒤덮인 등산로를 내려가며, 메구무는 고개를 갸웃거렸다.

3

　10월에 들어서자 그때까지의 소란이 거짓말처럼 사라지고 가루이자와는 쥐 죽은 듯이 조용해졌다. 발길이 뜸해진 관광객이나 별장족(族)은 산들의 나무가 선명한 붉은색으로 바뀔 무렵이 돼서야 다시 모습을 나타낼 테고, 눈이 쌓이는 계절이 되면 가루이자와는 한기에 갇힌 보통 시골 마을로 변모할 것이다.

　10월 초순, 그동안 쌓인 휴가를 쓰기로 한 메구무는 가미코치(上高地)를 목표로 잡았다. 유리코의 지인이 초대했는데, 가라사와 카르(Kar, 권곡, 빙하의 침식으로 생긴 산간의 U자형 분지 ─ 옮긴이)의 단풍을 보러가지 않겠냐는 것이었다.

　일행은 모두 네 명. 메구무를 초대한 야나기사와(柳沢)와 그의 친구인 요다(依田)와 마쓰키(松木)였다. 여자가 자기뿐이라는 것에 처음에는 좀 꺼려졌지만, 얼굴을 보고 나니 요다와 마쓰키 모두 50대 초반의 마음씨 좋은 아저씨들이었다. 야나기사와는 등산에 있어 자신의 스승이라고 불러야 할 사람이었고. 메구무는 가기로 결정했다.

그동안 제대로 된 휴가를 내지 못했다. 주 1일 쉬는 날에는 하나레야마밖에 오를 수가 없고, 본격적인 등산은 골든 위크 직후 아사마야마에 올랐을 때뿐이었다. 11월에는 한 번 더 아사마야마에 오를 계획을 갖고 있었기에 그전에 다리 훈련을 해 두는 것도 나쁘진 않았다.

이른 아침 5시에 야나기사와가 운전하는 차로 가루이자와를 출발, 사완도(沢渡)에서 버스로 갈아탔다. 가미코치를 출발한 것은 오전 9시 정각. 가라사와 휘테(스키어나 산악인을 위해 마련된 오두막 형태의 임시 숙박 시설 — 옮긴이)에 도착한 것은 오후 3시. 오면서 본 단풍도 멋졌지만, 가라사와 카르의 단풍에는 할 말을 잃었다.

그날 밤은 휘테의 좁은 방에서 야나기사와 일행과 혼숙을 했다. 마쓰키의 코골이에는 두 손 들었지만, 첫 숙박 체험은 나름 신선했다.

다음날은 천천히 시간을 들여 가미코치까지 하산한 뒤, 온천 료칸(旅館)에서 숙박을 했다. 숙박비가 깜짝 놀랄 만큼 비쌌지만, 아저씨 트리오가 메구무의 몫까지 내주기로 했는데, 대신 밤에 다 같이 술을 마실 때 메구무가 술을 따르기로 했다.

"메구짱, 정말 스물다섯이야?"

술자리가 한창 무르익을 무렵, 술기운에 얼굴이 새빨개진 요다가 물었다.

"네, 스물다섯이에요. 뭐 문제라도 있나요?"

"그게, 열다섯 정도로밖에 안 보인단 말이지. 우리 딸이랑 동갑 같아. 야나기사와에게 이야기 들었을 때는 스물다섯 살짜리 여자랑 실수라도 하면 어쩌나 싶었는데, 딸 생각이 나서 실수를 하고 싶어도 할 수가 없어."

"네네, 동안이라 죄송합니다. 가슴도 작아서 죄송합니다."

메구무가 사케 잔을 입에 대며 말했다. 요다도 취했지만, 메구무도 적잖이 취기가 오르고 있었다. 야나기사와와 마쓰키도 기분이 좋은 상태였다.

"요다아, 지금 한 말은 성희롱 발언이야. 난 유리코짱에게 메구짱의 보디가드를 하명 받았다고. 더 이상은 용서하지 않을 거야."

"성희롱이고 뭐고, 그럴 마음이 생기지 않는다는 얘기야."

메구무는 직접 자기 잔에 술을 따랐다. 요다에게 나쁜 뜻이 없다는 건 알았다. 따라서 상처 받을 필요도 전혀 없었다. 그걸 알면서도, 어딘가 모르게 비굴해지는 느낌이었다. 그걸 술의 힘으로 눌러 버리고 싶었다.

"이제 그만하라니까."

마쓰키가 요다에게 눈짓을 보냈다. 자기가 고개를 숙이고 있다는 걸 깨달은 메구무가 고개를 들었다.

"저, 저는 괜찮아요. 이런 거, 익숙하거든요."

요다가 아차 싶은 표정을 지으며 천장을 올려다보았다.

"미안해, 메구짱. 시골 아저씨가 분위기 파악을 못 해서 말이야."

"아무렇지도 않다니까요."

메구무의 말투가 거칠어졌다. 쓸데없는 배려를 받으니 마음이 점점 불편해졌다.

"나, 잠깐 화장실 좀."

요다가 도망치듯이 방을 나갔다. 그게 결정타가 되어 술자리의 분위기가 더없이 어색해졌다. 메구무도 뭐라고 해야 할지 몰라 무작정 술을 들이켰다.

"아니, 그나저나 깜짝 놀랐어." 마쓰키가 어색하게 말했다. "메구짱, 다리가 엄청 튼튼하네. 아무리 젊다고 해도 아무렇지도 않게 우리를 따라오다니 말이야."

"치켜세워도 소용없어요. 이제 술은 안 따라 드릴 테니까."

"에이, 그러지 마. 평소에 도대체 어떤 트레이닝을 하는 거야?"

"일주일에 한두 번 하나레야마 산에 올라가는 정도예요."

"하나레야마 산이었구나. 하긴, 그 산 괜찮은 산이야."

그때 요다가 돌아왔다.

"그리고 보니 요즘 개를 데리고 하나레야마 산에 올라오는 녀석 있잖아? 아니 왜, 그 경찰견 셰퍼드 말이야."

술을 마시던 손이 일순 멈췄다. 어쩐 일인지 심장이 격렬하게 뛰었다. 심장 박동 소리가 일행에게 들릴 것 같다는 착각에 휩싸인 채, 메구무는 숨을 들이마셨다.

"아, 나도 몇 번 본 적 있어. 훈련이 잘된 좋은 개야."

야나기사와가 말했다.

"그 개, 정말 경찰견이라던데?"

"그게 무슨 소리야? 경찰견이 하나레야마에서 뭔가를 찾고 있다는 거야?" 마쓰키가 몸을 앞으로 쑥 내밀며 물었다. "시체나 뭐 그런 거?"

"그런 게 아니라 은퇴한 경찰견이래."

"에이, 뭐야."

마쓰키가 흥미를 잃은 표정으로 음식을 입에 가득 넣었다.

"어딘가에서 언뜻 들은 적이 있어. 경찰견 훈련사였던 젊은 남자가 오이와케(追分)에 이사를 왔다고."

오이와케는 가루이자와 서쪽에 펼쳐진 지역이었다.

"그 녀석 할아버지가 수십 년 전에 지은, 지금은 곧 무너질 것 같은 별장에 산다더군. 사쿠(佐久)랑 고모로(小諸) 쪽까지 출장을 가서 개 훈련 같은 걸 하고 있대."

"잘 아시네요, 요다 씨."

메구무가 간신히 입을 열었다.

"메구짱, 요다는 아줌마 체질이야. 남 말하기 좋아하고, 가십 좋아하고."

마쓰키가 놀리듯이 말했다.

"시끄러워."

"그 사람, 이름이 뭐라고 하던가요?"

닌지시 물어보았다. 하지만 심장은 변함없이 격렬하게 뛰고 있었다.

"이름? 뭐였더라? 가와구치(川口)? 아닌데…… 맞다, 가와쿠보(川久保). 분명히 가와쿠보라는 이름이었어."

가와쿠보. 개 이름은 메구였다. 메구무의 애칭과 똑같이. 메구무도 메구무로 불리는 일이 거의 없었다. 부모, 형제, 친구 모두 지금까지 쭉 메구라고 불러 왔다.

그 셰퍼드 이름은 가와쿠보 메구. 만약에 그 사람과 결혼하게 된다면 나는 가와쿠보 메구무. 가와쿠보 메구. 그렇게 되면 그 사람은 어느 쪽을 어떻게 부를까?

"뭐야, 메구짱, 혼자 히쭉히쭉 웃고 있고. 징그럽게끔."

마쓰키의 목소리가 들려왔다. 메구무는 다시 정신을 차렸다.

"아, 죄송합니다. 술 따라 드릴게요."

"뭐야. 아까는 이제 술 같은 건 안 따른다고 했으면서."

"취했어요. 봐주세요."

메구무는 애교스럽게 웃으면서 술병을 들었다.

4

차가운 바람이 산 표면을 스쳐 지나가고 있었다. 달음박질로 찾아온 가을은 속도를 늦추지 않은 채 빠져나가려고 하는 듯했다. 오전 9시에 기온은 한 자릿수. 바람 탓에 체감 온도는 영하에 가까웠다. 방한복으로 감싼 몸은 후끈 달아올라 있지만, 뺨은 얼음처럼 식어 있었다. 달아오른 몸도 등산을 멈추면 순식간에 식을 터였다.

지난달까지는 흙이 드러나 있던 등산로였지만 지금은 낙엽이 카펫처럼 깔려 있었다. 여기저기 흙을 파낸 흔적은 멧돼지가 식사를 한 흔적이었다. 알맹이가 빈 밤송이도 곰이나 멧돼지가 지저분하게 먹은 흔적일 것이다. 겨울이 되면 산에서는 먹을 것이 사라진다. 조금이라도 더 늦기 전에 먹이를 마련하기 위한 짐승들의 초조함이 숲속 여기저기에 아로새겨져 있었다.

마지막 계단을 끝까지 오르자 전망대에 그 사람과 개, 가와쿠보와 메구가 있었다.

"안녕."

가와쿠보가 미소를 지었다.

"아, 안녕하세요."

메구무가 필요 이상으로 겁먹지 않도록 하려는 배려일까. 가와쿠보는 메구의 리드줄을 짧게 쥐고 있었다. 메구는 응석을 부리듯이 옆얼굴을 가와쿠보의 허벅지에 딱 붙이고 있었다.

"메구는 아무 짓도 하지 않으니까 안심해."

"앗, 네."

"요즘 안 보이던데."

"가라사와에 다녀왔어요. 모아 둔 휴가를 한꺼번에 쓴 대신 지난주에는 휴일 없이 일했거든요. 그래서 거의 2주 만에 여기 올라온 거라……."

"가라사와에 다녀왔구나. 대단하네. 예뻤어?"

"예뻤어요. 하지만 등산하는 사람들도 엄청나게 많아서, 둘다 놀랍더라고요."

"이 시기의 가라사와는 어쩔 수 없어."

가와쿠보가 쌍안경 발판 위에 앉았다. 메구도 지극히 자연스러운 동작으로 그 옆에 앉았다. 메구는 가와쿠보의 옆모습을 향해 흔들림 없는 시선을 보내고 있었다. 은퇴한 경찰견,

요다의 목소리가 되살아났다.

"이 정도 떨어져 있어도 무서워?"

"괘, 괜찮아요."

경찰견이라면 분명히 엄격한 훈련을 받았을 것이다. 그걸 합격해야 비로소 경찰견이 될 수 있으니까. 따라서 가와쿠보의 명령 없이 누군가를 습격하는 일은 없을 터였다. 아마도.

메구무는 침을 꿀꺽 삼키면서 배낭을 내리고 전망대 난간에 엉덩이를 기댔다.

"이름이 가와쿠보 씨 맞죠?"

"어떻게 알았어?"

"지인 중에 남 말하기 좋아하는 아저씨가 계시는데, 그분에게 들었어요. 전 경찰견 훈련사가 은퇴한 경찰견과 함께 오이와케로 이사를 왔다고요."

"굉장한 정보통인데, 그 사람."

"그 사람도 산을 타거든요. 그래서 때때로 여기서 가와쿠보 씨와 메구를 보고 궁금했던 모양이에요."

"가와쿠보 마사키(正紀)라고 해. 잘 부탁해."

가와쿠보가 미소 지었다.

"가지타(梶田) 메구무입니다."

메구무가 꾸벅 고개를 숙였다.

"메구짱? 우리 메구랑 똑같네."

가와쿠보가 메구의 머리를 쓰다듬으며 말했다.

"사랑 애(愛) 자를 쓰고 그렇게 읽어요. 친구들은 모두 메구라고 부르지만."

"저기, 메구짱."

"네?"

"이름이 같은 것도 뭔가 인연이 아닐까?"

"그, 그럴까요?"

메구무는 경계했다. 가와쿠보가 개구쟁이 같은 표정을 짓고 있었기 때문이다.

"우리 메구 한번 만져 보지 않을래?"

"싫어요. 무리예요."

"메구, 스테이."

유창한 발음의 영어로 말한 뒤, 가와쿠보가 메구에게서 떨어졌다. 메구는 그 자리에 앉은 채 움직이지 않았다.

"메구는 경찰견이었어. 혹독한 훈련을 통과해 왔지. 나는 그녀에게 움직이지 말라고 명령했어. 그 명령을 해제할 때까지 그녀는 절대 움직이지 않아."

"그래도 무리예요."

개를 만진다. 그런 생각을 한 것만으로도 메구무는 가위에 눌린 것처럼 몸을 움직일 수가 없었다.

"개를 좋아하라는 건 아니지만, 메구와는 자연스럽게 접할 수 있었으면 해. 그렇게 되면 더 편하게 얘기할 수 있겠지?"

어느새 가와쿠보가 바로 옆에 서 있었다.

"그, 그건 그렇지만⋯⋯."

"메구는 절대 너를 물거나 하지 않아. 덮치지도 않아. 훈련을 받았기 때문에 저렇게 무서워 보이지만, 사실은 정말 친화력이 좋은 아이야."

가와쿠보의 말대로 메구는 미동도 하지 않았다. 마치 조각상 같았다.

"조용히 다가가는 거야. 시선은 낮추고."

"네?"

가와쿠보에게 등을 떠밀린 메구무가 앞으로 발을 내디뎠다. 마치 최면술에 걸린 것 같았다.

메구는 움직이지 않았다. 살짝 벌린 입속으로 핑크빛 혀가 언뜻 보이고 있었다. 검은 눈은 부드러운 빛을 띤 채 가와쿠보를 바라보고 있었다.

"전 무리예요."

"괜찮아. 호흡을 가다듬어. 네가 패닉에 빠지면 그게 메구에게도 전해지거든. 침착하게 다가가는 거야."

가와쿠보가 메구무의 기분을 무시하며 자꾸 등을 떠밀었다. 세게 민 건 아니지만, 싫고 좋고를 따지지 못하게 하는 힘이었다.

메구와의 거리가 1미터 안으로 좁혀졌다.

"가와쿠보 씨⋯⋯."

"괜찮아. 메구는 아무 짓도 하지 않아."

또 등을 밀었다. 메구의 얼굴이 바로 옆에 있었다.

"자, 손을 뻗어."

가와쿠보가 재촉했지만, 메구무의 손은 움직이지 않았다.

"정말 답답하네."

가와쿠보의 손이 메구무의 팔꿈치를 붙잡았다. 그대로 팔이 밀려나왔다. 손끝이 메구의 체모에 닿았다. 생각했던 것보다 훨씬 부드럽고, 따뜻했다. 메구무는 눈을 감았다. 손끝에서 메구의 심장 박동이 전해져 왔다.

"봐, 괜찮지?"

가와쿠보가 속삭였다. 메구무는 고개를 끄덕였다. 만질 때까지는 그렇게 무서웠건만, 지금은 공포심이 작아져 있었다.

"눈을 떠."

메구무는 눈을 뜨고 숨을 들이마셨다. 메구의 얼굴이 놀랄 만큼 가까이에 있었다. 칠흑의 부드러운 눈동자가 메구무의 눈을 들여다보고 있었다.

"메구짱, 움직이지 말고 가만히 있어. 오케이, 이제 움직여도 돼, 메구."

메구가 움직였다. 메구무에게 얼굴을 더 가까이 대고 코를 실룩거리면서 냄새를 맡았다. 공포가 되살아났다. 식은땀이 터져 나오고 목이 말랐다. 정말 기절할 것 같았다.

메구는 더 이상 메구무의 냄새를 맡지 않았다. 그 대신 메구무에게 몸을 밀어붙였다. 쓰러질 듯 휘청이는 메구무를 가와쿠보가 손으로 받쳐 주었다.

"이걸로 이제 메구짱이랑 메구는 친구야. 메구가 쓰다듬어 달라고 부탁하고 있어."

가와쿠보의 말이 옳다는 듯이, 메구가 꼬리를 흔들었다.

공포가 아직 메구무의 심장을 꽉 움켜쥐고 있었다. 그러나 가와쿠보와 메구 사이에 낀 메구무는 도망칠 곳이 없었다. 메구무는 과감하게 메구의 턱 아래를 향해 손을 내밀었다. 그리고 조용히 쓰다듬었다.

메구의 꼬리가 격렬하게 흔들렸다.

"메구의 친구가 되어 줘서 고마워."

가와쿠보가 말했다. 메구무는 얼빠진 사람처럼 메구의 턱 아래를 계속 쓰다듬었다.

5

메구는 메구무의 허벅지에 턱을 괴고 자고 있었다. 운전석
에서는 가와쿠보가 콧노래를 부르며 운전 중이었다. 가와쿠보
는 조수석에 타려고 하는 메구무에게 "메구랑 같이 뒤에 타"
라고 말했다. 메구는 그걸 더 좋아할 거야, 라며.

레거시가 146호 국도를 따라 북쪽으로 달렸다. 꼬불거리는
고갯길을 끝까지 오르니 산봉우리의 찻집이 보이기 시작했
다. 국도를 사이에 두고 맞은편에 고아사마야마(小浅間山) 산
의 등산로 입구가 있었다. 밖은 아직 어두웠다.

가와쿠보가 가끔은 다른 산에도 올라 보지 않겠냐고 제안한
것이 11월 초순, 첫눈이 내린 직후였다. 그로부터 10일이 지나
고, 가루이자와 근방의 풍경은 겨울을 향해 돌진하고 있었다.
아침 기온은 영하. 한낮에도 한 자릿수 기온이 전부였다.

"어쩐지 메구를 이용해서 작업을 당한 기분인데."

메구무가 투덜거렸다.

"내 취향은 더 훤칠하게 키가 크고 스타일 좋은 아가씨 타입이거든."

가와쿠보가 가벼운 말투로 대답했다. 정말 얄미워.

"그게 작업이 아니면 뭐야?"

"내가 개를 무서워하는 사람을 보면 안절부절못하는 타입이라서 말이야."

백미러에 비친 가와쿠보가 히죽히죽 웃고 있었다. 메구무는 입을 다물었다. 확실히 가와쿠보와는 하나레야마 산에서만 만날 뿐이었다. 어딘가에 가자는 제안을 받은 건 이번이 처음이었고. 이건 데이트가 아니었다. 어디까지나 등산인 것이다. 작업을 당했다고 하면, 좀 더 다르게 전개되었을 테니까.

"그건 그렇고, 우리가 처음 말을 섞었을 때 기억나? 내가 옛날에 개한테 물려서 개를 무서워하게 됐다고 했었던 거?"

"응, 똑똑히 기억하고 있지."

"그때 가와쿠보 씨가 나한테 불행한 개를 만났다고 했었어. 물린 내가 불쌍한 게 아니라. 그게 무슨 뜻이야?"

"메구는 절대 사람을 물지 않아."

가와쿠보가 메구라고 한 순간, 자고 있던 메구의 귀가 씰룩거렸다.

"응. 그건 이제 알겠어."

"메구의 경우는 경찰견이라는 특수한 입장이기도 하지만, 어떤 개라도 기본은 똑같아. 사람에게 애정을 받고, 인간 사회 속에서 해도 좋은 일과 나쁜 일을 배워야 해. 그렇게 해서 개는 사람과 함께 사는 것에 기쁨을 발견하게 되는 거지."

메구부는 밑없이 고개를 끄덕였다.

"메구짱을 문 개는 주인에게 그런 것을 배우지 못했던 거야. 아니면 사랑받지 못했던가. 어느 쪽이든, 그 개는 인간 사회에 순응하지 못했어. 사람과 소통하지 못하고, 분명히 다른 개와 즐겁게 놀 수도 없었을 거야. 개는 말이지, 사람과 함께 살도록 진화했어. 그런데 그게 잘되지 않는다니, 불행하다고 생각하지 않아? 물린 메구짱도 불쌍하지만, 문 개도 불쌍해."

"듣고 보니 그런 것 같기도 하네."

"뭐, 대부분의 경우는 주인 잘못이지만."

그렇게 말하고, 가와쿠보는 어떤 멜로디로 휘파람을 불기 시작했다. 음정이 엉망진창이라 무슨 곡인지는 알 수 없었다.

* * *

고아사마야마 산은 아사마야마 산의 기생 화산 중 하나로, 해발 1,650미터였다. 등산 출입구와의 표고 차는 250미터 정도인 오르기 쉬운 산이었다. 주의사항을 기록한 등산로 입구에 세워진 간판에는 개를 데리고 들어오지 말라고 되어 있었지만, 가와쿠보는 싱긋 웃을 뿐이었다.

이런 산에서 개 동반이 금지되는 것은 개의 배설물이 생태계에 좋지 않기 때문이라고 들은 적이 있었다. 하지만 메구라면 그 점은 괜찮을 거였다.

아직 환해지기 전부터 등산로를 걷기 시작했다. 10일 전이었다면 곰과의 만남에 주의해야 했겠지만, 이만큼 추워졌으니이제 그들도 동면에 들어갔을 것이다.

완만한 경사가 이어지는 숲길을 10분 정도 올라가니 갑자기 시야가 트이기 시작했다. 거기서부터 경사도 급해졌는데 20분 정도 올라가자 정상이 드러났다.

"우와!"

메구무가 소리를 질렀다. 주변은 아직 어두운데 동쪽 하늘이 붉게 물들어 있었다. 고아사마야마 산과 동쪽 산들 사이에 껴 있는 가루이자와 마을은 구름바다 밑에 가라앉아 있었다.

"이제 곧 해가 뜰 거야." 가와쿠보가 말했다. "하나레야마 정상은 동쪽이 나무로 덮여 있어서 일출을 즐길 수가 없지? 하지만 여기는 달라. 하나레야마보다 오르기 편하기도 하고."

확실히 고아사마야마 산 등산은 하나레야마보다 훨씬 편했다.

붉은 하늘이 오렌지 빛에서 노란색으로 서서히 색조를 바꾸고 있었다. 구름바다도 황금색으로 물들기 시작했다.

"아름답다……."

메구무는 장갑을 낀 두 손으로 입을 막았다. 어둠에 뒤덮인 세계가 광채를 되찾으려 하고 있었다. 마치 세상의 탄생을 지켜보는 듯했다.

메구무는 산 정상에 우두커니 서 있었지만, 가와쿠보와 메구는 일출을 더 가까이에서 보려고 정상에서 조금 내려간 장소로 이동했다. 그 뒷모습이 실루엣이 되어 노란 하늘에 떠올랐다.

"아름다워······."

메구무는 같은 말을 중얼거렸다. 어느새 메구의 리드줄은 풀려 있었다. 그래도 메구는 리드줄이 있을 때와 마찬가지로 가와쿠보의 왼쪽 뒤편에서 움직이고 있었다. 고개가 살짝 들려 있었는데, 그 눈은 분명히 가와쿠보의 옆모습을 바라보고 있을 것이다. 언제 어느 때에 명령이 떨어져도 즉시 반응할 수 있도록.

메구가 아름답다고 느꼈다. 메구를 이끌고 가는 가와쿠보도 아름다웠다.

동쪽 산 능선이 유달리 밝은 빛을 내뿜었다. 태양이 얼굴을 내밀고 있었다. 붉은 태양이었다. 구름바다가 사금을 뿌린 것처럼 반짝반짝 빛나기 시작했다.

가와쿠보가 뒤를 돌아보았다.

"이것 봐. 이걸 보면 메구짱은 이제 평생 등산에서 벗어날 수 없을 거야. 고아사마에서 이 정도니까, 더 높은 산에 올라가면 얼마나 아름답겠어?"

"응, 정말이야. 이렇게 아름다운 일출은 본 적이 없어."

가와쿠보와 메구는 완전한 실루엣으로 바뀌어 있었다. 검은 윤곽의 테두리에서 빛이 점점 넘쳐나기 시작했다. 빛은 어둠을 쫓아내고, 세계를 비추고, 축복하고 있었다.

가와쿠보와 메구의 모습이 보이지 않았다. 완전히 얼굴을 내민 태양이 강렬한 햇빛을 내뿜으며 시야를 가렸다. 메구무는 눈을 가늘게 뜨면서 이마에 손을 얹었다.

가와쿠보가 메구에게 뭔가의 냄새를 맡게 했다.

"찾아."

가와쿠보의 목소리가 들렸다. 메구가 땅에 코를 댔다. 그리고 냄새를 맡으면서 북쪽 능선으로 이동하더니 숲속으로 사라졌다.

"뭐 한 거야?"

메구무가 물었다.

"뭐라니, 메구에게 일을 시키고 있는 거야."

가와쿠보는 메구가 사라진 숲을 바라보며 미소 지었다.

* * *

"배고파, 도시락 먹자."

가와쿠보는 그렇게 말하며 땅에 앉았다. 메구는 아직 숲속

227

에 있었다.

"하지만 메구가……."

"메구는 괜찮다니까."

가와쿠보의 재촉에 메구무는 배낭에서 도시락을 꺼냈다.

"오오, 아내가 싸 주는 도시락이다."

가와쿠보가 싱글벙글하며 좋아했다. 메구무는 가와쿠보의 옆에 앉아 도시락을 건넸다. 어머니가 전화로 가르쳐 준 레시피로 만든 반찬이 들어 있었다. 닭튀김, 호박찜, 양배추 겉절이. 주먹밥 재료는 매실 장아찌와 가다랑어 포였다.

"이거 사 온 거야?"

닭튀김을 입안 가득 우물거리면서 가와쿠보가 물었다. 메구무는 가와쿠보를 때리는 시늉을 했다.

"어젯밤에 직접 튀겼다고."

"농담이야. 화내지 마. 이거 진짜 맛있다."

"정말?"

"응. 남이 직접 만든 요리는 오랜만이야."

"가와쿠보 씨는 직접 해 먹어?"

메구무가 호박을 입에 넣으며 물었다. 약간 짠 듯했는데 먹을 수 없을 정도는 아니었다.

"외식할 여유가 없거든. 수입과 지출이 빠듯해."

"훈련소에 사람이 없어?"

"최악은 아니지만 최고도 아니야. 아, 돌아왔다."

228

메구무는 가와쿠보의 시선을 좇았다. 숲에서 이제 막 나온 메구가 입에 뭔가를 문 채 이쪽을 향해 전력으로 달려왔다.

"잘했어, 메구." 가와쿠보가 소리쳤다. "굿 걸."

메구가 가까이 다가오자 가와쿠보가 헝겊 조각을 받아들고 요란하게 메구의 몸을 마구 쓰다듬었다. 메구의 꼬리가 세차게 흔들렸다. 표정마저 풀려 있었는데, 웃고 있는 것 같았다. 개가 웃는다는 것을 메구무는 그때 처음 알았다.

"그건 뭐야?"

"일전에 여기 올라왔을 때 감춰 둔 거야."

가와쿠보가 바지 주머니에서 육포를 꺼내 메구에게 주었다.

"왜?"

"메구가 말이지, 일을 하고 싶다고 호소하는 거야."

가와쿠보는 아직도 메구의 몸을 쓰다듬었다.

"일?"

"메구는 경찰견이었어. 하지만 여덟 살이 넘어 은퇴하게 됐지. 메구는 내가 훈련시킨 첫 경찰견이었거든. 감회가 남달라서 내가 맡기로 한 거야."

메구를 내려다보는 가와쿠보의 눈에서 부드러운 빛이 넘쳐흘렀다.

"보통 경찰견은 은퇴하면 쉬는 법이야. 맹인 안내견도 그렇지만, 개들에게는 힘든 일이니까. 24시간 본능을 억제하고 인간을 위해 온 힘을 다해야 하거든. 그래서 나도 메구가 은퇴한 뒤에 한가로이 쉬게 해 주려고 했어."

"하지만 메구는……."

"일을 하고 싶다면서 내 말을 듣지 않는 거야. 이게, 실제로 일을 시키지 않으면 메구는 점점 쇠약해져. 메구짱은 이해할 수 없을지도 모르지만, 쇠약해져 가는 개를 지켜보는 것만큼 괴로운 일은 없거든."

"어쩐지 알 것 같아."

"그래서 이쪽으로 이사하기로 한 거야. 일을 시켜 주고 싶어도, 도시에서는 그게 좀체 불가능해. 이쪽은 하나레야마 산이든 여기든, 물건을 숨겨서 그걸 메구에게 찾게 할 수 있어. 성수기가 아니면 사람도 거의 오지 않으니까."

"개를 위해서 직업이랑 사는 곳을 바꾼 거야?"

"메구는 일을 완수해서 인간에게 칭찬 받는 게 삶의 보람이야. 그런 걸 가르친 것도 나니까, 내 상황에 맞춰 그걸 빼앗을 수는 없잖아?"

"그런 건가?"

"왜냐하면 나는 이 세상에서 메구를 가장 사랑하거든."

가슴이 두근거렸다. 볼이 빨갛게 달아오르는 것이 느껴졌다. 가와쿠보가 메구에 대해 이야기하는 것임을 알면서도, 몸속 깊은 곳이 뜨거워지는 것을 막을 수 없었다.

"아까 내가 칭찬했더니 메구가 웃었지?"

메구무가 고개를 끄덕였다.

"반대로 말하면, 메구가 웃는 걸 보는 게 내 삶의 보람이야."

메구가 메구무로 들렸다. 귀가 멋대로 말을 바꿔 놓고 있었다.

"아, 안 돼. 도시락 식겠다. 빨리 먹자."

가와쿠보가 다시 앉더니 음식을 입속 가득 집어넣기 시작했다. 메구가 그 옆에 엎드려서 눈을 감았다. 이심전심. 가와쿠보와 메구 사이에 메구무가 비집고 들어갈 틈은 없었다.

"바보 같아."

가슴의 두근거림이 사라진 메구무는 그 대신 자기혐오에 휩싸이기 시작했다.

"어? 메구짱은 안 먹어?"

"왠지 식욕이 사라졌어."

"그럼 내가 먹어도 돼?"

가와쿠보가 어린아이 같은 표정으로 말했다. 메구무는 쓴웃음을 지으며 고개를 끄덕였다.

6

"거짓말."

메구무는 플리스 재킷 지퍼를 목까지 끌어올렸다. 집 안 온
도가 외부와 거의 다르지 않았다.

"이 집에서 겨울을 날 생각이야? 진짜로?"

메구무는 장작 난로 근처에 엎드려 있는 메구에게 말을 걸
었다. 메구의 꼬리가 부드럽게 흔들렸다. 가와쿠보의 할아버
지가 지었다는 집은 지은 지 50년은 족히 넘은 듯 보였다. 이
곳저곳이 덜컥거리고 외풍이 끊임없이 안으로 들어왔다.

가와쿠보에게서 전화가 온 것은 오늘 아침이었다.

"도쿄에서 신세를 졌던 사람이 돌아가셨어. 장례식에 꼭 가
고 싶은데 메구를 데려갈 수가 없네. 이틀 동안 메구를 좀 보
살펴 줄 수 없을까?"

"좋아."

메구무는 흔쾌히 승낙하고 메구를 맡았다. 아직 개는 무섭지만, 메구는 괜찮았다. 그리고 메구와 친해지면 가와쿠보와의 거리가 더 줄어들지도 몰랐다.

그러나 메구무의 아파트는 애완동물 금지였다. 어쩔 수 없이 가와쿠보의 집에서 이틀을 보내야만 했다. 일을 마친 후, 메구무는 일단 자신의 아파트로 돌아가 가와쿠보의 집에서 지낼 준비를 해 왔다.

"메구, 잠깐만 기다려. 난로에 불을 붙이고 나서 산책하러 가자."

가와쿠보 씨가 없는 사이에 불이라도 나면 어떡해? 그렇게 말하는 메구무에게 가와쿠보는 웃으면서 화재보험이 지급되면 새집을 지을 수 있으니까 제발 불을 질러 줘, 라고 대답했다. 어쨌든 추워서 난로 없이는 있을 수 없었다. 불을 붙여 놓고 나가면, 돌아올 때쯤에는 어느 정도 따뜻해져 있을 거였다.

알맞게 건조된 장작은 금세 불이 붙었다. 난로 위에 물을 가득 채운 주전자를 올려 두고 다운재킷을 입었다.

"오래 기다렸지, 메구? 산책하러 가자."

이렇게 말하자 메구가 현관으로 향했다. 상대가 가와쿠보가 아니어도 사람의 의사를 이해할 수 있는 것이다.

메구의 목걸이에 리드줄을 매고 밖으로 나왔다. 태어나서 처음으로 개와 산책을 하다니, 메구무는 기분이 몹시 고조되었다. 차가운 북풍이 불어와도 힘들지 않을 정도로.

메구는 가와쿠보와 걸을 때와 마찬가지로 메구무의 왼쪽 뒤에서 걸었다. 메구무의 발걸음에 맞춰, 마치 그림자처럼 따라왔다. 잠시 후 길 반대쪽에서 낯선 사람과 개가 다가오는 것이 보였다. 소형견이지만, 메구무와 메구를 알아보자마자 격렬하게 짖기 시작했다.

순간 몸이 얼어붙었다. 메구무는 그 자리에 멈춰 서서 리드줄을 꽉 움켜쥐었다. 개가 점점 다가왔다. 리드줄에 매여 있다는 걸 아는데도 공포심이 줄어들지 않았다. 개는 계속해서 짖고, 개 주인은 그걸 멈추려고 하는 기색도 없었다.

그때 메구가 움직였다. 메구무의 앞으로 나와 개를 흘깃 노려보았다. 그러자 순식간에 상대편 개가 짖지 않았다. 목을 움츠리고 꼬리를 내리더니, 허둥지둥 지나가려고 했다.

메구는 개가 멀어질 때까지 메구무 앞에 계속 장승처럼 우뚝 버티고 서 있었다. 등을 꼿꼿이 펴고 고개를 쳐든 그 모습은 위엄에 가득 차 있었다.

"메구, 나를 지켜 준 거야? 고마워."

메구무는 메구의 머리를 쓰다듬었다. 메구가 돌아보며 웃었다. 틀림없었다. 가와쿠보에게 칭찬 받았을 때 그랬듯이, 메구무에게도 미소를 보낸 것이다.

"나에게도 웃어 주는구나, 메구."

메구무는 메구를 꼭 껴안았다. 튼튼한 몸이 메구무를 받아

주자 방금 전까지의 공포는 이미 날아가 버리고 없었다.

* * *

타닥타닥 소리를 내며 장작이 타고 있지만, 집 안은 전혀 따뜻해질 기미가 없었다. 난로가 만들어 내는 열 역시 외풍에 금세 휩쓸려 사라져 버렸다. 겨울 등산을 위해 구입한 방한용 속옷을 입고 니트와 플리스 재킷으로 무장해도 몸의 떨림이 멈추지 않았다. 메구무는 다운재킷도 껴입고, 뜨거운 커피가 담긴 머그컵을 양손으로 감쌌다. 내뱉는 숨이 하얬다.

가와쿠보는 정말 이 집에서 겨울을 보낼 생각인 걸까?

"으으, 추워."

난로 앞으로 자리를 옮긴 메구무는 방석 대신 쿠션을 깔고 바닥에 앉았다. 몸의 앞쪽은 따뜻하지만, 등은 여전히 차가웠다.

메구가 다가오더니 메구무에게 몸을 밀착하면서 바닥에 엎드렸다. 메구의 체온이 전해져 왔다. 머그컵을 바닥에 놓고 메구를 껴안았다. 난로보다 훨씬 따뜻했다.

"메구, 너 혹시 매일 밤 온수매트 역할을 하고 있는 것은 아니지?"

메구는 메구무의 목소리에 반응한 것이다. 추위 때문에 저도 모르게 입 밖으로 나온 말에. 가와쿠보도 매일 밤 비슷한 말을 하고 있을 게 틀림없었다. 그때마다 메구가 따뜻하게 해 주었겠지.

그렇다. 메구가 있다면 이 집에서 겨울을 나는 게 가능할지도 모른다.

"여전히 개가 무섭지만, 메구는 달라. 나도 메구니까. 메구는 개가 아니야."

그때 휴대폰이 울렸다. 가와쿠보의 전화였다.

"어때? 메구랑 사이좋게 지내고 있어?"

"가와쿠보 씨, 이 집은 너무 추워."

"장작이라면 마음껏 태워도 돼. 그 김에 집도 태워 주면 좋고."

전화기 저편에서 술에 취한 목소리가 들려왔다. 상갓집에서 한창 밤을 새우고 있는 것이다.

"농담 아니야. 지금 가와쿠보 씨처럼 메구가 날 따뜻하게 해 주고 있다니까."

"정말? 메구가 메구짱에게 달라붙어 있어?"

"응, 따뜻하게 해 주고 있어."

"오호, 메구가 그런 일을……."

"그리고 말이지, 아까 산책할 때 시끄럽게 짖는 개랑 마주쳤는데, 메구가 날 지켜 줬어."

"제대로 칭찬해 줬어?"

"응, 그랬더니 메구가 웃었어."

"그랬구나. 그런 상태라면 나, 여기 일주일 정도 있어도 괜찮겠네."

"가와쿠보 씨!"

"농담이야, 농담. 나도 메구표 온수매트가 그리워. 이번에는 메구랑 메구짱이 따뜻하게 해 줘야겠어."

"취했지?"

"아직 맥주 두세 잔밖에 안 마셨어. 밤은 이제부터니까. 메구짱은 내 냄새가 밴 이불을 뒤집어쓰고 혼자 욕정에 사로잡혀 있는 건가?"

"바. 보."

"메구 좀 바꿔 줘."

"응?"

"휴대폰을 메구 귀 가까이에 대 줘."

메구무는 가와쿠보의 말대로 했다.

"메구, 들리니? 나야."

휴대폰에서 가와쿠보의 목소리가 흘러나왔다. 메구의 귀가 쫑긋 섰다. 입이 열리면서 혀가 밖으로 나왔다.

"말 잘 듣고 있다며? 역시 메구는 내 자랑이야."

메구의 숨결이 차츰 거칠어졌다. 가와쿠보의 목소리에 흥분하고 있는 것이다.

나도 이렇게 솔직하게 감정을 드러낼 수 있다면 좋을 텐데, 하고 메구무는 생각했다.

"외롭게 해서 미안해, 메구. 볼일 다 보면 곧장 돌아갈 테니까, 그때까지 말 잘 듣고 기다리는 거야."

메구가 꼬리를 흔들었다. 메구는 웃고 있었다. 메구무도 똑같았다. 가와쿠보의 목소리를 듣는 것만으로도 마음이 들뜨기 시작했다. 혹시 꼬리가 있다면 메구무도 성대하게 흔들었을 것이다.

"난 메구를 정말 좋아해. 메구도 내가 정말 좋지? 그리고 말인데, 나는 메구짱도 정말 좋아해. 메구짱도 내가 정말 좋을까? 메구는 어떻게 생각해?"

가슴이 꽉 죄어들었다. 위 근처가 뜨거워졌다. 그것이 온몸으로 퍼지면서 어느새 추위가 날아가 버렸다.

"메구짱, 지금 들었어?"

메구무는 고개를 저으며 전화를 끊었다.

"여자한테 고백하는데 취해서, 그것도 개에게 말하는 척을 하다니, 메구의 주인은 최악이야."

메구무는 다시 메구를 껴안았다. 몸은 여전히 후끈 달아올라 있었다.

"혹시 가와쿠보 씨랑 나랑 사귀면 메구는 질투할 거야?"

메구는 아직 웃고 있었다.

"그렇지? 메구는 그런 좀스러운 여자가 아니지?"

메구무는 메구의 털에 얼굴을 묻었다. 메구가 꼬리를 흔들고 있었다. 바람이 목덜미를 훑었다. 그래도 역시, 추위는 느꺼지지 않았다.

상상 속의 꼬리를 메구 못지않게 흔들어 보았다. 기분이 좀
더 달아오른 메구무는 남몰래 킥킥 웃음을 터뜨렸다.

잭 러셀 테리어

1

요요기(代々木) 공원 도그런에서 다양한 개들이 즐겁게 뛰어놀고 있었다. 도그런은 중대형견과 중소형견 구역 등으로 나뉘어 있는데, 개와 사람이 압도적으로 많은 것은 중소형견 구역이었다.

도그런 밖에서 초여름 햇볕을 쬐고 있던 후지모토 고스케(藤本康介)의 귀에 견주들의 수다 소리가 바람에 실려 들려왔다.

"있지, 사쿠라짱 엄마, 그거 알아? 조이군 있잖아."

"치와와 조이군?"

"그래, 지난주에 인디라는 아이에게 습격을 당했나 봐. 몇 바늘씩 꿰매는 큰 상처를 입었대."

"인디는 안 돼. 누구든 상관없이 싸움을 건다니까. 그래서 난 인디가 오면 도그런에서 나가 버려."

"모처럼 도그런까지 왔는데, 정말 민폐네."

40대로 보이는 주부들은 수다를 즐기느라 정작 자기 개는 뒷전이었다. 고스케는 쓴웃음을 지었다.

그렇군. 이래서 미키(美樹)가 도그런에서 만나길 주저했던 거야.

고스케는 도그런에서 벗어났다. 사이클링 도로를 따라 하라주쿠(原宿) 방면을 향해 걸음을 옮긴 지 얼마나 됐을까. 앞쪽에 개를 동반한 여자와 아이가 보였다.

미키와 료(亮)였다. 데리고 있는 개는 하얀 털을 자랑하는 소형견으로 리드줄이 팽팽해져 있었다. 그 개는 사람이든 개든 가리지 않고 주변의 모든 것에 어금니를 드러내며 으르렁거리고 있었다.

리드줄을 잡은 사람은 미키였다. 아무리 소형견이라고 해도 저 상태로는 이제 막 일곱 살이 된 료에게 맡기기 곤란할 터였다.

료가 고스케를 알아차린 듯했다. 고스케는 두 손을 흔들었다. 오랜만의 재회였다. 뜨거운 것이 가슴속에서 치밀어 올랐다. 하지만 료는 고개를 숙이며 고스케의 신호에 응해 주지 않았다.

고스케는 맥없이 두 손을 내렸다. 료는 계속 고개를 숙이고 있고, 미키는 얼굴을 찡그리면서 개를 부를 뿐이었다. 개는 여전히 아무나 상관없이 마구 위협해 대고 있었다.

* * *

헤어진 아내 미키에게서 전화가 온 것은 거의 1년 만이었다. 고스케는 그 전화를 도미(東御) 시의 자택에서 받았다. 가루이자와에서 차로 30분 정도 서쪽으로 달리면 닿는 나가노(長野) 현의 작은 마을이었다.

"개를 맡아 줬으면 해."

미키는 입을 열자마자 먼저 그렇게 말했다.

"개?"

미키가 개를 기른다는 건 의외였다.

"료가 작년 생일에 졸라서 기르게 됐어. 그런데 개가 어찌나 기승스럽고 난폭한지 우리는 도저히 감당할 수가 없어서 말이야."

"견종은?"

"잭 러셀."

고스케는 나오는 한숨을 꾹 참았다. 잭 러셀 테리어. 작고 사랑스러운 개였다. 하지만 테리어라는 이름이 가리키듯이 잭 러셀 테리어는 원래 사냥개로, 공격적인 성격의 개체가 많았다. 아무것도 모르는 사람은 그 외모에 속아 나중에 따끔한 맛을 보게 된다.

"어째서 개를 기르기 전에 나랑 상의하지 않은 거야?"

"당연하잖아. 당신이랑 이야기하고 싶지 않으니까."

"그래도 잭 러셀은……."

"알아. 나도 인터넷으로 찾아 봤어. 그래서 싫지만 당신에게 머리를 숙일 수밖에 없다고 결심한 거야."

"료는 뭐래?"

"인니를 어딘가에 주는 건 싫대. 하지만 료도 계속 물려서 상처가 끊이질 않아."

차가운 말투의 미키에게는 미안하지만, 고스케는 자신의 얼굴에 미소가 번지는 것을 느꼈다.

고스케는 인디아나 존스라는 이름의 고고학자가 주인공인 모험 활극 영화 DVD를 갖고 있었다. 료가 두 살이 좀 넘었을 무렵, 마침 집에서 그 영화를 보고 있었는데, 료가 마음에 들어 했던 것이다. 스토리는 알 턱이 없으니 화면 속 움직임에 매료됐던 것이리라. 그 이후 기회가 있을 때마다 둘은 함께 그 영화를 봤다.

인디라는 이름은 료가 그 영화에서 따와 붙인 것이 틀림없었다.

"동물을 키운다면 끝까지 책임을 져야지."

"그건 알지만……."

"료를 무책임한 사람으로 키울 생각이야? 나 같은 남자로?"

미키가 잠시 숨을 멈추는 기색이 전해져 왔다.

"한번 만나서 이야기를 하자. 료도 같이. 내가 도쿄로 갈게."

미키는 한숨과 함께 고스케의 말을 받아들였다.

* * *

요요기 공원 근처의 반려견 카페는 개를 데려온 손님으로 북적이고 있었다. 고스케는 다른 개에게 덤벼드는 인디를 리드줄을 사용해서 컨트롤했다. 계속 으르렁거렸지만 인디의 공격적인 행동이 잦아들었다.

"우와, 대단하다."

그걸 보고 있던 료가 탄성을 내뱉었다. 반팔 티셔츠 밑으로 여기저기 갓 생긴 상처들이 보였다. 인디의 어금니가 만든 상처였다. 그러나 인디가 진심으로 물었을 리는 없었다. 단지 걸핏하면 싸움을 거는 이 작은 생물은 자기 어금니가 료에게 유효하다는 사실을 알고 있는 것이다.

"리드줄은 단지 주인과 개를 이어 주기 위한 것만이 아니야. 개를 컨트롤하기 위한 것이기도 해."

고스케는 비어 있는 자리에 앉으며 리드줄을 끌어당겨 인디를 발치로 유도했다.

"앉아."

말을 하면서 인디의 허리를 아래로 눌렀다. 그러자 인디가 자리에 앉았다. 곱슬곱슬한 털이 온몸을 덮고 있었다. 온몸은 하얗고, 곳곳에 회색 털이 섞여 있었다. 얌전히 앉아 있는 모습이 마치 봉제 인형처럼 귀여웠다.

"잘했어, 착하네."

인디의 머리를 쓰다듬자 꼬리가 격렬하게 흔들렸다.

"엄마! 아빠랑은 처음 만났는데 인디가 꼬리를 흔들고 있어."

미키와 료가 건너편에 앉았다. 변함없이 료는 고스케에게 말을 걸지 않았다. 평소 미키가 료에게 뭐라고 했을지 상상이 갔다. 싫어하는 게 당연했다. 그래서 이혼할 때도 고스케는 료의 친권에 집착하지 않았다.

"말했잖아. 아빠는 개랑 친구가 되는 게 특기야."

"응."

그제야 료의 시선이 고스케를 향했다. 기억보다 얼굴이 어른스럽고 키도 훌쩍 자라 있었다. 눈부신 뭔가를 보는 것처럼 고스케의 눈이 가늘어졌다.

"료는 인디를 어떻게 하고 싶니?"

울컥하는 감정을 억누르며 고스케가 물었다.

"계속 같이 살고 싶어, 엄마."

다시 료의 시선이 고스케를 벗어났다.

"지금 이야기를 하고 있는 사람은 아빠야, 료."

료가 고스케를 쳐다봤다. 계속 눈을 깜박거리며.

"인디와 함께 살고 싶다면 료가 인디의 보스가 되어야 해." 고스케가 말했다. "하지만 인디는 자기가 엄마와 료의 보스라고 생각하고 있어. 그래서 엄마와 료의 말을 듣지 않는 거야."

"어떻게 하면 돼?"

료가 물었다. 이날 처음으로, 고스케를 향해 건넨 말이었다.

"보스가 되는 훈련을 하는 거야. 료가 한 사람의 몫을 하는 보스가 되면, 인디는 료가 하는 말은 뭐든지 듣게 돼. 그러면 다른 개에게 싸움을 걸거나 하지도 않을 거야."

마지막 말은 반쯤 거짓말이었다. 인디처럼 공격 본능이 강한 개체는 가능한 한 다른 개와 함께 있지 않도록 하는 것이 좋았다. 하지만 올곧은 료의 시선 때문에 진실을 알리기가 망설여졌다.

"정말? 어떻게 하면 보스가 될 수 있어? 어떤 훈련을 해야 하는데?"

"일단 엄마한테 허락을 받아야 해."

고스케가 미키를 쳐다봤다. 험악한 표정으로 고스케와 료의 대화에 귀를 기울이고 있던 미키의 눈이 휘둥그레졌다.

"무슨 뜻이야?"

"2주 동안…… 아니, 10일이면 돼. 여름 방학 동안 료와 인디를 나한테 맡겨 줘."

미키에게 전화를 받은 이후, 내내 품고 있던 생각이었다.

"맡기라니, 나가노에?"

고스케는 고개를 끄덕였다. 그때 다시 리드줄이 팽팽해졌다. 집중력이 떨어진 인디가 다시 다른 개에게 흥미를 보이고 있었다. 고스케가 리드줄을 강하게 당기자 목에 전해진 강한 힘에 인디의 동작이 멈췄다.

"이쪽으로 와, 인디. 조금만 더 조용히 하고 있어야 해."

료의 시선이 고스케와 인디 사이를 바삐 오가고 있었다.

"인디는 오늘부터 내가 맡을게." 고스케가 말했다. "지금보다 말을 잘 듣게 만들 수는 있어. 하지만 내 말을 잘 듣는 개가 될 뿐이야. 당신과 료에 대한 태도는 달라지지 않겠지. 료에게 한 말은 거짓말이 아니야. 앞으로도 인디와 함께 산다면 녀석의 보스가 되어야 해. 그게 개를 기르는 사람의 의무이자 책임이야. 나에게 도저히 료를 맡기기 싫다면 어쩔 수 없어. 이대로 인디를 데리고 가서 당신과 료 앞에 두 번 다시 나타나지 않을게."

"그건 안 돼. 엄마, 인디는 내 가족이지? 엄마가 그렇게 말했잖아. 가족은 항상 함께 있어야 한다며?"

료의 말이 고스케의 마음을 후벼 팠다.

"알았어." 한숨과 함께 미키가 내뱉듯이 말했다. "마침 친구랑 해외여행 이야기 중이야. 료를 친정에 맡길까 했는데, 그럼 대신 당신이 맡아서 보살펴 줘."

고스케는 발치로 손을 뻗어 인디의 머리를 부드럽게 쓰다듬었다. 인디가 없었다면 미키는 고스케의 요청을 받아들이지 않았을 것이다.

이제는 만날 일이 없을 거라 생각했던 아들과 보내는 여름 방학은, 고스케에게 기대 이상의 선물이었다.

2

사쿠다이라(佐久平) 역 홈에 내려선 료는 어딘가 불안해 보였다. 연신 주위를 두리번거리던 료는 고스케를 알아보고 나서야 어깨에서 힘이 빠졌다. 짐은 등에 멘 배낭과 여행 가방. 어린이가 들기에는 꽤 큰 가방이었다.

"혼자 신칸센(新幹線)을 탄 건 처음이니?"

료의 긴장을 풀어 주려고 고스케가 쾌활하게 말을 걸었다.

"응. 인디는?"

료의 목소리에는 힘이 없었다.

"차 안에서 료를 기다리고 있어. 가자. 빨리 만나고 싶지?"

"응."

이번에는 힘찬 목소리로 대답했다. 고스케는 여행 가방을 받아들고 에스컬레이터로 향했다.

"인디는 어때? 아빠도 물렸어?"

"아니."

고스케는 왼쪽 팔을 료에게 내밀었다. 상처 같은 건 어디에도 없었다.

"인디를 게이지에 넣었어?"

"아니, 집 안에 풀어 뒀어."

"그런데 왜 안 물리는 거야?"

"인디는 아빠를 보스라고 생각해. 개는 보스를 절대 물지 않아."

료가 고개를 숙였다. 고스케도 입을 다물었다.

"인디는 나를 어떻게 생각하는 걸까?"

에스컬레이터에서 내렸을 때, 료가 툭 말을 내뱉었다. 혼잣말 같은 목소리였다.

"자기 부하라고 생각하는 거지. 그래서 료랑 엄마를 문 거야."

고스케는 똑똑히 알려 줬다. 료의 두 어깨가 쳐졌다.

"그렇게 실망할 거 없어. 료가 노력하면 부하에서 보스로 승격할 수도 있으니까."

"정말?"

"정말이야."

역사를 나와 주차장으로 향했다. 차에 다가가자 고스케를 알아차린 인디가 기세 좋게 짖기 시작했다.

"인디!"

료가 차로 달려갔다. 그 행동이 인디의 흥분에 기름을 부었다. 낮게 짖던 소리가 갑자기 요란하게 바뀌었다.

"인디, 노!"

고스케가 강한 어조로 외쳤다. 그 순간 인디가 울음을 멈췄다. 발걸음을 멈춘 료가 고스케를 돌아보았다.

"인디가 안 짖어."

"말했잖아. 아빠는 인디의 보스야. 보스가 하지 말라고 했기 때문에 인디는 짖지 않는 거야."

료는 고스케와 차 안의 인디를 번갈아 보았다. 그 진지한 시선은 마술의 트릭을 밝히려고 하는 것 같았다.

* * *

인디는 처음 고스케의 집에 오자마자 안드레에게 싸움을 걸었다.

안드레는 골든 리트리버와 일본개의 잡종으로, 매정한 주인에게서 버려진 것을 고스케가 구조해 안드레라고 이름을 붙인 개였다. 체중이 30킬로그램이 훌쩍 넘었는데, 그런 안드레에게 체중 5킬로그램이 될까 말까 한 인디가 과감하게 도전한 것이다.

승부는 눈 깜짝할 사이에 정해졌다. 안드레가 목덜미를 물어 들어 올리자 인디가 비통한 소리로 짖었던 것이다. 도그런에서 자기와 비슷한 체격의 개만 접하던 녀석에게는 쓰라린 첫 경험, 첫 패배였을 것이다.

그 이후 인디는 안드레를 자기보다 한 수 위로 인정하게 되었고, 안드레의 보스인 고스케의 말도 잘 듣게 되었다.

고스케의 집은 도미 시 시내에, 작업장은 교외의 고지대에 있었다. 고스케는 오래된 농가에서 사과 밭을 빌려 사과를 재배하고 있었다. 도미 시에는 농업에 종사하는 이주자를 지원하는 제도가 있어 주택을 저렴한 가격에 빌릴 수 있었다. 사과 농가가 된 지 2년. 생활은 빠듯하지만 저렴한 집세와 밭 임대료 덕분에 어떻게든 먹고살 수는 있었다.

안드레와 인디는 낮이면 고스케가 과수원 한구석에 만든 도그런에서 함께 지냈다. 한창 장난칠 나이인 인디는 같이 놀고 싶은 마음에 안드레를 꾀려고 끊임없이 들러붙었고, 그러다가 어금니를 잘못 쓰는 바람에 안드레에게 벌을 받았다. 이를 통해 인디는 개 사회에 적응하는 기술을 조금씩 배우고 있었다. 아마 미키는 인디를 펫샵에서 샀을 텐데, 태어나자마자 모견과 형제들로부터 떨어진 개의 사회 적응력은 현저히 낮을 수밖에 없었다. 게다가 미키와 료는 외모에 끌려 인디를 기르기로 결정했을 것이다. 인디는 잭 러셀이라는 견종이 어떤 개인지 모르는 완전히 초보인 사람 손에 길러지게 된 것이다. 인디가 아무에게나 싸움을 걸며 돌아다니는 것도, 가족인 미키나 료에게 어금니를 대는 것도, 어찌 보면 당연한 일이었다.

개도 교육이 필요했다. 그래서 그걸 모르는 사람 손에 길러진 개에게는 왕왕 불행이 찾아온다.

잭 러셀 테리어는 어려운 개다. 감당하지 못하는 주인에게 버려지는 경우도 많다.

고스케는 료가 어떻게든 인디의 보스가 되어 주길 바랐다.

* * *

료가 쓰다듬으려고 손을 뻗자 인디가 어금니를 보였다.

"인디, 나야. 벌써 잊어버렸어?"

"인디는 료를 확실히 기억하고 있어." 차에 시동을 걸고 출발하면서 고스케가 말했다. "지금 부하가 어디 보스를 함부로 만져! 라고 화내고 있는 거야."

"나, 정말 인디의 보스가 될 수 있을까?"

"될 수 있어. 아빠가 보증할게."

료는 눈에 불신의 기색을 띠면서도 마지못해 고개를 끄덕였다.

사쿠 시에서 고모로(小諸) 시로 빠져나가, 좀 더 서쪽으로 가면 도미 시로 들어가게 된다. 헤이세이 대합병(1999년부터 정부 주도로 실시된 지역 합병―옮긴이)으로 만들어진 시인데, 여름은 지내기 편하고, 겨울도 가루이자와만큼 춥진 않았다. 고스케는 자택 앞에 차를 세웠다.

"잠깐 기다려."

료의 여행 가방을 집으로 옮기고 안드레를 불렀다. 안드레가 기세 좋게 집 밖으로 뛰쳐나왔다. 평소 안드레에게 리드줄을 매는 일은 없었다. 어디로 산책을 가든 안드레는 고스케 옆을 한시도 떠나지 않기 때문이다.

"인디, 스테이."

차 안의 인디에게 지시를 내리고 문을 열자 안드레가 차로 뛰어올랐다.

"우와, 엄청나다!"

료가 탄성을 질렀다.

"안드레야. 료와 인디의 형뻘이지."

안드레가 뒷좌석에서 몸을 내밀어 료의 냄새를 맡기 시작했다. 순간 료의 몸이 바짝 굳었다.

"안드레는 절대 사람을 물지 않아. 그러니까 안심해도 괜찮아."

안드레 옆에서 인디가 필사적으로 고스케의 명령을 따라 움직이지 않고 있었다. 하지만 안드레의 흥분이 인디에게 전해지고 있었다. 집중력이 사라지는 것은 시간문제였다.

"인디, 오케이."

고스케의 말의 말이 떨어지자마자 인디가 좁은 차 안에서 뛰어내렸다.

* * *

과수원에 도착한 고스케는 인디에게 맨 리드줄을 료에게 들게 했다. 낙하산 소재로 만들어진 튼튼한 리드줄이었다.

"인디와 산책해 보렴. 리드줄은 꼭 잡아야 해."

"으, 으응." 료가 자신 없다는 듯이 고개를 끄덕였다. "하지만 산책이라니 어떻게……."

"평소 하던 대로 하면 돼. 아빠한테 료와 인디의 평소 모습을 보여 줘."

"알았어. 이리 와, 인디."

료는 과수원 안쪽을 향해 걷기 시작했다. 하지만 인디는 따라 움직이지 않았다. 땅 냄새를 맡느라 정신이 없었다. 고스케와 산책하러 갈 때는 결코 이런 행동을 하지 않았다. 인디는 여전히 료를 무시하고 있었다.

"인디, 이리 오라니까."

료가 양손으로 리드줄을 꼭 쥐고 당겼다. 그러나 인디는 이번에도 움직이지 않았다. 잭 러셀은 크기에 비해 온몸이 근육 덩어리였다.

"안드레."

고스케가 조용히 말했다. 사람에게 들리지 않는 소리도 개는 확실히 구분할 수 있다. 안드레가 인디를 향해 한 번 짖었다. 그러자 순식간에 인디가 더 이상 냄새를 맡지 않고, 고스

257

케와 안드레를 향해 얼굴을 돌렸다.

고스케는 료를 향해 고개를 끄덕였다. 료가 걷기 시작하고, 리드줄이 팽팽해졌다. 인디는 리드줄에 질질 끌려가듯이 료의 뒤를 쫓았다. 하지만 그것도 몇 초뿐이었다. 인디가 료를 신경 쓰는 기색도 없이 제멋대로 움직이기 시작했다. 그때마다 리드줄이 팽팽해지고 료는 비틀거렸다.

"인디, 이쪽이라니까."

료가 정색하고 리드줄을 당길 때마다 인디는 어금니를 드러내며 분노를 나타냈다. 그리고 료의 기가 죽으면 다시 제멋대로 걷기 시작했다.

"안드레, 가자."

고스케가 안드레에게 말했다. 차에서 안드레용 리드줄을 꺼내 료와 인디가 있는 곳으로 다가갔다. 그리고 안드레에게 맨 리드줄을 료에게 들게 했다.

"안드레도 함께 산책하는 거야."

"무리야, 아빠. 인디만으로도 힘든데……."

"괜찮으니까 한번 해 봐. 안드레의 리드줄은 짧게 들고, 인디 것은 좀 길게."

료는 노골적으로 얼굴을 찡그렸지만, 그래도 쭈뼛쭈뼛 리드줄을 받아 다시 걷기 시작했다. 료의 왼쪽 사선 방향 뒤에서 안드레가 걷고, 좀 더 뒤에서 인디가 따라갔다. 인디는 더 이상 제멋대로 움직이려고 하지 않았다.

"아빠, 이것 봐."

"대단한데, 료. 더 걸어 보렴."

료는 만면에 미소를 띠면서 성큼성큼 걸음을 옮겼다.

인디는 안드레를 따르는 것에 불과했다. 이런 방법은 어떤 의미에서 반칙이지만, 일단 료에게 자신감을 갖게 하는 것이 먼저였다.

무엇보다 두 마리의 개를 데리고 즐겁게 걷는 료를 보고 있으니 마음이 벅찼다.

고스케는 흐뭇한 미소를 지으면서 료와 개들의 산책을 지켜보았다.

3

안드레와 인디가 옆에서 나란히 자고 있었다. 료는 질리지
도 않는지 소파 위에서 두 마리 개의 모습을 내내 바라보고
있었다. 가져온 배낭 속에는 휴대용 게임기가 들어 있었지만,
료는 쳐다보지도 않았다.

"아빠……."

료의 속삭임에 고스케가 채소를 썰던 손을 멈췄다. 오늘 저
녁 메뉴는 재료가 듬뿍 들어간 된장국에 돼지고기 생강구이
였다. 자취한 지 꽤 됐지만, 칼질은 여전히 서툴렀다.

"있잖아, 인디가 우리 집에 있을 때보다 행복해 보여."

"그야 그렇겠지."

고스케는 고개를 끄덕였다. 료의 얼굴이 어두워졌다.

"인디는 나보다 아빠를 좋아하는 걸까?"

"개는 보스랑 함께 있으면 안심이 되니까 행복한 거야." 고스케는 말하면서 썰고 있던 채소를 냄비 안에 넣었다. "자기가 보스라면 동료를 지키기 위해 항상 주의를 기울여야 해. 그럼 안심하고 있을 수 없겠지? 하지만 보스가 있으면 무슨 일이 생겨도 보스가 지켜 주잖아. 그러니까 안심하고 행복하게 잘 수 있는 거지."

"그럼 내가 인디의 보스가 되면, 인디는 우리 집에서도 이렇게 자는 거야?"

"응. 료의 보스는 엄마지? 한밤중에 무서운 꿈을 꿔도, 엄마가 옆에 있으면 안심하고 다시 잘 수 있잖아?"

"그렇구나…… 그럼 아빠 보스는 누구야?"

료가 고개를 갸웃거렸다. 그 몸짓이 미키를 꼭 닮아 있었다.

"아빠 보스는 아빠야."

"그럼 아빠는 항상 안심하고 잘 수 있겠네?"

료의 말이 가슴을 파고들었다. 모든 걸 잃고 도미에 온 지 2년. 마음 편하게 잔 적이 있었나? 아마 없었던 것 같았다.

"괜찮아." 고스케는 미소를 지어 보였다. "개에게는 보스가 필요하고, 인간의 아이에게도 보스가 필요해. 하지만 어른이 되면 보스는 필요 없어지거든."

"그런 거야?"

"응, 그런 거야. 자, 개들에게 밥을 주자."

밥이라는 말에 반응한 것인지, 숙면 중이던 개들이 벌떡 일어났다.

안드레의 건강을 위해서라기보다, 식비를 절약하기 위해 항상 사료가 아니라 채소와 고기를 끓인 수프를 주고 있었다. 수프는 딱 알맞게 식어 있었다.

"알겠니, 료? 인디에게 강한 어조로 스테이, 라고 명령하는 거야. 료가 오케이 할 때까지 먹게 하면 안 돼. 할 수 있겠어?"

"잘 모르겠지만, 해 볼게."

"그럼 아빠가 시범을 보일 테니까 잘 봐. 안드레, 컴."

명령이 다 떨어지기도 전에 안드레가 고스케 앞으로 다가 왔다. 그리고 테이블 대신 사용하고 있는 나무 상자 앞에 앉았 다. 입안은 군침이 흘러넘치고 있었다.

"스테이."

명령과 함께 수프가 든 그릇을 나무 상자 위에 놓았다. 안 드레의 침이 바닥으로 주르륵 떨어졌다.

"오케이."

고스케가 말하자 안드레가 일어나서 그릇에 주둥이를 박더 니 무서운 기세로 먹기 시작했다. 인디는 자기도 달라며 고스 케의 다리에 엉겨 붙어 있었다.

"자, 해 보렴. 인디는 테이블 없이 하는 거야."

인디의 그릇을 료에게 건넸다. 인디가 그릇을 향해 점프했 다. 하지만 터무니없는 도약력이었다.

"인디, 스테이."

료가 명령했지만 목소리에 자신감이 없었다. 아니나 다를까, 인디가 거듭 뛰어오르며 으르렁거렸다.

"무서워하면 안 돼."

고스케가 말했지만 료의 귀에는 들리지 않는 듯했다. 인디의 공격으로부터 본능적으로 자기 몸을 지키려고 팔을 움직이는 바람에 그릇의 내용물이 쏟아졌다. 인디가 바닥에 이리저리 흩어진 수프를 핥기 시작했다.

"인디!"

고스케가 버럭 소리쳐도 인디는 정신없이 수프만 핥아 댔다. 결국 인디의 몸을 들어 올렸다. 인디가 어금니를 보이자 주둥이를 손으로 움켜잡고 코끝을 물고 늘어졌다. 인디가 가느다란 비명을 질렀다.

"아빠, 그만해. 잘못한 건 나니까……."

고스케가 료를 노려보았다.

"바닥을 청소해 두려무나."

그렇게 말을 내뱉은 고스케는 인디를 들어 올린 채 옆방으로 자리를 옮겼다. 문 너머로 료가 훌쩍거리는 소리가 들려왔다.

"제대로 깨끗하게 치워야 해."

큰 소리로 말하고 인디를 바닥에 내려놓았다. 인디는 풀이 죽어 있었다. 자기의 실수를 알고 있는 것이다.

고스케는 인디를 부드럽게 쓰다듬었다.

"네 잘못이 아니야. 부하에게 개의 규칙을 가르쳐 준 거야."

작은 목소리로 속삭이자 인디의 꼬리가 희미하게 흔들렸다.

"하지만 이건 료와 너를 위해서야. 좀 참아 줘."

고스케는 자기가 깨문 인디의 코를 살살 문질렀다. 인디와 같은 일을 당한 잭 러셀이 얼마나 많을까. 펫샵에서 본 잭 러셀이 작고 귀엽다며, 그것이 어떤 견종인지도 모르고 기르다가 나중에 주체하지 못하는 주인들.

개를 기르는 데에도 면허제를 도입하는 게 좋아. 료스케는 진심으로 그렇게 생각했다.

* * *

저녁 식사 분위기는 서먹서먹했다. 료는 시종일관 고개를 숙이고 있고, 고스케도 굳이 입을 열지 않았다. 아들과 오랜만에 먹는 저녁. 크게 기대했던 만큼 실망도 컸다.

위로할 생각인지, 안드레가 료의 발치에 엎드려 누워 있었다.

"아빠, 인디는?"

인디는 옆방에 있었다. 고스케는 인디가 아니라, 료에게 벌을 줄 심산이었다.

"목욕하고 오렴."

료의 질문에는 대답하지 않고, 고스케는 그릇을 치우기 시작했다.

"나, 다음에는 제대로 할게…… 인디, 밥 안 먹었지? 그런데 저렇게 갇혀 있으니까 불쌍해."

"인디가 무섭니?"

고스케가 물었다. 료는 고개를 끄덕이다 말고, 중간에 마음을 바꿨는지 다시 고개를 저었다.

"료가 인디를 무서워하는 한, 료는 인디와 함께 살 수 없어."

"무섭지 않아. 좀 놀랐을 뿐이야."

"이걸 한번 보렴."

고스케는 왼손 손바닥을 펼쳐 료에게 보여줬다. 새끼손가락 뿌리 부분에 깊은 상흔이 있었다.

"아빠가 료 정도 나이였을 때 개에게 물린 상처야. 개가 진심으로 물면 이렇게 된단다. 조금 더 깊이 물렸으면 아빠 새끼손가락은 떨어져 나갔을 거야."

료는 상흔을 응시했다.

"아빠가 보기에 료의 팔에 있는 상처는 모두 긁힌 상처야. 아플 수는 있지만 큰 상처는 아니지. 인디는 료에게 상처를 입히지 않으려고 한 거야."

료는 자기 팔로 시선을 옮겼다.

"그 정도 상처는 걱정하지 않아도 돼."

고스케의 말에 료가 침을 꿀꺽 삼켰다.

"인디는 아주 작아. 료가 몇 배나 더 커. 그렇지?"

"아빠, 한 번 더 인디에게 밥을 줘 봐도 돼?"

고개를 들고 묻는 료의 눈에 힘이 깃들어 있었다. 고스케는 고개를 끄덕이고 인디의 그릇에 수프를 담았다.

* * *

"같이 목욕할래?"

고스케가 권하자 료가 순순히 따랐다. 둘은 좁은 욕조에 몸을 담그고 인디 이야기를 했다.

두 번째로 먹이를 줄 때, 인디는 강한 자제심을 보였다. 점프하지도 않고, 어금니를 드러내지도 않고 료의 지시에 따른 것이다.

식사를 마친 후에는 다시 료를 무시하는 태도를 보였지만, 이건 큰 진전이었다. 이런 작은 일들이 차곡차곡 쌓이며 언젠가 근처에 고스케나 안드레가 없어도 인디가 료의 지시를 따르게 되면 오케이였다.

"왜 개한테 물렸어?"

등을 닦아 주고 있는데 료가 물었다.

"아빠의 아빠, 료의 할아버지는 개 키우는 걸 아주 좋아하셨어."

사실은 챔피언 개를 길러내는 데 열중했을 뿐이었지만. 고

266

스케는 아버지가 보편적인 의미에서 개를 사랑했다고는 생각하진 않았다. 모든 건 자기의 하찮은 자존심을 채우기 위한 것일 뿐이었다.

아버지가 대대로 길렀던 것은 잉글리시 스프링거 스패니얼이었다. 이 견종 중에는 돌발성 격노증후군이라 불리는, 뇌의 이상에 의한 이상 행동을 일으키는 개체가 종종 있었다. 흥분하면 전혀 자제가 되지 않는 것이다. 고스케의 손가락을 문 메이플도 그랬다.

"할아버지는 아침부터 밤까지 개만 보살폈어. 아빠를 봐주지 않으니까 분해서, 할아버지 개를 괴롭혀 주려고 한 거지. 그 무렵 아빠는 개에 대해서는 전혀 몰랐거든. 개가 먹고 있는 밥을 뺏으려고 하다 물린 거야."

아버지는 메이플을 혼내는 대신 고스케를 혼냈다. 어린 마음에 심하게 상처 받은 기억이 아직도 또렷했다.

"아팠어?"

"구급차로 병원에 실려 가면서 이대로 죽는구나 싶었어. 그 정도로 아팠지. 하지만 아픈 건 아빠만이 아니었어. 아빠를 문 메이플도 자기가 저지른 일에 깜짝 놀라서 상처를 받았던 거야. 그래서 아빠는 스스로가 상처를 입지 않도록, 그리고 개에게 상처 주지 않도록 개에 대해 공부하기 시작했어."

고스케가 열두 살 때 뇌출혈로 쓰러진 아버지는 그대로 돌아오지 못할 강을 건넜다. 그 후 생활을 위해 어머니는 밖으로 일을 하러 나가야 했고, 개를 돌보는 것은 고스란히 고스케의 몫이 되었다. 그때 배운 게 지금으로 이어진 것이다.

"엄마와 료는 펫숍에서 인디를 발견했어. 그렇지?"

료가 고개를 끄덕였다.

"작고 귀여워서, 잭 러셀 테리어라는 개가 어떤 개인지도 모르고, 알려고도 하지 않고 무턱대고 기르기 시작했고. 그렇지?"

"이제 두 번 다시 그러지 않을 거야." 료가 목소리를 높였다. "다음에 개를 기를 때는 확실히 알아보고 기를 거야."

"인디는 아빠한테 맡기고?"

"아니, 그런 짓은 하지 않아. 인디는 내 가족이니까."

료가 웃었다. 인디에게 제대로 밥을 줄 때까지는 보인 적 없던 밝은 웃음이었다.

4

료와 인디는 매일 과수원을 산책했다.

처음에 인디는 어떻게든 자기주장을 내세우려 고군분투했다. 하지만 요즘은 리드줄을 당기지도 않고 료의 뒤를 얌전히 따라서 걷고 있었다. 료에게 으르렁대거나 어금니를 드러내는 횟수도 극적으로 줄어들었다.

고스케는 일하던 손길을 멈추고 이마에 밴 땀을 닦았다. 보온병에 든 차가운 보리차를 마시면서 한 소년과 한 마리 개의 산책을 바라보았다. 일곱 살 소년과 작은 잭 러셀이 사과나무 아래를 걷는 모습은 마치 그림책의 한 페이지 같았다.

안드레는 유달리 큰 사과나무 그늘에서 선잠을 자고 있었다.

시간은 오후 6시를 넘기고 있었다. 저녁이 되자 상쾌한 바람이 불어오고 있었다. 한낮 기온은 30도가 넘지만 열대야는 거의 없었다. 해가 지면, 그와 동시에 지내기 편한 기온으로 떨어지는 것이다.

슬슬 돌아갈 준비를 해야 할 시간이었다. 오늘의 만찬은 료의 요청으로 히야시 츄카(冷やし中華, 차게 식힌 중화면에 채소, 고기나 햄, 달걀지단 등을 얹어 초간장 육수를 부어 먹는 일본식 중화요리 ─ 옮긴이)를 만들기로 했다. 지단을 만드는 데 시간이 걸릴 것이다.

료에게 말을 꺼내려는 순간, 휴대폰 울리는 소리가 들려왔다. 료가 걸음을 멈추고 바지 주머니에서 휴대폰을 꺼냈다.

"여보세요? 엄마?"

미키에게서 온 전화인 듯했다. 지금쯤 이탈리아에 있을 텐데, 료가 마음에 걸려 전화를 건 것이리라.

"응, 나도 인디도 잘 있어. 들어 봐, 엄마. 인디가 조금씩이지만 내 말을 듣고 있어. 그리고 아빠가 안드레라는 개를 길러서 인디도 같이 노는데, 도그런에서처럼 다른 개를 상처 입히거나 하지 않아⋯⋯."

료는 숨 쉬는 것도 잊은 듯 떠들었다. 그 발치에 인디가 얌전히 앉아 있었다.

"정말 괜찮아. 숙제도 아빠가 하라서 제대로 하고 있고, 밥은 엄마 밥이 더 맛있긴 하지만 먹을 만하고⋯⋯."

고스케는 쓴웃음을 지었다.

"어쨌든 인디는 때때로 내 말을 안 들을 때도 있지만, 아빠

270

랑 안드레 말은 잘 들어. 아빠랑 안드레는 대단해."

고스케는 작업 도구를 한데 모아 차의 짐칸에 던져 넣었다. 햇볕에 까맣게 탄 손과 팔은 먼지를 뒤집어쓴 상태였다. 도쿄에 살 때는 상상도 못했던 모습이었다.

"아빠, 엄마가 바꿔달래."

료가 인디를 데리고 달려왔다. 고스케는 휴대폰을 받아들었다.

"여행은 잘하고 있어?"

"뭐 그럭저럭. 그보다 남자들끼리 즐거워 보이네?"

"첫날은 삐걱거렸지만, 이제 꽤 스스럼없이 지내게 됐어."

"이런 말 하려고 전화한 건 아닌데, 기분 상하지 말고 들어줄래?"

고스케는 입을 다물고 미키의 다음 말을 기다렸다.

"이상한 기대는 하지 마. 난 당신을 용서하지 않았고, 앞으로도 용서할 수 없을 것 같아. 이번 일은 긴급 피난이야. 인디 때문에 애를 먹긴 했지만, 나도 걔를 버리거나 하는 건 참을 수 없으니까……."

"알아."

"료가 당신을 따르면 따를수록 난 당신이 더 미워져. 료가 당신과 지내는 건 이게 처음이자 마지막이야. 알지? 친권을 포기한 건 당신이니까."

"안다니까. 그럼 끊는다."

미키의 대답을 기다리지 않고 고스케는 전화를 끊었다.

"엄마가 뭐래?"

"빨리 료를 만나고 싶대."

"난 아직 괜찮은데."

료가 장난꾸러기 같은 미소를 지었다.

"자, 슬슬 돌아갈 시간이야. 나무 아래 있는 쓰레기봉투 좀 갖다 줄래?"

료에게 휴대폰을 돌려주면서 고스케가 말했다. 료는 힘차게 대답하고는 리드줄을 짧게 쥐고 인디와 함께 달려갔다. 인디는 료를 확실히 올려다보면서 뛰고 있었다. 인디는 료를 신뢰하기 시작했고, 둘의 관계는 날이 갈수록 깊어지고 있었다.

쓰레기봉투를 집어든 료가 뒤를 돌아보다가 이마에 손을 올렸다. 해가 저물면서 오렌지색 석양이 과수원을 조금씩 물들이고 있었다. 고스케는 료를 따라 서쪽으로 시선을 돌렸다. 도미와 우에다(上田) 거리의 모습이 펼쳐지고, 그 너머로 우뚝 솟은 북알프스의 산들이 보였다. 남쪽으로 눈을 돌리자 야쓰가타케(八ヶ岳) 연봉, 동쪽으로는 아사마야마 산이 저녁노을에 물들어 있었다. 하늘에 뜬 구름이 오렌지색 노을 속을 유유히 흘러가고, 마을 여기저기에 흩어져 있는 논에서는 벼 이삭이 황금색으로 빛나고 있었다.

"아름답다."

어느새 료가 옆에 서 있었다. 인디는 물론, 안드레도 옆에

와 있었다. 고스케는 디지털카메라를 두고 온 것을 후회했다.

료와의 추억을 남겨 둬야 해. 고스케는 료의 어깨에 팔을 두르면서 가까이 끌어당겼다.

"아빠?"

"아름답지, 료? 도쿄에서는 절대 볼 수 없는 석양이니까 똑똑히 기억해 둬."

"괜찮아. 나 또 올 거거든. 겨울 방학에도 내년 여름 방학에도, 인디랑 여기 와서 안드레랑 놀면서 아빠 일 도울 거야."

"고맙구나, 료."

고스케는 중얼거리는 목소리로 말했다.

* * *

밤하늘에는 구름 한 점 없었다. 한겨울만큼은 아니지만, 그래도 별이 아름다웠다. 고스케는 2층 베란다에서 캔맥주를 땄다.

시간은 이미 자정이라 료는 한참 전에 꿈나라로 간 뒤였다.

캔을 기울였다. 맥주는 차가웠지만, 맛은 평소보다 씁쓸했다. 내일부터 얼마 동안은 날씨가 흐리다는 예보였다. 저녁노을에 물든 과수원에서 료와 함께 사진을 찍고 싶었지만, 과연 이뤄질지 알 수 없게 되었다.

고스케는 도쿄의 대형 출판사에 근무했었다. 반려견 붐이 일면서 고스케는 애견 전문잡지를 기획해 궤도에 올렸다. 부수는 천정부지로 치솟았고, 그에 비례해 사내에서 고스케의 평가도 올라갔다.

미키가 임신 사실을 알린 건 그때였다. 서로 아이는 필요 없다는 생각을 확인하고 결혼했지만, 언젠가부터 미키는 생각을 바꿨다.

역시 난 아이를 갖고 싶어. 난 필요 없어. 이렇게 수차례 반복된 말다툼 끝에, 고스케는 미키도 자기 생각을 받아들였다고 믿었다.

미키가 임신 사실을 알렸을 때 머리에 떠오른 것은 속았다는 생각이었다. 안전한 날이라고 해서 피임도구를 쓰지 않았다. 그날 밤 아이가 생긴 것이다. 그 외에는 짚이는 구석이 없었다.

지워달라는 고스케의 부탁을 미키는 완강하게 거절했다. 수수방관하는 동안 낙태가 가능한 시기가 지나가고, 미키의 배는 하루가 다르게 부르기 시작했다.

고스케는 자주 외박을 했다. 일도 없는데 잔업을 하고, 할 일이 사라지면 술을 마시러 나가고, 그러다 단골 술집에서 옆자리에 있던 여자와 눈이 맞았다. 집에서 자는 건 주말뿐, 평일에는 회사에서 자든가 그 여자 방에서 아침을 맞이했다.

아버지가 되는 것이 두려웠다. 고스케의 아버지는 가족에 무심한 남자였다. 중요한 것은 개, 아니 자기 개를 챔피언으로 만드는 것뿐이었다. 그래서 자라면서 결함이 있다고 판명된 개는 아무렇지도 않게 버리거나 죽였다. 고스케는 그런 아버지를 싫어했지만, 자기에게 그 피가 흐르고 있다는 사실도 자각하고 있었다.

아버지에 대한 오기로 개는 어떻게든 책임졌다. 하지만 대상이 사람이라면 이야기가 달랐다. 누구에 대해서도 책임지고 싶지 않았다.

고스케의 마음을 헤아렸던 것인지, 집에 돌아오지 않는 남편에게 미키는 불평 한마디 하지 않았다. 아마 아이가 태어나면 모든 게 바뀔 거라고 믿었을 것이다.

하지만 고스케는 바뀌지 않았다. 출산 예정일에도 일을 했고, 심지어 하루 종일 휴대폰 전원을 꺼 두었다.

미키뿐만이 아니라 미키의 부모님, 그리고 고스케의 어머니마저도 격노했다. 아버지가 될 남자가 아기의 출산 때 자취를 감추다니. 가족회의가 열렸다. 아이를 위해 이혼은 하지 않지만, 미키는 친정에서 아이를 기르기로 했다.

이 시점에서도 미키는 고스케에게 약간의 기대를 품고 있었던 것 같다. 하지만 고스케는 그 기대에 응하지 않았다. 육아는커녕 료를 안는 것조차 거부하고 일과 술, 여자에 계속 빠져 살았다.

뭐가 그렇게 두려웠던 걸까. 이제 와서 그런 후회가 들었지만, 그야말로 웃기는 얘기일 뿐이었다.

료가 말을 하게 되면서 료가 귀엽다고 생각하게 되었지만, 미키와의 관계는 회복 불가능한 지경까지 다다라 있었다. 당연했다. 남편으로서, 그리고 아버지로서의 책임을 완전히 포기하고 노는 데 정신이 팔려 있었으니까.

둘은 류의 세 살 생일 직전에 이혼을 결정했다. 친권도 포기하고, 료가 대학을 졸업할 때까지 양육비를 대기로 했다. 모든 잘못은 자기에게 있었으니 당연한 일이었다.

고스케는 회사를 그만두고 퇴직금으로 사업을 시작했다. 유럽에서 개를 위한 잡화를 수입·판매하는 회사였다. 처음에는 실적도 좋았다. 그러나 가까운 곳에 함정이 도사리고 있었다. 경리를 맡았던 남자가 회사 자금을 갖고 도망친 것이다.

돈은 되찾지 못했다. 되찾기는커녕 채무가 늘어나고 실적은 곤두박질쳤다. 꼬박 1년을 회생을 위해 고군분투했지만 최후의 발악에 불과했다. 결국 회사를 접고 도망치듯이 도쿄를 떠났다. 양육비 같은 걸 낼 수 있을 리가 없었다. 수화기 저편에서 분노에 목소리가 떨리는 미키에게, 고스케는 그저 사과할 수밖에 없었다.

도미에 오기로 한 것은 도미 시에서 농업에 종사하는 이주자를 지원하는 제도가 있는 것을 어쩌다 인터넷을 통해 알게 되었기 때문이다. 애견 잡지를 기획하면서 가루이자와에 수차례 방문한 적이 있어 도미 시도 기억에 남아 있었다. 도시의 패배자는 아름다운 자연 속에서 농부부터 다시 시작하는 게 좋다고 생각했다.

낮에는 좋았다. 익숙하지 않은 사과 재배에 몰두하고 있으면 시간은 제멋대로 흘러갔다. 주체할 수 없는 것은 밤이었다. 시골의 밤은 언제나 고요해 시간이 멈춘 듯했다. 책을 읽어도, 술을 마셔도, 시간은 전혀 흐르지 않고 고독감만 깊어갈 뿐이었다.

안드레를 데려와 같이 생활하면서 고독감은 다소 줄어들었지만, 때때로 머릿속에 미키와 료에 대한 생각이 스치는 것을 막을 수는 없었다.

그때마다 자업자득이라고 자조하면서 고스케는 침울해졌다.

* * *

커튼이 흔들렸다. 인디가 밖으로 나오고 싶다고 유리문을 긁고 있었다. 고스케가 문을 열어 주자 베란다로 나온 인디가 발치에 앉아 고스케의 얼굴을 올려다보았다. 천진난만한 얼굴에 동그란 눈동자. 꼭 껴안고 볼을 부비고 싶어지는 얼굴이었다.

"날 걱정해 준 거니?"

고스케가 인디를 안아 올렸다.

"난 괜찮으니까 료 옆에 있어 줘. 알겠지, 인디? 료는 널 정말 좋아해."

인디의 꼬리가 흔들렸다.

"인디, 부탁이 있어. 들어줄래?"

고스케는 인디에게 얼굴을 가까이 가져갔다. 인디가 고스케의 코를 핥았다.

"료를 부탁해. 나는 지켜 줄 수 없으니까, 네가 나대신 료를 지켜 줘."

인디의 꼬리는 계속 흔들리고 있었다. 고스케는 인디를 가슴에 안고 조용히 껴안았다.

"부탁해, 인디. 넌 잭 러셀이야. 작은 몸에 사자 같은 용감함을 품은 개란 말이야. 료를 지켜 줄 수 있지?"

인디의 몸은 따뜻했다. 그리고 안드레에게 지지 않을 정도로 강력했다.

5

서쪽 하늘에 떠 있던 구름이 갈라지기 시작했다. 하늘 높은
줄 모르고 북쪽 하늘을 점령하고 있던 뭉게구름이 사라지고
있었다. 고스케는 카메라를 꺼내 차 보닛 위에 올려놓았다. 오
늘을 위해 지인에게 빌려 온 디지털카메라였다. 촬영 장소로
정한 곳에 렌즈를 미리 대 보고 구체적인 설정을 했다. 잡지를
만들던 시절에 카메라에 대해 대충이나마 배운 적이 있었다.

구름이 갈라지는 곳에서 오렌지색을 띤 부드러운 햇빛이
쏟아져 내리기 시작했다.

"료, 이쪽으로 오렴. 안드레, 컴."

료와 인디가 이쪽을 향해 달려왔다. 이제 인디는 리드줄이
없어도 료의 뒤를 잘 따랐다. 나무 그늘에서 게으름을 피우며
잠을 자던 안드레도 달려왔다.

"기념사진을 찍자. 여기 나란히 서서."

고스케는 과수원에서 가장 모양이 멋진 사과나무 아래에 모두를 나란히 세웠다. 저녁놀이 비스듬히 비추는 가운데, 부드러운 공기가 주위를 감싸고 있었다.

카메라의 배율을 맞추고 타이머를 설정한 뒤 셔터 버튼을 가볍게 눌렀다. 고스케는 료와 개들이 있는 곳으로 달려갔다. 인디를 안은 료가 오른손으로 V자를 그리고, 고스케는 료의 작은 어깨에 팔을 둘렀다.

찰칵,

셔터 소리가 났다. 차로 돌아간 고스케는 카메라 모니터로 방금 찍힌 사진을 확인했다.

"아빠, 한 장 더 찍어?"

"괜찮아!"

고스케는 모니터를 주시하며 대답했다. 초보자가 찍은 것 치고는 지나치게 충분할 정도로 멋진 사진이 찍혀 있었다.

부드러운 빛줄기 속에서 미소 짓는 고스케와 료, 안드레, 인디. 이것이 고스케의 가족이었다. 가족의 초상이었다.

데이터는 집 컴퓨터 하드디스크에 보존해야지. 카메라를 빌려준 지인에게 메일로 데이터를 카피해서 보내는 거야. 최고의 현상소에서 최고의 프린트를 완성해 달라고 해야지. 데이터와 프린트는 고스케의 보물이 될 터였다.

"아빠, 울어?"

어느새 료가 옆으로 와서 고스케를 올려다보고 있었다.

"아니야."

고스케는 자신이 망가진 턴테이블이 된 것만 같았다. 좀 더 재치 있는 말을 하고 싶었지만, 말이 나오지 않았다.

그 대신 몸을 숙여 료를 끌어안았다. 내일이 되면 료와 인디를 도쿄로 보내야 했다. 오늘이 료와 보내는 마지막 날인 것이다.

"아빠?"

"인디의 보스가 될 수 있겠니?"

료를 끌어안은 채 고스케가 물었다.

"될 수 있어. 꼭 될 거야."

힘찬 대답이 돌아왔다.

"약속이야."

"응."

"아빠는 료를 정말 좋아해."

"나도 아빠가 좋아."

눈물이 흘렀다. 고스케는 료의 어깨에 얼굴을 묻고 소리 죽여 울었다.

<u>6</u>

안드레의 유골이 든 항아리를 앞에 두고 고스케는 캔맥주를 마셨다. 항아리는 아직 따뜻했다. 화장터에서 이제 막 돌아온 참이었다.

벽에 걸린 액자를 떼어내 조용히 바라보았다. 사진을 찍은 지 2년의 세월이 흘렀다. 겨울 방학에도, 다음 여름 방학에도 꼭 올 거라고 약속했던 료가 이 집에 발을 들여놓는 일은 더 이상 없었다.

미키가 용서해 줄 리도 없었다.

이례적으로 엄청난 눈이 쌓인 겨울이 끝나갈 무렵, 안드레가 몸의 이상을 호소했다. 왼쪽 뒷다리를 절기 시작했는데 골육종이었다. 정밀검사를 받아 보니 폐에도 전이된 걸 알 수 있었다.

안드레는 봄 사이 급속하게 쇠약해지더니 한여름이 오기 전에 세상을 떠났다. 안드레는 여름을 싫어했다.

"어떡하니, 안드레. 난 또 혼자야."

어젯밤은 안드레의 유체를 앞에 두고 밤새 울었다. 이제는 다 말라 버렸는지 한 방울의 눈물도 나오지 않는다.

사진 속에 담긴 한 순간이 눈앞에 있다. 고스케는 지그시 미소를 짓고 있고, 료는 환하게 웃고 있다. 인디는 혀를 내밀며 료를 올려다보고, 안드레도 고스케처럼 온화한 미소를 짓고 있다.

"내 인생 최고의 시간이야."

고스케는 캔맥주를 남김없이 마셨다. 바깥기온은 30도에 가깝다는데, 안드레가 없는 집은 어쩐지 썰렁하다.

"네 뒤를 이어 잭 러셀을 기를까?"

사진 속 안드레에게 말을 걸었다.

그래, 잭 러셀을 기르자. 주인이 감당하지 못해 버린 잭 러셀을 구조하는 거야. 금세 발견되겠지. 두 마리가 좋아. 저 작은 개가 한 마리밖에 없으면 누가 안드레 역할을 맡겠어? 두 마리로 집 안을 번잡하게 만들어야 해.

언젠가 료가 인디를 데리고 올지도 모른다. 그렇게 되면 그 두 마리와 료, 그리고 인디가 다 같이 마음껏 놀러 다닐 것이다.

"너도 인디를 좋아했지, 안드레?"

고스케는 한 번 더 사진을 향해 말을 건넨 뒤, 액자를 다시 벽에 걸었다. 그리고 휴대폰 주소록에서 지인의 번호를 찾아 전화를 걸었다.

버림받은 개를 구조하는 자원봉사를 하는 지인이었다. 전화는 금세 연결되었다.

"여보세요. 난데, 부탁이 있어. 구조를 기다리는 잭 러셀이 있으면 좀 알려 줘……."

말을 꺼내면서 고스케는 간신히 눈물을 참았다. 말라 버린 줄 알았던 눈물이 다시 넘쳐흐를 것 같았다.

버니즈 마운틴 도그

3년까지는 어린 개, 6년까지는 좋은 개, 9년까지는 늙은 개, 10년부터는 신의 선물.

버니즈 마운틴 도그가 태어난 고향 스위스에서 전해지는 말이다. 버니즈 마운틴 도그의 수명이 얼마나 짧은지 잘 보여 주고 있는 것이다.

카타를 가족으로 맞이했을 때, 견사 관리인은 이렇게 말했다. 단명하는 견종이니 최대한 함께 있어 주세요.

알고 있었다. 아니, 알고 있었을 터였다. 하지만 마음 한구석에서 그건 남 일이라고 생각했다. 막연히 쭉 함께 있을 거라고 생각했다. 신의 선물이 되어 줄 거라고 믿어 의심치 않았다. 언제 어디서든, 내 옆에는 카타가 있을 거라고 굳게 믿었다.

1

카타의 가슴에서 새끼손가락 정도 크기의 응어리를 발견한 것은 길었던 여름이 드디어 막을 내리던 무렵이었다. 하루 일과인 카타의 털을 빗질하고 있을 때 알아챈 것이다.

처음에는 여드름 같은 건가 싶어서 개의치 않았다. 하지만 이 사실을 알리자마자 스즈코(鈴子)의 안색이 돌변했다.

"무슨 한가한 소릴 하고 있는 거야! 카타는 여덟 살이야. 이제 할머니라고. 종양일지도 몰라. 당장 병원에서 검사 받고 와."

심각하게 말하는 스즈코를, 카타는 평소의 동그랗고 귀여운 눈동자로 바라보고 있었다.

다음날 카타를 데리고 평소 다니는 동물병원에 갔다. 어떻게 응어리를 발견하게 되었는지 알리고, 응어리 속 세포를 채취했다. 그게 전부였다. 세포는 연구실로 보내져 병리검사에

회부되는데, 결과는 7일에서 10일 전후로 알 수 있다고 했다.

집으로 돌아와 일을 하기 위해 컴퓨터를 켰을 때, 내 머릿속에서 이미 카타의 응어리에 대한 생각은 사라져 있었다.

스즈코 녀석, 고작 여드름 정도로 시끄럽게 굴고 말이야. 그렇게 신경 쓰이면 직접 병원에 데려가면 되잖아.

나는 프리랜서 그래픽 디자이너다. 개인 매니지먼트부터 실제 업무까지 모든 것을 혼자 해내는. 스즈코는 원래 전업 주부였다. 그러나 카타와 함께 살기 시작할 무렵부터 반려견과 관련된 해외 잡화를 모으는 것이 취미가 되었는데, 그것을 본인 블로그에 소개하면서 입소문을 통해 인기가 높아졌다. 그러던 어느 날, 한 반려견 전문잡지에 소개되면서 그녀는 카리스마적인 존재로 올라섰다. 그녀가 해외에서 구입해 오는 물품은 확실히 세련되고 품위 있는 것들이 많았다. 반려견 잡지뿐만이 아니라 반려견 특집을 구성하는 일반지, 패션지에도 나가게 되면서 결국은 TV에도 출연하게 되고, 지금은 아오야마(青山)에 가게를 낸 상태였다.

그렇게 전업 주부의 자리는 공석이 되었고, 대부분 집에서 일을 하는 내가 가사를 담당하게 되었다. 스즈코는 매일 아침 일찍 집에서 나가 밤늦게 돌아온다. 그리고 2, 3개월에 한 번은 미국이나 유럽에 물건을 사러 간다.

나보다 더 많이 벌기 때문에 불평은 할 수 없었다. 하지만 스즈코가 바빠지면 바빠질수록, 우리 부부 사이에 틈이 생기

기 시작한 것도 분명했다. 그래도 어떻게든 관계를 유지할 수
있었던 것은 카타 때문이다.

카타는 나와 스즈코 모두를 사랑했다. 인간의 편의에 맞춰
카타의 사랑을 뺏을 수는 없다. 그것이 우리 부부가 암묵적으
로 동의하는 바였다.

카타가 살아 있는 동안에는 결코 이혼하지 않을 것이다.

* * *

"조직구성육종(組織球性肉腫)입니다."

지금 뭐라는 거야, 이 녀석? 나는 그렇게 생각했다. 그러나
의사의 표정은 침울했다.

"조직구성육종이라는 건⋯⋯."

"압니다." 나는 의사의 말을 막았다. "검사 결과는 확실한
건가요?"

의사가 고개를 끄덕였다. 그 순간, 등줄기에 오한이 느껴졌
다.

조직구성육종이란 혈액암 같은 것이다. 조직구라는 백혈구
의 일종이 암이 되어 전신에 퍼지는. 그리고 림프절, 폐, 피하
등지에서 종양을 형성하는 진행이 빠른 암으로 이 병에 걸린
개는 살릴 수가 없었다.

왜 그런 걸 알고 있는가 하면, 버니즈 마운틴 도그라는 견

종에 있어 이 암은 유전성 질환으로 간주되기 때문이다.

버니즈는 긴 역사를 가진 견종이지만 언제부터인가 인간이 그 존재를 잊게 되면서 멸종 직전까지 몰렸었다. 그러다가 트라이 컬러, 즉 검정색, 흰색, 갈색의 아름다운 털을 가진 이 대형견이 다시 인기를 끌며, 일부 브리더들이 마릿수를 늘리기 위해 번식을 개시한 것이 19세기 후반의 일이다.

그러나 멸종 직전이 된 시점에서, 버니즈의 유전자는 이미 위기 상황을 맞이한 뒤였다. 암 증상이 나타나는 개가 이상할 정도로 많았는데, 그중에서도 조직구성육종 인자는 이 견종의 단명에 박차를 가하고 있었다.

버니즈를 기르고 싶어 했을 때부터 열심히 공부해서 얻은 지식이었다. 그러나 아무리 배웠어도, 이걸 내 일로 받아들였다고 할 수는 없었다. 그 증거로 카타가 조직구성육종에 걸릴 가능성 같은 건 손톱만큼도 생각한 적이 없었으니까.

스즈코는 인맥이 넓어서, 그중에는 버니즈와 함께 사는 사람들도 많이 있었다. 조직구성육종으로 투병하고 있는, 혹은 조직구성육종으로 반려견을 잃은 사람들이 꽤 높은 비율로 존재했다. 카타가 그렇게 될지도 모른다는 점에 대해, 미리 더 진지하게 생각해야 했던 것이다.

"선생님……."

내 목소리는 차마 눈 뜨고 볼 수 없을 만큼 떨리고 있었다.

"카타가 여생을 조금이라도 더 알차게 보낼 수 있도록 노력

합시다."

의사가 말했다. 그것은 사실상의 사형 선고였다.

서양의학에 이 병에 대한 효과적인 치료법은 확립되어 있지 않았다. 어떤 종류의 항암제가 효과가 있었다는 사례는 있지만, 그것은 소수에 불과했다. 이 병에 걸리면 그 개는 조만간 죽을 수밖에 없었다.

"어떻게 안 될까요, 선생님?"

내 쓸모없는 발버둥에 의사가 슬픈 듯이 고개를 저었다.

"화학치료를 원하신다면 제 모교 대학병원을 소개해 드리겠습니다. 그러나 제가 보기에는 림프절에 종양이 생긴 것 같은데, 아마 수술은 무리일 겁니다. 그렇게 되면 항암제 치료밖에 없는데……."

유효한 항암제가 없다는 것을 의사도 알고 있는 것이다.

나는 카타를 바라봤다. 카타는 진찰대 위에서 몸을 떨고 있었다. 녀석은 병원을 너무나도 싫어했다. 40킬로그램에 가까운 커다란 몸을 잔뜩 웅크리고, 힐끔힐끔 나를 보면서 빨리 돌아가자고 호소하고 있었다.

제어 불가능한 감정이 갑자기 솟구쳐 올랐다.

나는 카타를 끌어안고 울었다. 의사와 간호사가 옆에 있음에도 불구하고, 엉엉 소리 내어 울었다.

아무리 울어도 눈물이 마르지 않았다. 의사도 간호사도, 울음을 그치지 않는 나를 말없이 지켜보고만 있었다.

2

　예정보다 빨리 귀가한 스즈코의 얼굴은 파랗게 질려 있었
다. 반갑게 꼬리를 흔드는 카타를 끌어안으면서 스즈코는 나
를 쳐다봤다.

　"진짜야?"

　스즈코의 말에 나는 병리검사 결과를 기록한 서류를 건넸
다. 스즈코는 뚫어질 듯한 눈초리로 서류를 읽었다. 서류를 쥔
손이 가늘게 떨리고 있었다.

　나는 카타를 불렀다. 카타는 나에게 등을 보이며 앉아 있었
다. 버니즈 특유의 버릇이었다. 나는 그 등을 부드럽게 쓰다듬
어 주었다.

　"일단 선생님이 대학병원 예약을 해 줬어. 소개장도 써 줬
고. 모레 카타를 데리고 다녀올게."

"안 돼."

서류를 읽던 스즈코가 고개를 들었다.

"안 된다니⋯⋯."

"가도 어차피 항암제 치료밖에 못 해. 항암제는 효과가 없다고."

"하지만 효과를 봤다는 사례도 있대."

"아니, 이 병뿐만 아니라 항암제는 암을 고칠 수 없어. 진행을 늦춰 목숨을 연장시킬 뿐이야. 게다가 항암제를 계속 먹으면 다른 건강한 부분까지 파괴돼서 결국에는 온몸이 피폐해져."

"하지만⋯⋯."

"진짜야, 신짱. 아버지가 어떻게 돌아가셨는지 알지?"

스즈코는 눈물이 글썽글썽한 눈을 치켜올렸다. 울음을 참는 스즈코를 보며 나는 입을 다물었다. 스즈코의 아버지는 5년 전, 암에 의한 다발성 장기부전으로 돌아가셨다. 항암제 부작용으로 격렬한 통증에 시달리다가.

"항암제는 종양 덩어리 주변의 암세포를 공격하지만, 암의 근본인 줄기세포에는 전혀 효과가 없어. 잘되면 암세포 증식을 억제해 목숨을 연장시킬 수는 있지만, 결국은 몸이 피폐해지면서 괴로워하다 죽게 될 뿐이야. 사람만이 아니라 개도 그래. 그런 개들 얘기를 얼마나 많이 들었는지 몰라. 난 암에 걸려도 화학치료는 하지 않을 거라고 했었지? 반려견에게 항암

치료를 했다가 결국 개를 떠나보낸 주인들도 마찬가지야. 다들 다음 개는 암에 걸려도 항암제는 절대 쓰지 않을 거래."

"당신이 무슨 말을 하고 싶은지는 알겠지만, 그럼 어떻게 해? 이대로 아무것도 하지 않고, 카타가 죽어 가는 걸 지켜보라는 거야?"

내 질문에 스즈코는 고개를 저었다.

"우리가 해 줄 수 있는 일은 많아. 우선 대체요법. 식이요법이랑 한방, 동종요법, 기공 같은 것들 말이야. 효과가 있을지는 모르겠지만, 아무것도 안 하는 것보다는 낫겠지. 내가 자연 요법에 정통한 수의사를 알아. 규슈에 있는 병원이라 진찰하러 카타를 데려가는 건 무리겠지만, 이것저것 물어볼게. 좀 기다려."

스즈코는 상의와 가방을 아무렇게나 소파 위에 올려놓고 컴퓨터 책상 앞에 앉았다.

스즈코가 키보드를 두드리는 소리를 들으며 나는 카타를 불러 소파로 갔다. 가볍게 소파 위로 뛰어오르는 카타는 무서운 병에 걸린 것처럼 보이지 않았다. 또 눈물이 쏟아질 듯해서, 나는 주먹을 꽉 움켜쥐었다. 내가 소파에 앉자 카타가 오른쪽 앞다리로 내 허리 주변을 쿡쿡 찌르기 시작했다. 쓰다듬어 달라고 재촉하는 것이다. 턱 아래를 쓰다듬자 카타는 만족한 듯이 낑낑거렸다.

버니즈는 전체의 80퍼센트가 검은 털로 덮여 있다. 주둥이

부터 정수리 부분에 걸쳐 한 줄기 흰 털이 나 있고, 가슴이나 발끝도 하얗다. 눈 위에는 눈썹 같은 갈색 털이 자라고, 주둥이 양옆, 그리고 사지에도 갈색 털이 자란다. 이만큼 균형 잡힌 트라이 컬러 견종은 버니즈뿐이다.

체중은 40에서 50킬로그램. 큰 놈은 60킬로그램을 넘는 경우도 있다. 온화하고 사교적인 성격으로, 반려견으로는 최고의 견종이었다.

처음으로 버니즈의 존재를 알게 된 것은 오모테산도(表参道)의 길 위였다. 우아한 중년 여성이 트라이 컬러 대형견을 산책시키고 있었던 것이다. 그 순간부터 나는 버니즈에게 매료되었다.

나는 스즈코와 상의해 개를 기를 수 있는 맨션으로 이사한 뒤 카타를 맞아들였다.

카타. 정식으로는 카타리나였는데, 이미 수년 동안 카타로 부르고 있었다. 나와 스즈코의 신혼여행지는 스페인이었다. 우리는 마드리드에서 바르셀로나로 이동해, 마지막으로 스페인과 프랑스의 국경에 걸쳐 있는 바스크 지방에서 시간을 보냈다. 그때 들른 한 레스토랑에서 외국인인 우리를 멋진 미소와 서비스로 환대해 준 사람이 카타리나라는 이름의 젊은 바스크 아가씨였다.

우리는 그녀의 미소가 몹시 마음에 들어, 언젠가 개를 키우게 되면 카타리나라고 부르기로 결심했다.

그때의 바스크 아가씨와 마찬가지로, 카타 역시 특별한 미소로 우리를 치유해 주었다.

"이거면 됐어."

스즈코가 컴퓨터 전원을 껐다.

"내일부터 가게는 마스다(增田) 군에게 맡기기로 했어."

마스다는 스즈코의 가게에서 매니저를 맡고 있는 남자였다.

"어떻게 된 거야?"

"내가 가게에 나가는 건 하루 네 시간으로 하기로 스태프에게 양해를 구했어. 카타의 병을 이야기했더니 모두 이해해 줬어."

"그래도 괜찮아?"

"카타를 위해서 그 정도는 아무것도 아니야. 사실은 더 빨리 그렇게 해 줬어야 했는데……."

스즈코는 바닥에 앉아 소파에 엎드려 누워 있는 카타의 배에 손을 댔다.

"미안해, 카타."

카타가 등을 둥글게 말고 스즈코의 손을 날름 핥았다. 스즈코의 눈에 눈물이 흘러넘쳤다.

"미안해."

스즈코는 일어나서 화장실로 달려갔다.

* * *

다음날 아침, 스즈코가 메일을 출력해서 나에게 건넸다. 자연요법에 정통하다는 규슈의 수의사가 보내온 메일이었다.

— 치료의 근본은 올바른 식사입니다.

맨 처음에 그렇게 적혀 있었다. 수분이 많은 올바른 식사를 제공함으로써 배뇨를 촉진하고, 몸에 쌓인 노폐물을 내보내자가 면역력을 높여야 한다는 내용이었다. 그게 전부였다. 읽어 가는 동안 맥이 빠졌다.

"겨우 이게 다야? 다른 치료법은 없어?"

"잘 읽어 봐."

성난 기색의 나에게, 스즈코가 딱 잘라 말했다. 나는 마지못해 나머지 내용을 읽기 시작했다.

식사 내용은 고기 6, 채소 3, 곡물 1의 비율로 준비한다. 잘게 썬 채소와 곡물에 된장이나 간장을 소량 더하고, 보글보글 끓여서 수프로 만든 뒤 고기에 부어 먹인다.

제대로 맛을 내지 않아도 되는 만큼 간단하지만, 품과 시간은 많이 드는 조리법이었다.

"이걸 매일 아침저녁으로 만들어야 한다는 거야?"

"아침에 하루치를 한꺼번에 만들면 돼. 그건 내가 할게. 내가 꼭 아침 일찍부터 가게에 나가야 할 때는 당신이 해 줘야겠지만."

"그 정도는 해. 카타를 위해서니까."

메일의 마지막에는 모근이 달린 카타의 털을 몇 가닥 보내 달라고 적혀 있었다.

"털?"

"피모(被毛) 검사라는 게 있어. 털과 모근을 분석해서 지금 카타에게 뭐가 필요한지 알아보는 거야."

스즈코는 어디서 난 건지 손에 핀셋을 들고 있었다. 그걸로 카타의 털을 단번에 잡아 뽑았다. 카타의 털이 몇 가닥 빠졌다. 그것을 작은 병에 넣어 밀봉하고, 또 그것을 포장재가 빈 틈없이 깔려 있는 작은 골판지 상자에 넣었다.

"내가 카타 밥 만드는 동안, 이것 좀 보내고 와 줄래?"

나는 고개를 끄덕이며 골판지 상자를 받아들었다. 이미 택배용 전표도 준비되어 있었다. 근처 집하소까지 부리나케 다녀오니 스즈코가 부엌에 서 있고, 그 옆에 카타가 앉아서 조용히 스즈코의 움직임을 지켜보고 있었다. 꼬리가 끊임없이 흔들리고, 입 주변이 군침으로 젖어 있었다. 죽음에 이르는 병에 걸렸다고는 도저히 생각할 수 없었다.

이 시간에 스즈코가 집에 있다니. 그것도 부엌에 서 있다는 것이 신선했다. 수년 전까지는 그게 일상이었다. 그러나 스즈코가 바빠지면서 그 광경은 내 기억 속에만 존재하게 되었다. 그건 나와 내 가족이 가장 행복했던 시절의 잔상이었다.

차오르는 눈물을 꾹 참으면서, 나는 스즈코에게 말했다.

"저기, 내가 생각을 좀 해 봤는데, 가루이야(軽谷)의 가루이자와 별장을 빌리면 어떨까 해서 말이야. 카타, 가루이자와 엄청 좋아했잖아?"

가리야 마모루는 내 대학 동기다. 3대째 작은 출판사를 운영하는 친구로, 대학 시절부터 나와는 죽이 잘 맞았다. 졸업하고 나서도 만남은 계속되어, 내가 프리랜서가 되자 자주 일거리를 주곤 했다. 그리고 3년쯤 전, 골든위크에 가리야의 별장으로 초대를 받아 카타를 데리고 간 적이 있었다.

버니즈의 고향은 스위스의 산악지대다. 가루이자와의 기후와 풍경도 스위스와 비슷했다. 카타는 강아지로 돌아간 것처럼 신이 나서 뛰어다녔다. 그렇게 기쁘게 야산을 뛰어다니는 카타를 본 것은 그때뿐이다.

몇 번이든 가루이자와에 데려가 줄게. 당시 그렇게 생각했지만, 바쁘게 살다 보니 그때가 처음이자 마지막이 되고 말았다.

더 데려가 줬어야 했다. 택배를 보내러 가는 길에 그렇게 생각한 나는 가리야에게 머리를 숙이기로 결심한 것이다.

"가루이자와라…… 맘만 먹으면 도쿄까지 다닐 수 없는 것도 아니네. 하지만 가리야 씨가 빌려줄까?"

스즈코는 내 생각을 선뜻 받아들였다.

"겨울에는 전혀 쓰지 않는다고 했으니까 아마 괜찮을 거야. 지금 전화해 볼게."

"카타, 착하지. 조금만 더 기다려. 오늘 밥은 진수성찬이야."

스즈코는 냉동육이 들어간 카타의 식기에 수프를 부었다. 카타의 시선은 식기에 고정된 채 움직이지 않았다.

나는 휴대폰을 꺼냈다.

"오오, 신이치(愼一). 무슨 일이야? 오랜만에 전화를 다 하고."

"별장을 좀 빌려줘."

나는 곧장 용건을 꺼냈다.

"언제든지 말만 해. 이번 연휴?"

"아니. 장기로 빌리고 싶어. 3개월이나 반년?"

"무슨 일이야? 스즈코짱이랑 별거해?"

가리야가 목소리를 낮추며 물었다.

"카타가 암에 걸렸어. 서양의학으로는 고칠 수 없는 암이야. 가루이자와에서 지내면 면역력이 높아지지 않을까 해서. 예전에 별장에 갔을 때 카타가 엄청 좋아했잖아, 너도 봤지?"

"알았어. 광열비만 내면 돼. 집세는 필요 없어. 다 카타를 위해서니까. 골든위크까지는 쓰고 싶은 만큼 써도 좋아. 아니, 나 골든위크에는 어디 다른 데로 여행을 갈까? 여름까지 마음껏 쓰도록 해."

"미안해, 가리야."

"무슨 소리야, 카타잖아. 내 절친이 와이프랑 잘 안 돼서 우울해할 때 항상 옆에서 위로해 준 아이야. 그런 낡은 별장도 괜찮다면 쓰고 싶은 만큼 쓰면 돼."

"신세 좀 질게."

"신경 쓰지 마. 언젠가 제대로 돌려받을 테니까. 별장 열쇠
는 조만간 보낼게. 언제든 편할 때 써. 사양하지 말고."

"고마워."

전화를 끊고 뒤를 돌아보았다. 별장을 빌릴 수 있게 됐다고
말하려던 나는 입을 다물었다.

그릇을 손에 들고 서 있는 스즈코를 카타가 앉은 자세로 가
만히 올려다보고 있었다. 고기 양이 많다 보니 수프도 빨리 식
은 것이다.

스즈코가 그릇을 전용 받침대 위에 놓았다. 눈으로 그릇의
행방을 좇으면서도 카타는 움직이지 않았다. 스테이 명령이
떨어진 것이다. 그러면 아무리 밥을 먹고 싶어도 제멋대로 움
직이면 안 된다.

버니즈는 다 그렇다고 생각하지만, 카타에게 예의범절을
가르치느라 고생한 기억이 없다. 산책 때 리드줄을 잡아당기
지 말라는 것도, 스테이도, 앉으라는 것도, 카타는 한두 번 가
르치면 바로바로 기억하고 절대 잊지 않았다.

"오케이."

스즈코의 말이 떨어짐과 동시에 카타가 움직였다. 일어서
서 받침대로 돌진하더니 그릇에 주둥이를 박고 엄청난 기세
로 먹기 시작했다.

"맛있구나. 이렇게 즐겁게 먹는 건 처음 봤어."

지금까지 카타의 식사는 시중에서 판매하는 개 사료에 생고기를 섞어 주었다.

"사실은 내내 이렇게 주려고 생각은 했었어. 카타도 좋아하고, 무엇보다 건강에 좋다는 걸 알았으니까. 하지만 바쁘다는 이유로……."

스즈코의 눈에 다시 눈물이 글썽였다. 나는 스즈코의 어깨를 끌어안았다.

"괜찮아. 과거는 어쩔 수 없어. 이제부터 최대한 카타를 위해 할 수 있는 일을 해 주자."

스즈코가 고개를 끄덕이며 나에게 몸을 기대 왔다. 스즈코와 이렇게 가까이 접하는 게 몇 년 만인가.

나와 스즈코는 말없이 서로 몸을 기댄 채 밥 먹는 카타를 지켜보았다. 스즈코가 한 시간 가까이 걸려 만든 밥은 단 몇 분 만에 전부 카타의 위로 들어갔다.

3

　규슈에서 온 택배에는 이래도 되나 싶을 정도로 약이 가득 들어 있었다. 캡슐에 담긴 한방 분말, 하얀 알약, 성냥개비 끝 정도 크기의 하얀 환약, 액체가 든 플라스틱 병이 하나, 빈 병이 하나. 병은 각각 뚜껑 색깔이 달랐다.

　"이걸 전부 먹이라는 건가……."

　나는 약을 앞에 두고 멍하니 중얼거렸다. 스즈코는 외출 중이었다. 동봉된 종이에는 투약 방법이 적혀 있었다. 캡슐이나 알약, 흰 뚜껑의 병에 든 액체는 밥에 섞는다. 작고 하얀 환약은 물에 녹여 노란색 뚜껑이 달린 병에 넣어 용액을 직접 카타에게 먹인다.

　이건 성가시군. 나는 생각했다. 식사에 섞는 분량에는 문제가 없었다. 카타는 고기나 채소와 함께 약을 삼켜 버릴 테니까. 하지만 용액을 직접 먹이는 건 얘기가 달랐다. 용액은 하루에 대여섯 번, 한 번에 두세 방울을 먹이라고 적혀 있었다.

일단 시험해 보기로 했다. 용액을 넣은 작은 병의 뚜껑을 열고 오른손으로 병을 단단히 잡은 뒤 소파에서 자고 있던 카타를 불렀다.

"카타."

카타가 금세 고개를 들더니 잠에서 덜 깬 눈동자로 나를 보았다.

"컴."

카타가 어기적대며 소파에서 내려와 여유로운 발걸음으로 다가오더니 지시를 내리기도 전에 스스로 앉아서 나를 올려다보았다. 꼬리가 분주하게 움직이고 있었다. 간식을 기대하고 있는 것이다.

"스테이."

나는 지시를 내리면서 왼손으로 카타의 주둥이를 잡았다. 주둥이 안에 손가락을 밀어 넣어 벌리고는 재빨리 병에서 용액을 떨어뜨렸다.

카타가 격렬하게 고개를 흔들었다. 그 기세에 카타의 주둥이를 잡고 있던 손이 떨어졌다.

"괜찮지, 카타?"

일부러 부드러운 목소리를 냈지만, 카타의 눈에는 이미 의심스러운 기색이 깃들어 있었다.

"한 번만 더 해 보자, 카타. 스테이."

나와 스즈코가 내리는 지시는 절대적이었다. 카타는 어쩔 수 없다는 듯이 다시 앉았다. 하지만 내가 주둥이를 잡으려고 하자 격렬한 기세로 고개를 흔들었다.

"카타."

스테이에 고개를 흔들면 안 된다는 뜻은 들어 있지 않았기 에 카타는 선풍기처럼 고개를 계속 흔들었다.

"카타, 너 자신은 모르겠지만, 넌 지금 아파. 이건 약이야. 약을 안 먹으면 병이 낫지 않고, 병이 낫지 않으면 나랑 같이 있을 수 없게 돼."

조용히 말을 걸자 카타는 안정을 되찾았다. 하지만 주둥이 에 손을 대려고 하자 다시 선풍기처럼 고개를 흔들었다.

결국 진 건 나였다.

"알았어. 이제 그만하자."

그 말을 기다리기라도 한 것처럼, 카타가 몸을 돌려 소파로 돌아갔다. 나는 휴대폰으로 스즈코에게 전화를 걸었다.

"큰일 났어. 액체 약이 있는데, 카타가 먹을 것 같지 않아."

"규슈의 선생님에게 뭔가 좋은 방법이 없는지 물어볼게. 그 보다 신짱, 좀 상담할 게 있는데 지금 괜찮아?"

"응."

"스태프에게 가루이자와에서 통근하는 얘길 해 봤는 데……."

"안 될 것 같아?"

"그렇지 않아."

스즈코가 고개를 젓는 모습이 상상됐다. 사귀기 시작했을 무렵에는 그 필사적인 모습이 사랑스럽게 느껴졌었다.

"우리를 위해 열심히 하겠다고 해 줬어. 하지만 마스다 군에게 너무 부담을 줄 수도 없고…… 나랑 직접 이야기를 하러 오는 손님도 있거든."

나는 말없이 다음 말을 기다렸다. 스즈코는 지금 나에게 이야기하고 있다기보다 스스로를 설득하고 있는 것이다.

"월요일이 우리 가게 정기 휴일이잖아? 그래서 나는 월요일부터 목요일까지만 가루이자와에 머물면 어떨까 싶어. 주말에는 손님이 많으니까, 금요일부터 일요일까지는 도쿄 가게에 있으면서 평일에 못한 일들을 하고. 아직은 괜찮지만, 혹시 앞으로 병이 악화돼서 카타가 움직이지 못하게 되면 그때는 가게를 전부 스태프한테 맡길 거야. 그러니까 그때까지는 어떻게든……."

"난 상관없어. 카타도 이해해 줄 거야."

"그래서 말인데, 준비하려면 2주가 필요해. 가루이자와에는 10월 중순부터 가도 될까?"

"좋아."

말하면서도 나는 내 말이 주는 부드러운 느낌에 놀랐다. 언제부턴가 스즈코에게 하는 말에는 반드시라고 해도 좋을 만큼 가시가 돋아 있었기 때문이다.

"오늘 밤은 늦을 거야. 미안해."

"카타 밥은 당신이 아침에 만들어 놨으니 걱정할 필요 없어."

"카타 귀에 휴대폰 좀 대 줄래?"

"알았어."

나는 스즈코가 원하는 대로 했다.

"카타, 들리니? 스즈짱이야."

휴대폰에서 들려오는 스즈코의 목소리에 카타의 귀가 쫑긋섰다.

"오늘은 좀 늦을 거야. 가급적 빨리 들어갈 테니, 신짱이랑 같이 말 잘 듣고 기다려."

끄응, 카타가 응석 부리는 소리를 냈다.

"응, 잘 들었어, 카타. 가족이 다 같이 있지 않으면 쓸쓸하지? 미안해. 빨리 일 끝내고 갈게."

스즈코의 목소리도 카타에게 응석을 부리고 있는 것 같았다.

＊ ＊ ＊

용액으로 된 약 문제는 금세 해결됐다. 소량이라도 체내에 들어가기만 하면 되기 때문에, 억지로 주둥이 안에 떨어뜨릴 필요는 없다고 규슈의 수의사가 메일을 보낸 것이다. 코끝에 한 방울 떨어뜨리면 카타가 스스로 핥아 먹을 거라고.

물론 카타는 그것조차 싫어했다. 하지만 주둥이를 벌리려고만 하지 않으면 저항은 크지 않았다.

일이 어느 정도 마무리됐다. 싫어하는 카타의 코에 약을 떨어뜨리고 슬슬 저녁 산책을 하러 나가려고 하는데 인터폰이 울렸다. 카타가 우렁차게 짖었다. 언제부터인가 카타는 인터폰 소리에 민감하게 반응했다.

방문자는 택배 업자였다. 택배는 가리야가 보낸 짐으로, 그 안에는 별장 열쇠와 편지가 들어 있었다. 나는 편지를 펼쳤다.

…… 아주 옛날에 여름에만 지낼 생각으로 지은 집이라 가을, 겨울에는 추울 거야. 몇 년 전에 바닥 난방을 시공했는데 그래도 춥더라고. 방한복은 충분히 가져가도록 해. 별장 관리업자에게 장작을 잔뜩 준비시켰어. 주저하지 말고 계속 태워. 장작을 계속 태우는 게 집이랑 가구에도 좋으니까.

인터넷 회선은 광통신이 들어와 있어. 네 일에도 지장은 없을 거야.

아아, 맞다. 자동차 타이어는 미끄럼 방지 타이어로 바꿔 가는 게 좋을 거야. 가능하면 체인도 준비해 두는 게 좋고.

가루이자와의 겨울은 멋져. 사람이 없어서 조용하고 아름답지. 거기서 카타가 행복한 시간을 보내게 해 줘. 쭉 같이 있어 줘. 녀석들의 일생은 어이없을 만큼 짧으니까 말이야. 어쨌든 카타는 세상을 떠날 거야. 그때 후회가 남지 않도록 할 수 있는 건 다 해 줘. 나도 도울 수 있는 건 다 할게. 네 가족은 내 가족이기도 해.

집에 있는 건 다 사용해도 돼. 조미료랑 술도 마찬가지야. 쓰고 난 뒤에 채워 두면 돼. 그러면 돼. 단, 와인셀러의 와인에 손을 대면 죽여 버릴 거야. 마실 때는 각오하도록.

나도 겨울에 한두 번 얼굴을 내밀까 생각 중이야. 그때는 아무도 신경 쓰지 말고 여유롭게 마시자. 그럼.

편지 끝에는 별장 보안 시스템을 해제하는 방법이 적혀 있었다. 나는 가리야의 편지를 몇 번이고 다시 읽으면서 가슴이 뜨거워지는 감정을 주체할 수 없었다. 카타가 발치에 엉겨 붙었다. 산책을 갈 시간이라고 재촉하고 있는 것이다.

"카타."

나는 몸을 웅크려 카타를 꼭 끌어안았다. 카타의 길고 부드러운 털이 주는 감촉을 몇 번이고 반복해서 확인했다.

네가 어째서…… 안타까운 마음이 복받쳤다.

카타뿐만이 아니다. 지금 이 순간 전 일본, 아니 전 세계 곳곳에서 힘든 투병 생활을 하는 개들이 있었다. 사람에게 학대를 당하는 개가 있었다. 죽어가는 개가 있었다. 그리고 사랑하는 개를 위해 눈물을 흘리는 사람이 있었다. 그걸 알기 때문에 더더욱 밀려오는 생각을 멈출 수가 없었다.

어째서 네가. 아직 여덟 살인데, 이렇게 건강한데, 내가 이렇게 사랑하는데.

너무 세게 안았는지 카타가 몸을 떼어내려고 버둥거렸다. 힘을 풀자 카타가 내 얼굴을 들여다보며 고개를 갸웃거렸다.

왜 그래? 왜 울어? 뭐가 슬퍼?

카타의 눈이 그렇게 물어보고 있었다. 나는 억지로 웃었다.

"카타, 약속할게. 쭉 곁에 있어 줄게. 어디든 함께 가는 거야."

카타가 오른쪽 앞다리로 내 가슴을 쿡쿡 찔렀다. 쓰다듬어 달라고 재촉하는 것이다. 나는 그녀의 가슴을 쓰다듬어 주었다.

"1초라도 네 곁을 떠나지 않을 거야. 절대 도망치거나 하지 않을게. 네가 세상을 떠날 때, 네가 그 눈으로 보는 마지막 존재는 나야. 내 얼굴이야."

카타가 만족스럽게 미소 지었다.

4

　고속도로를 따라 달리던 차가 고갯길로 접어들자 사방이 붉게 물들어 있었다. 단풍나무, 마가목, 개옻나무. 숲의 녹음을 침식하듯이 여기저기에 붉은 잎들이 술렁거리고 있었다.

　신선한 공기를 마시고 싶어서 창문을 열었다. 도쿄의 한겨울을 연상케 하는 차가운 바람이 차 안으로 밀려들었다.

　"안 추워?"

　나는 조수석의 스즈코에게 물었다. 스즈코는 고개를 저었다.

　"괜찮아. 게다가 카타가 엄청 좋아하고 있어."

　확실히 백미러에 비치는 카타의 얼굴은 활짝 피어 있었다. 이제부터 즐거운 장소에 간다는 것을 확실히 이해하고 있는 것이다.

오르막에 접어들자 차 엔진이 비명을 질렀다. 차는 국산 사륜구동으로, 벌써 10년 가까이 타고 있었다. 게다가 짐이 꽉 차 있었다. 앞으로 몇 달을 가루이자와에 머물게 될지 알 수 없었다. 그래서 필요하다고 생각되는 것은 전부 싣고 온 참이다.

차를 바꾸자는 이야기도 나왔지만, 여윳돈이 있다면 카타의 치료에 쓰고 싶었다. 카타는 펫 보험에 들어 있었지만, 대체의료에는 보험이 적용되지 않았다. 규슈의 수의사가 보내주는 약은 그만큼 값이 나가는 것이었다.

남(南)가루이자와 교차로에서 왼쪽으로 꺾어 몇 킬로미터를 달려 슈퍼에 들르자 차 안의 짐은 더 늘어났다.

가리야의 별장은 오이와케라고 불리는 지역에 있었다. 가루이자와 시내에서는 상당히 떨어져 있고, 차로 몇 분은 가야 이웃 마을이 나오는 별장지였다. 그만큼 겨울이 되면 사람의 모습을 거의 볼 수 없어, 자유롭게 별장 생활을 즐길 수 있을 거라고 가리야가 말했다.

별장 앞에 소형 트럭이 서 있었다. 가리야와 계약한 별장 관리회사에서 나온 사람이 겨울 별장지 생활의 주의점을 친절하고 정중하게 가르쳐 주었다.

짐을 옮기는 사이, 카타는 얌전히 차 안에서 기다리고 있었다. 안개가 피어오르고, 기온은 10도가 되지 않았지만, 내 몸은 금세 땀으로 뒤범벅이 되었다.

짐을 전부 별장에 옮겨 놓고 짐 풀기는 스즈코에게 맡기고 카타를 차에서 내려 주었다.

카타가 몸을 부르르 떨더니 낮고 두꺼운 소리로 짖었다. 빨리 놀게 해 줘! 그렇게 말하고 있는 것이다. 나는 카타와 함께 정원으로 갔다. 가리야의 별장 부지는 500평. 건평은 30평 정도라서 정원이 놀랄 만큼 넓었다. 그 정원에 몇 그루의 단풍나무가 서 있었다. 과거 골든위크에 왔을 때 정원은 녹음으로 가득 차 있었다. 신록에 물든 잎사귀를 통과한 빛이 흘러넘치고 있었다. 그러나 지금은 단풍나무들이 막 붉게 물들고 있었다. 앞으로 2주 정도 지나면 정원은 새빨갛게 물이 들 것이다. 그 모습을 매일 바라보면서 지낼 수 있었다.

한껏 기분이 고양되는 느낌이었다. 그 고조된 기분이 리드줄을 통해 카타에게도 전해진 듯했다. 카타는 만반의 준비를 갖추고 있었다.

"스테이."

지시를 내리고 리드줄을 풀었다. 카타가 흥분한 듯 부르르 몸을 떨면서도 그 자리에 머물렀다.

"오케이."

내 말이 끝나기도 전에 카타가 달리기 시작했다. 커다란 몸을 활기차게 움직이면서 정원을 종횡무진 누비다가 단풍나무의 밑동 냄새를 맡고서는 다시 달렸다.

카타는 하나의 기쁨 덩어리였다. 기쁨의 조각을 여기저기 흩뿌리면서 달리고 있었다.

"스즈코, 밖으로 나와 봐. 짐은 나중에 풀어도 되니까, 카타랑 정원에서 놀자."

내가 목소리를 높이자 목소리에 반응한 카타가 멈춰 서서 귀를 쫑긋 세웠다. 현관 쪽에서 스즈코가 달려오는 발소리가 들렸다. 그 순간, 카타가 스즈코를 향해 돌진했다.

스즈코가 꺄아, 하고 즐겁게 비명을 지르며 뒤돌아 카타에게서 도망치려고 했다. 카타는 반짝반짝 빛나는 눈으로 그 뒤를 쫓아갔다.

* * *

얼마나 노는 데 정신이 팔려 있었던 걸까. 카타는 지칠 줄 모르고 뛰어다니고, 나와 스즈코도 고조된 기분에 몸을 맡기고 있었다.

문득 정신을 차려 보니, 서쪽 하늘이 꼭두서니 빛으로 물들어 있었다. 한없이 넓은 하늘을 물들이던 파란빛이 서서히 옅어지고 결국 노란빛으로 바뀌면서, 지평선 가까이의 꼭두서니 색까지 완만한 그라데이션을 그리고 있었다. 맑은 가을 공기가 만든 저녁놀이었다.

"이 주변을 잠깐 산책하고 올까?"

나는 저녁놀을 바라보며 말했다.

"하지만 아직 짐을 다 안 풀었어. 완전히 놀고 말았네."

"그런 건 내일부터 하면 되잖아?"

"그래. 가루이자와에서의 첫날인걸. 일은 내일부터 하면 되지."

옷에 밴 땀 때문일까, 기온이 급격히 떨어지는 게 느껴졌다. 나와 스즈코는 다운재킷을 걸치고 만약을 위해 회중전등을 챙겼다. 카타에게 리드줄을 맨 뒤 별장 부지를 나섰다.

나는 항상 리드줄을 왼손에 쥔다. 이건 내가 개와 산책할 때 지키는 원칙이다. 내 왼손은 카타의 것. 오른손은 스즈코의 것. 옛날에는 그렇게 말하며 서로 웃곤 했다. 그 오른팔에 스즈코가 팔짱을 껴 왔다.

"가끔은 괜찮지?"

미소 짓는 스즈코에게 나는 고개를 끄덕였다.

"신짱 왼손은 카타의 것. 오른손은 내 것."

별장지는 쥐 죽은 듯이 조용해, 들리는 건 우리의 발소리뿐이었다. 단풍이 들기 시작한 나무들 사이를 건조하고 차가운 바람이 스쳐 지나가면서 흙먼지를 일으켰다. 카타의 얼굴은 활짝 피어 있었다.

차가운 바람은 상쾌하고, 오른팔에 전해져 오는 스즈코의 체온은 따뜻했다.

카타가 병에 걸렸다는데, 나는 행복했다.

5

　가루이자와의 생활도 2주가 넘어갈 무렵부터는 안정되기 시작했다. 스즈코는 금요일 아침 일찍 신칸센으로 상경해 월요일 오전 중에 돌아온다.

　스즈코가 여기에 있을 때는 아침저녁 가족이 다 같이 산책을 한다. 이른 아침에는 사람이 전혀 없는 적당한 산책 코스도 몇 개 발견했다. 하루가 다르게 단풍이 짙어지고 기온이 내려간다. 겨울은 이미 코앞에 와 있었다.

　별장 생활을 시작하고 며칠 되지 않은 어느 날 밤, 스즈코가 먼저 자고 있던 나를 만졌다. 결혼하고 나서 몇 년 동안은 그것이 관계를 갖고 싶다는 사인이었다. 하지만 이미 몇 년이나 스즈코를 안은 적이 없었다.

　깜짝 놀라면서도 나는 스즈코의 유혹에 응했다. 젊었을 때와 달리 우리는 서로를 소중히 애무하고, 몸을 섞고, 만족하며 관계를 끝냈다.

시작할 때도, 끝난 후에도, 더 말하면 다음날 아침에도 우리는 그에 관해 달리 말이 없었다. 오랜만에 사랑을 확인했다는 고양된 감정과, 이제 와서, 라는 남세스러움이 뒤섞인 기묘한 삼정에 애를 먹고 있었던 것이다.

그러나 그날 이후 카타가 깊이 잠든 밤에는 둘이 사랑을 나누는 것이 습관이 되었다. 가리야의 별장은 욕실이 넓어서 함께 몸을 담그고 그대로 몸을 섞은 적도 있다.

카타의 병이 발견된 것을 기점으로, 삐걱거렸던 우리의 관계에 예전의 소중한 마음이 되살아난 것이다.

언젠가 카타를 잃어버릴 거라는 공포와 불안을 달래기 위한 몸부림이기도 했을 것이다. 그러나 단풍에 물든 숲에 둘러싸여, 오로지 카타와 우리밖에 없는 이 공간이 평온함을 닮은 무언가를 가져다 준 것도 확실했다.

예전에 나는 카타가 사라지면 스즈코와 이혼할 것이라는 막연한 생각을 갖고 있었다. 지금은 카타가 사라져도 스즈코가 옆에 있어 준다면 어떻게든 견딜 수 있을 것 같았다.

* * *

지독한 추위에 이불에서 나올 수가 없었다. 애가 탄 카타가 내 몸에 앞다리를 걸쳤다.

"알아, 카타. 그래도 30분만 더 자게 해 줘."

나는 몸을 뒤척였다. 그때 목덜미에 뜨뜻미지근한 것이 떨어져 한숨과 함께 일어날 수밖에 없었다. 카타의 침이 떨어진 것이다.

이불 속에서 따뜻하게 덥혀진 몸이 금세 식는다. 내뱉는 숨이 하얬다.

"거짓말이지?"

멍하니 중얼거리면서 서둘러 잠옷을 갈아입었다. 바닥 난방은 카타가 더워해서 아직 켜지 않았는데, 그것이 실수였다. 기온은 아마 영하를 밑돌고 있을 것이다.

"아직 11월이라고!"

다운재킷을 걸치면서 블라인드를 걷다가 손이 멈췄다. 빨개야 할 정원의 단풍나무들이 하얗게 물들어 있었다.

"카타, 눈이야."

나는 중얼거렸다. 붉은 잎사귀의 나무들이 살포시 눈을 뒤집어쓰고 있었다. 일기예보에서는 밤중에 비가 온다고 했었다. 그러나 급격하게 기온이 내려가면서 눈이 된 것이다.

"눈이다, 카타!"

나는 카타를 바라보았다. 내 흥분이 전해지자 카타가 격렬하게 꼬리를 흔들었다.

"눈이다. 단풍에 눈이 오다니. 카타, 눈이야."

나는 겨우 단어를 외운 아기처럼 비슷한 말을 반복했다. 그것 말고는 다른 말이 나오지 않았던 것이다. 작업용으로 쓰는 책상에 놓아 둔 디지털카메라를 어깨에 메고 계단을 내려갔다. 나는 일의 성격상 카메라와 사진에 관한 나름의 지식을 갖고 있었다. 가루이자와에 오고 나서 이미 카타의 사진을 여러 장 찍었지만, 오늘은 각별한 사진이 찍힐 것 같았다.

카타를 싣고 차를 출발시켰다. 시나노(しなの) 철도의 시나노 오이와케(信濃追分) 역 앞을 통과하는 구불구불한 길을 따라 가루이자와 방면으로 향하면, 남쪽에 넓은 농지가 펼쳐진 장소가 있었다. 이미 농한기에 들어가 인기척이 없는 농지인데, 밭과 밭 사이에 포장된 농로가 가로세로로 뻗어 있어 평소 알맞은 산책 코스가 되어 주는 곳이었다.

적당한 공터에 차를 세우고 카타와 함께 내렸다. 며칠 전까지는 마른 풀과 흙색이 전부였던 밭이 눈으로 곱게 화장을 하고 있었다. 농지를 둘러싼 수풀은 흰 눈과 붉은 단풍이 뒤섞여 환상적인 색채를 품고 있었다. 적설량은 몇 센티미터 정도였지만, 세상은 확실히 어제까지와 전혀 다른 표정을 보여주고 있었다.

리드줄을 풀자 카타가 달리기 시작했다. 동요 '개는 기뻐하며 정원을 뛰어다니고(犬は喜び庭駆けまわり)' 정도가 아니었다. 카타는 눈을 보고 광희난무(狂喜亂舞), 글자 그대로 미칠 듯이 기뻐하며 어지러이 춤을 추었다. 멈출 생각 없이 100미터 가까이 전력 질주를 했다.

"카타, 컴."

나는 카메라를 들고 사진 찍을 준비를 하면서 외쳤다. 카타가 몸을 돌려 돌아왔다. 뷰파인더로 그 모습을 포착해 몇 번이고 셔터를 눌렀다. 튼튼한 다리로 눈을 차올릴 때마다 카타의 긴 귀가 나비의 날개처럼 너울거렸다. 얼굴이 헤벌어져 있었다. 카타는 정말로 웃고 있었다.

돌아온 카타의 머리를 힘차게 쓰다듬어 주고, 나는 맨손으로 눈을 퍼 올렸다.

"먹어 봐, 카타. 차갑고 맛있어."

카타가 냄새를 맡으며 눈을 먹었다.

"어때? 맛있지?"

카타는 내 목소리에 반응하지 않고 다시 달리기 시작했다. 달리다가 멈추고, 눈을 먹고, 먹고 나서 다시 달렸다.

나는 카메라를 목에 걸고 카타를 뒤쫓았다. 카타가 멈춰 서서 나를 기다렸다. 그러나 조금만 더 가면 손이 닿을 거리에서 카타는 다시 달리기 시작했다. 10미터 정도 달리다 멈추고, 돌아보았다. 그리고 내가 다가가면 다시 달렸다.

"장난꾸러기 같으니라고."

발이 꼬인 나는 눈 위로 넘어졌다. 쓰러진 채 웃음을 터뜨렸다. 카타만이 아니었다. 나도 동심으로 돌아가 있었다. 도쿄라면 견딜 수 없을 추위도 여기서는 견딜 수 있었다. 아니, 추위가 기뻤다. 즐거웠다. 투명한 냉기가 오랜 도쿄 생활로 몸에 들러붙은 것들을 말끔히 씻어내 주는 듯했다.

카타의 발소리가 가까워졌다. 나는 널브러진 채로 있었다. 카타의 모습이 시야에 들어왔다. 갑자기 쓰러진 내가 걱정된 듯 카타가 주변을 돌면서 내 냄새를 맡았다.

"즐겁구나, 카타. 눈은 역시 최고야."

카타가 몇 번이고 내 얼굴을 핥았다.

"다운."

카타가 내 지시에 순순히 눈 위에 엎드렸다. 나는 카타의 몸에 팔을 둘렀다.

"더 추워지면 매일 눈에서 놀자, 카타."

카타의 털에 얼굴을 묻으면서 말했다.

"최고지? 네가 이렇게 기뻐할 줄 알았다면, 훨씬 전부터 겨울 동안만이라도 가리야에게 별장을 빌릴걸."

꼬리를 흔드는 카타의 몸놀림이 고스란히 느껴졌다. 카타의 꼬리가, 근육의 긴장이, 심장 박동이, 자기는 행복하다고 외치고 있었다.

"좋아." 나는 몸을 일으켰다. "낮이 돼서 기온이 오르면 녹아 버릴 테니까, 지금 실컷 놀아 두자."

카타도 따라 일어나며 사지를 굽혔다. 내가 고개를 끄덕이자, 카타는 다시 다리에 담았던 힘을 폭발시켰다.

기뻐, 즐거워, 행복해.

카타의 감정이 오롯이 전해졌다. 나는 다시 카메라를 들고 눈 위를 춤추듯이 달리는 카타의 모습을 포착했다. 카타의 감정을 한 순간 한 순간 오려 냈다.

그리고 달렸다. 카타와 함께 어린아이처럼 달리고, 구르고, 다시 일어나서 달렸다. 숨이 차오르고 근육이 비명을 질러도 계속 달렸다.

아무도 없는 설원에, 나와 카타의 기쁨만이 넘치고 있었다.

이 기적적으로 행복한 순간이 영원히 계속되면 얼마나 좋을까.

달리면서, 나는 그런 생각을 하고 있었다.

* * *

그러나 행복한 시간은 생각보다 빨리 막을 내렸다. 단풍도 완전히 지고, 눈이 쌓였다가 녹는 일이 반복되었다. 그리고 달력은 12월에 돌입했다.

스즈코가 도쿄에 가 있는 일요일 아침이었다. 오전 6시에 알람 소리를 듣고 깬 나는 몸을 부들부들 떨면서 일어났다. 그런데 평소라면 침대 옆에서 나를 기다리고 있을 카타의 모습이 보이지 않았다. 서둘러 옷을 갈아입고 아래로 내려갔다.

"카타?"

부엌 한구석에서 흔들리는 꼬리가 보였다. 카타가 바닥에 엎드려 있었다.

"왜 그러니, 카타? 산책 시간이잖아?"

밖은 아직 어두웠지만, 동쪽 하늘에서는 아침놀이 시작되고 있을 터였다. 밝아오는 하늘을 보면서 산책하는 것이 최근의 즐거움 중 하나였다.

그러나 일어나는 카타를 보고 나는 놀라서 숨이 턱 막혔다. 카타의 왼쪽 뒷다리가 살짝 떠 있었다. 어제까지는 아무 전조도 없었는데.

"아프니, 카타?"

바닥에 무릎을 꿇고 카타의 떠 있는 다리를 어루만지자 무릎 관절 부근에 열이 있는 듯했다.

"걷지 못할 정도로 아프니?"

카타가 불안한 표정으로 나를 바라보았다. 나는 카타에게서 떨어졌다.

"이쪽으로 와 보렴, 카타. 컴."

내가 부르자 카타가 왼쪽 다리를 제대로 바닥에 딛지 못하고 껑충껑충 뛰듯이 걸어왔다. 마음속으로 검은 구름이 몰려왔다. 나는 애써 불안을 가라앉혔다.

"오늘 산책은 정원에서 하자. 소변이랑 대변만. 괜찮지 카타?"

카타의 꼬리가 힘없이 흔들리고 있었다.

나는 카타가 무리하지 않도록 유도하면서 정원으로 내보냈다. 카타는 금세 배뇨를 한 뒤 단풍나무 밑동 냄새를 맡으면서 정원 안을 거닐었다. 평소라면 내달렸을 텐데 그럴 기색도 없었다. 카타의 왼쪽 뒷다리는 지면에 붙어 있다가도 아차 하는 순간 허공에 떠서 껑충껑충 뛰듯이 걸음을 옮겼다. 틀림없이 다리에 이상이 생긴 것이다.

휴대폰으로 스즈코에게 전화를 걸었다. 전화가 연결되자, 졸음기 가득한 스즈코의 목소리가 들려왔다.

"여보세요. 신짱, 이런 시간에 무슨 일이야?"

"카타의 왼쪽 뒷다리가 이상해. 아파서 땅에 대지 못하는 것 같아."

"정말?"

스즈코의 목소리에서 졸음기가 순식간에 달아났다.

"이따가 사토 선생님에게 진찰 받고 올게."

가루이자와에 오고 나서, 카타는 옆 동네인 고모로에 있는 동물병원에서 정기적으로 진찰을 받고 있었다. 조직구성육종에 걸렸지만 서양의학적인 치료를 받게 할 생각은 없다. 그러나 컨디션 변화에 관한 진찰은 받고 싶다. 제멋대로라고도 할 수 있는 내 말에, 사토 선생님은 웃으면서 고개를 끄덕였다.

"조직구성육종이라면 그게 제일 좋지요."

사토 선생님 역시 이 병의 어려움에 대해 잘 알고 있었다.

"선생님이 혹시 스테로이드라든가 진통제를 투여하려고 하면 막아 줘."

"알았어."

"진찰 끝나면 바로 연락하고."

스즈코는 당장이라도 울 듯했다.

"알았어."

나는 같은 말을 반복하며 전화를 끊었다.

카타가 단풍나무 아래서 배변을 하고 있었다. 볼일을 마치
자 다시 껑충껑충 뛰듯이 걷기 시작했다.

"카타……."

나는 어쩔 도리가 없었다. 사랑하는 존재를 구할 방도가, 내
게는 전혀 없는 것이었다.

6

우울한 기분으로 귀갓길에 올랐다. 카타는 뒷좌석에서 행복하게 자고 있었다. 내 뇌리에는 진찰실에서 봐야 했던 엑스레이 사진이 아른거렸다.

카타의 왼쪽 뒷다리 무릎 관절 안에 그림자가 있었다. 사토 선생님은 아마 종양일 거라고 했다. 폐에도 그림자가 보였다. 암이 폐, 그리고 어쩌면 림프절에도 전이된 듯했다.

가루이자와에 와서 카타의 면역력은 몰라볼 만큼 높아졌을 터였다. 하지만 암의 기세는 그것을 능가해 카타의 육체를 침범하고 있었던 것이다.

"앞으로 3개월 정도 남았을 겁니다."

사토 선생님의 말이 귓가에 맴돌아 시야가 종종 눈물로 흐려졌다. 그때마다 고개를 저으며 불길한 생각을 떨쳐 버리려

애썼다.

조직구성육종은 발견에서 사망까지 고작 1, 2개월이라는 경이적인 진행 속도를 자랑하는 암이었다. 하지만 카타는 그 시기를 훨씬 넘기고 있었다. 가루이자와의 환경과 우리 부부의 애정이 그녀에게 암과 싸울 힘을 주고 있는 것이다.

그렇다면 의사에게서 3개월이라고 선고 받은 목숨도 더 오래 살 수 있을 터. 그렇겠지? 3개월이 4개월로, 4개월이 반년으로, 반년이 1년이 될 가능성도 있을 것이다.

달리지 못해도 괜찮아. 걷지 못해도 괜찮아. 1초라도 더 곁에 있어 줘.

나는 백미러에 비치는 카타를 보면서 기도했다.

그러나 편안하게 자는 얼굴을 보면 볼수록 불안은 짙어져만 갔다.

사토 선생님이 몇 가지 치료법을 권했지만, 나는 모두 거절했다. 스테로이드와 진통제, 모두 대증요법일 뿐이었다. 일시적으로는 증상을 억제할지도 모르지만, 그것은 결코 병의 퇴치로 이어지지 않는다. 퇴치는커녕 부작용 등으로 카타의 몸을 더 해칠 우려가 컸다.

하지만 그걸 알기 때문에 더더욱 만약을 위해 약을 처방 받는 게 좋지 않았을까, 라는 생각이 들었다.

흔들리고 있었다. 외면하던 현실과 어쩔 수 없이 마주하게 되면서, 나는 흔들리고 있었다.

"카타……."

나도 모르게 소리를 내자 백미러 안에서, 카타가 눈을 뜨고 기쁘게 꼬리를 흔들었다.

* * *

"당신은 어떻게 하고 싶어?"

스즈코가 물었다. 식탁 위에 놓인 요리는 어느 하나 손을 대지 않은 상태였다. 나도 스즈코도 식욕을 잃은 탓이다. 평소와 다름없는 식욕을 보인 것은 우리에게서 식욕을 빼앗아 간 카타뿐이었다.

"모르겠어."

나는 솔직히 대답했다.

병원에서 돌아온 후, 현실에서 도피하듯이 요리에 몰두한 나는 물리적으로도 정신적으로도 도저히 먹을 수 없는 숫자의 음식을 만들고 있었다. 일요일에 신칸센을 타고 돌아온 스즈코와 식탁에 앉은 것이 오후 9시. 젓가락도 들지 않고 이야기를 나누다 정신을 차리고 보니 어느새 시계는 자정을 가리키고 있었다.

"이렇게 말하면 당신은 상처 받겠지만, 카타는 언젠가 세상을 떠나."

그녀의 말에 나는 고개를 끄덕였다.

"당신 말처럼 3개월이 반년으로, 반년이 1년으로 연장될지도 모르지만, 그래도 어쨌든 카타는 세상을 떠날 거야."

나는 다시 고개를 끄덕였다. 끄덕이는 것 외에 할 수 있는 일이 떠오르지 않았다.

"이제 와서 화학요법을 반아도 이미 늦었어. 아니, 처음부터 그건 선택지에 없었지. 이제는 어떻게 할 방법이 없어."

냉정하게 현실을 말하는 스즈코의 눈에 눈물이 배어 있었다. 눈물은 전염되는 걸까. 내 시야도 흐려지기 시작했다.

"스테로이드와 진통제 모두 근원을 더듬어 보면 항암제와 같아. 카타가 통증에 힘들어 하면 진통제를 쓰는 건 괜찮을 것 같아. 하지만 다른 치료는……."

"그 외에 뭘 할 수 있겠어? 나는 카타에게 뭘 해 줄 수 있지?"

나는 조용히 물었다. 사실은 크게 소리치고 싶었는데 말이다.

"곁에 있어 줘. 카타의 모든 것을 받아들여 주는 거야. 카타는 당신의 개야. 당신이 행복하면 카타도 행복해. 당신이 슬퍼하면 카타도 슬퍼해. 그러니까 카타에게 계속 웃어 줘."

나는 세 번 고개를 끄덕였다. 그것밖에 할 게 없다는 건 처음부터 알고 있었다. 그저 어린아이처럼 떼를 썼을 뿐이다.

* * *

　자기 전 배설을 위해 카타를 정원으로 내보냈다. 팽팽하게 긴장된 공기 속에서, 나와 카타가 내뱉는 숨은 안개처럼 하얗고 진했다. 하늘에는 한가득 별이 떠 있었다. 나뭇가지는 얼어붙기 시작하고, 정원의 잔디에는 이미 서리가 내려 있었다.

　카타는 변함없이 세 다리로 걸어 배설을 했다. 집에 들어가기 전에 나는 카타를 꼭 끌어안았다.

　"약속할게, 카타. 네가 언젠가 세상을 떠날 때, 네 눈에 마지막으로 비치는 건 바로 나야. 쭉 곁에 있을게. 너한테서 떨어지지 않을 거야."

　카타는 따뜻했다. 격렬하게 흔들리는 꼬리가 보내오는 바람조차 따뜻했다. 나를 바라보는 따뜻한 눈길에는 나에 대한 신뢰와 애정에 가득 차 있었다.

　너를 어떻게 배신할 수 있을까.

　카타의 등을 쓰다듬으며 집으로 들어갈 때, 조금씩 눈발이 날리기 시작했다. 하늘에는 변함없이 별이 반짝이고 있었다. 때때로 아사마야마 산에 쌓인 눈이 바람에 날려 오는 것이다.

　"또 눈이 쌓이면 좋을 텐데. 그럼 네가 기뻐서 다시 네 다리로 걷기 시작하지 않을까?"

　별이 빛나는 하늘에 드문드문 날리는 눈은 엄숙하고, 평온하고, 이를 데 없이 아름다웠다.

7

12월 31일과 정월 모두 가루이자와에서 보냈다. 스즈코의 어머니는 불만을 노골적으로 표시했다. 하지만 스즈코는 불만을 사정없이 딱 잘라 거절했다.

"혹시 우리에게 아이가 있어서, 그 아이가 중병에 걸렸다면 친정으로 돌아오라는 식의 말은 하지 않겠지. 그런데 카타는 우리 아이야. 미안하지만 돌아가지 않을 거야."

이럴 때 스즈코는 홀딱 반할 만큼 강인한 여자로서의 면모가 돋보인다. 나와 장모는 사이가 좋지 않았다. 장모는 일방적으로 스즈코에게 아이가 생기지 않는 게 내 탓이라고 생각하고 계셨고, 나와 스즈코 사이에 금이 간 것도 알고 계셨다. 그것도 내 탓을 하셨다. 물론 그 일에 관해 나에게 반론할 권리는 없었다.

12월 31일의 진수성찬도, 오세치(おせち, 정월이나 명절 등에 먹는 특별 요리 – 옮긴이) 요리도 나와 스즈코가 분담해서 만들었다. 우리가 요리를 하는 동안, 카타는 부엌에서 꼼짝하지 않고 온종일 군침을 흘렸다.

병에 걸리기 전에는 간식을 결코 허용하지 않았다. 그래서 카타도 부엌에 눌러앉는 일이 없었다. 그러나 병을 알게 된 이후부터 물러질 수밖에 없었고, 카타도 그걸 아는 것이다. 동그랗고 귀여운 눈동자로 계속 쳐다보면 결국에는 굽히고 간식을 주게 된다. 개는 상대방이 양보하면 양보한 만큼, 거침없이 금지영역으로 발을 들여놓는다.

정초 3일 동안 스즈코는 글자 그대로 네쇼가쓰(寝正月, 집에 틀어박혀 늦잠으로 설을 지내는 것 – 옮긴이) 상태로 지냈다. 낮부터 카타와 함께 거실에 드러누워 비디오점에서 빌려 온 영화 DVD를 보며 지낸 것이다.

나는 혼자 정원으로 나와 카타를 위해 썰매를 만들었다. 카타는 곧 걷지 못하게 되겠지만, 눈이 쌓이면 썰매에 태워 어디로든 데려가 줄 수 있었다.

1월 4일에 썰매가 완성되었다. 하지만 눈이 쌓일 기색은 없었다. 기온은 연일 영하로 떨어지고 있는데 맑은 하늘이 이어졌다. 얼어붙은 대지가 그리는 차디찬 갈색 풍경을 연일 보고 있으니 가슴이 답답해졌다.

눈이여, 내려라. 눈이여, 쌓여라.

하늘을 올려다볼 때마다 나는 기도했다. 하지만 기도가 하늘에 닿을 기색은 없고, 연일 맑은 날씨와 방사냉각에 의한 새벽녘의 강추위만 이어질 뿐이었다.

그리고 새해가 된 지 일주일이 지난 아침, 나는 카타의 이변을 알아차렸다. 왼쪽 뒷다리뿐만이 아니라 오른쪽 뒷다리도 이상했다. 전날까지도 세 다리로 야무지게 걷던 카타가 어느새 오른쪽 뒷다리도 발톱을 땅에 비비듯이 걷고 있었다.

"어떻게 된 거야, 카타?"

나는 웅크리고 앉아 카타의 눈을 들여다보았다. 그러자 카타는 아무 일도 아니라는 듯이 평범하게 걷기 시작했다. 물론 세 다리로. 왼쪽 뒷다리는 늘 허공에 떠 있었다.

나는 가슴속에서 활활 타오르기 시작한 불안을 감추며 그대로 집으로 돌아왔다. 스즈코는 부재중이었다. 연초 인사를 해야 할 곳이 너무 많아, 일이 일단락될 때까지는 도쿄에 머물기로 한 것이다.

나는 컴퓨터를 앞에 두고 일을 했다. 그러나 집중하기가 어려웠다. 정신을 차리면 어느새 카타의 모습을 눈으로 좇고 있는 나를 발견했다. 카타는 내가 일하는 자리에서 남쪽으로 구석진 곳에 놓아 둔 개 침대에 드러누워 깊은 밤에 빠져 있었다.

오후 3시 반 나는 결국 일을 포기했다. 아직 마감에는 여유가 있었다. 하늘에는 구름 몇 점이 흐르고 있었다. 이 상태면 앞으로 한 시간 후에 아름다운 저녁놀을 볼 수 있을 거였다.

"카타, 산책하러 가자."

나갈 준비를 하면서 카타에게 말을 걸었다. 하지만 카타는 눈을 뜨고도 그대로 침대에 누워 있었다.

"카타, 산책하자니까. 안 갈래?"

나를 바라보는 카타의 눈에는 슬픔이 엿보였다.

"카타?"

카타가 상반신을 일으켰다. 그러나 뒷다리를 양쪽 모두 곧게 뻗은 채였다. 두 다리 모두 마치 막대기 같았다. 그 상태로 일어서려고 했지만 허리부터 그대로 주저앉았다.

"카타." 나는 놀라서 카타에게 달려갔다. "못 서겠어?"

내 목소리에 힘을 얻은 것처럼, 카타는 한 번 더 일어서려고 했다. 그러나 여전히 뒷다리를 전부 쭉 뻗고 있었다. 다시 주저앉을 것 같은 카타의 배 아래에 팔을 뻗어 넣었다. 그렇게 카타의 체중을 지탱하면서 카타가 일어서는 것을 도와주었다.

카타는 마침내 일어섰다. 그러나 앞다리가 사정없이 떨리고 있었다. 사지에서 힘이 빠져 주저앉을 듯한 상황을 어떻든 견디고 있었다. 내 팔은 아직 카타를 지탱하고 있었다.

"카타……."

언젠가 올 거라고 생각했다. 하지만 이렇게 빠를 거라고는 생각도 못했다. 아니, 생각하고 싶지 않았다.

잠시 후 앞다리의 떨림이 잦아들었다. 팔을 빼자 카타가 비틀거리면서 걷기 시작했다. 나는 멍하니 그 자리에 서 있었다. 비틀거리면서 걷는 카타의 뒷모습에, 팔에 남은 늑골의 감촉에 큰 충격을 받았다. 카타의 늑골은 원래 근육과 지방 아래 묻혀 있었다. 그런데 확실히 느낄 수 있을 정도로 늑골이 튀어나와 있었다. 어느새 체중이 줄어 있었던 것이다.

"카타, 산책하지 말까? 소변이랑 대변은 집 안에서 눠도 돼."

목소리가 떨리지 않도록 온 힘을 짜냈다. 카타가 뒤를 돌아보았다. 그러나 다시 앞을 보며 현관을 향해 걸음을 옮겼다. 한 살을 넘길 무렵부터 카타는 집에서 배설을 하지 않았다. 카타에게 자는 곳, 먹는 곳, 가족이 쉬는 곳은 배설 장소가 아닌 것이다.

"카타, 무리하지 않아도 돼. 오늘은 산책하지 말자. 응?"

그러나 카타는 내 말을 무시했다. 귀가 약간 선 것을 보면 들리지 않았을 리가 없었다. 배설은 밖에서 할 거야. 비틀거리면서 전진하는 카타의 몸에는 자존심이 배어 있었다.

"알았어."

현관을 나갈 때 카타의 몸을 지탱하고, 또 정원으로 이어지는 다섯 개의 계단을 내려갈 때도 지탱했다. 정원으로 내려가자마자 카타는 소변을 보고, 여기저기 냄새를 맡고 나서 배변을 했다. 그리고 내가 있는 곳으로 다가와 응석을 부리며 내 허벅지에 몸을 바싹 붙였다.

나는 카타를 쓰다듬었다. 전신을 구석구석 쓰다듬었다. 그러자 카타의 허리 주변 근육이 줄어든 게 또렷이 느껴졌다.

나는 카타를 안아 올렸다. 카타가 내 팔 안에서 발버둥을 쳤다.

"네가 아직 걸을 수 있는 건 알아. 하지만 체력을 보존해야 돼. 집에 돌아갈 때 정도는 괜찮지?"

내가 부드러운 목소리로 속삭이자 순식간에 카타는 발버둥을 멈췄다.

때때로 카타는 사람의 말을 완벽하게 이해하는 게 아닐까 싶을 때가 있다. 물론 그건 나의 바람에 지나지 않는다. 그러나 상대의 말을, 상대의 기분을 완전히 이해하고 있다고 느낄 때가 많은 것은 틀림없는 사실이다.

영혼의 반려자, 소울 메이트. 옛날에 읽었던 영국인이 개에 관해 쓴 서적에 실려 있던 말이 뇌리를 스쳤다.

개는 인간에게 영혼의 반려자다. 사람은 개를 잘 이해하고, 개도 사람을 잘 이해한다. 다른 종족 사이에는 존재할 수 없는 강한 유대감을 갖고 있다.

인간이 정말 개에 대해 이해하고 있는지는 의문이 남지만, 그들이 우리에 대해 깊이 이해하고 있다는 사실에는 의문의 여지가 없는 것 같다.

적어도 카타는 그렇다. 카타는 나를 스즈코보다 더 잘 이해하고 있었다. 어떻게 하면 내가 기뻐하는지, 무엇을 하면 내가 슬퍼하는지, 모든 것을 완벽하게 이해하고 있는 것이다.

"밥 먹자. 오늘밤은 사슴 고기를 먹자. 네가 가장 좋아하는."

나는 카타를 안은 채 집으로 들어왔다. 건강할 때는 40킬로
그램을 가볍게 넘기던 카타의 몸이 너무 가벼웠다. 요 몇 주
동안 5킬로그램 이상 빠진 게 틀림없었다.

카타는 나에 대해 완벽하게 이해하고 있었다. 그런데 나는
카타의 체중이 준 것도 알아채지 못했다. 길고 짙은 털에 덮여
있기 때문이라는 식의 변명은 성립되지 않는다. 매일 카타를
만지고 있음에도 불구하고 몰랐던 것이다. 그건 아주 작은 변
화였을 것이다. 조금씩, 그러나 틀림없이 매일, 그녀의 체중은
줄어든 것이다.

"미안해, 카타."

나는 카타의 부드러운 체모에 얼굴을 묻었다. 카타는 따뜻
했다. 겨울이 아무리 추워도, 카타가 곁에 있어 주면 몸이 시
릴 일은 없었다. 카타가 있어 주기만 하면.

카타가 꼬리를 흔드는 것이 느껴진다. 나, 그리고 스즈코와
의 스킨십은 카타가 세상에서 가장 사랑하는 것이었다.

그날 밤 카타는 밥을 남겼다. 처음 있는 일이었다.

그리고 나는 걱정과 불안으로 잠이 오지 않았다. 신선한 공
기를 찾아 밖으로 나온 나는 조용히 내리는 눈을 바라보았다.

* * *

아침에 눈을 뜨니 눈이 10센티미터 정도 쌓여 있었다. 대단한 적설량은 아니었다. 하지만 없는 것보다는 나았다. 나는 카타와 썰매를 차에 싣고 센가타키 폭포로 향했다. 일반적으로 센가타키 폭포라고 하면 나카가루이자와(中軽井沢)에서 기타가루이자와(北軽井沢)로 가는 중간에 있는 별장지를 가리켰다. 그러나 내가 가고 있는 곳은 세존 현대미술관 북쪽에 난 숲길이었다. 미술관 끝에 있는 주차장에서 센가타키 폭포라고 불리는 웅장한 폭포까지 약 20킬로미터 정도의 산책길이 정비되어 있었다. 무엇보다 미술관에서 주차장까지 숲길이 완만한 경사를 이루고 있어 카타를 썰매에 싣고 걷기에 딱 좋다고 생각한 것이다.

눈구름이 지나간 하늘은 맑게 개어 파랗게 빛나고 있었다. 숲길 옆의 나무들은 떨어진 잎 대신 눈으로 화장을 한 채 햇빛을 받아 반짝반짝 빛나고 있었다. 숲길에 쌓인 눈 위로 내 차가 만든 타이어 흔적만이 오롯이 새겨지고 있었다. 즉, 눈이 내리고 나서 여기 온 것은 우리뿐이었다.

먼저 썰매를 내리고 카타를 썰매 위에 눕혀 주었다. 카타의 눈이 반짝 빛나고 있었다. 꼬리가 격렬하게 흔들렸다. 그러나 카타는 일어나지 못했다. 장갑을 낀 손으로 눈을 퍼내 주둥이에 가져가자 카타가 기쁘게 눈을 핥았다.

"자, 산책이다, 카타."

썰매에 동여맨 끈을 허리에 두르고 나는 걷기 시작했다.

공기는 엄숙하리만치 차가웠다. 숲은 쥐 죽은 듯이 고요했다. 들리는 것이라고는 눈을 밟는 내 발소리, 눈 위를 미끄러지는 썰매 소리, 그리고 흥분한 카타의 숨소리뿐이었다.

썰매는 매끄럽게 움직였다. 완만한 내리막이기 때문에 나에게 가해지는 부담도 적었다. 돌아오는 일은 생각하지 않기로 했다. 썰매 위의 카타는 잔뜩 경직되어 있었다. 썰매를 타는 게 처음인 탓이었다.

"즐겁니, 카타?"

카타의 꼬리가 천천히 흔들리기 시작했다.

"내가 너를 위해 만든 썰매야. 너무 긴장하지 말고 즐겨."

꼬리의 흔들림이 커졌다.

"눈은 정말 최고지?"

내가 말을 걸 때마다 카타의 얼굴이 부드럽게 풀렸다.

"썰매 산책 마음에 드니?"

카타가 웃었다. 이제 괜찮다.

눈 위에 빛과 그림자가 얼룩무늬를 만들고 있었다. 부드러운 아침 햇살을 받은 눈은 옅은 오렌지색으로 물들고, 그림자 속의 눈은 푸르스름한 색을 띠고 있었다. 나는 빛과 그림자 사이에서 썰매를 멈췄다.

"스테이."

카타에게 지시를 내리고 썰매에서 멀어졌다. 목에 걸고 있던 디지털카메라를 거머쥐었다.

"카타, 웃으렴."

사진을 몇 장 찍었다. 오렌지색과 파란색으로 물든 눈 위에서 카타가 웃고 있었다. 가슴이 뜨거워졌다. 눈물이 넘쳐흐르기 전에 얼른 썰매가 있는 곳으로 돌아가 카타를 안아 눈 위에 살며시 내려놓았다.

"기분 좋지, 카타?"

나도 눈 위에 뒹굴었다. 카타가 몸을 바싹 붙여 왔다. 카타의 몸에 팔을 두르고 목덜미에 옆얼굴을 바싹 갖다 댔다.

"최고지, 카타? 우리가 눈을 독차지했어."

카타가 눈을 핥으면서, 내 뺨도 핥았다. 나도 눈을 먹었다. 그 차가움이 달아오른 내 가슴속을 평온하게 진정시켜 주었다.

8

자기 힘으로 설 수 없게 되면서 카타는 눈에 띄게 쇠약해졌다. 얼굴이 야위고 주둥이 주변에는 흰 털이 늘어났다. 자고 있는 시간이 매일 조금씩 길어지고, 그와 반비례하듯이 식사량은 줄어들었다. 건강할 때는 하루에 600그램 정도 먹었던 고기도 최근에는 300그램이나마 먹으면 괜찮은 편이었다. 체중은 눈으로 보기에도 확실히 줄었다. 털의 윤기도 하루하루 사라져갈 뿐이었다.

자연요법 전문의는 일주일에 두 번 다량의 약제를 보내 왔다. 하루에 세 번, 열 종류가 넘는 약을 카타에게 먹여야 했다. 물론 카타는 노골적인 약제는 먹지 않으려 했다. 음식에 섞어도 용케 약제만 뱉어냈다. 다행히 슈퍼에서 사 온 고구마를 쪄서 잘게 으깬 뒤, 그걸로 약제를 감싸 경단으로 만들어 주면 즐겁게 먹었다. 카타는 옛날부터 찐 고구마나 당근을 제일 좋아했다.

"고맙다, 카타."

약제가 든 경단을 삼킬 때마다, 나는 호들갑스럽게 카타를 칭찬하며 몸을 쓰다듬었다. 약을 먹지 않는다고 안달복달하기보다 약을 먹도록 아이디어를 짜내는 편이 훨씬 정신 건강에 좋았다. 이것도 아니고 저것도 아니라며 생각을 거듭한 끝에 뭔가가 효과를 나타내면 더할 나위 없는 기쁨을 느낄 수 있었기 때문이다.

달력은 2월로 바뀌어 있었다. 추위는 점점 혹독해져 영하 10도 밑으로 떨어지는 날도 드물지 않았다. 하지만 혹독한 추위가 가져오는 장엄한 경치는 항상 우리 부부의 마음을 따뜻하게 해 주었다.

저녁 식사를 마치고 뒷정리를 하고 있으니, 카타가 "끄응" 하고 울었다. 배설하고 싶다는 의사 표시였다. 누워만 있게 되고 나서 카타는 더더욱 밖에서 배설하는 것에 집착했다. 서지 못해서 무리야, 배변시트를 깔았으니 그 자리에서 해도 상관없어, 라고 아무리 설득해도 카타는 완강하게 거부했다.

손잡이가 두 개 달린 간호용 하네스를 장착시키고 카타의 몸을 들어올렸다. 스즈코가 카타의 뒷다리를 붙잡아 주고 밖으로 나왔다. 집 안에서 밖으로 나오자 금세 몸이 식었다.

온갖 고생을 하면서 카타에게 배설을 시킨 뒤 나는 눈 위에 주저앉았다. 아마 카타의 체중은 25킬로그램 전후일 것이다. 배설 때는 5분 정도 그 체중을 지탱해야 했다. 나는 허리를 삐끗하지 않도록 두꺼운 가죽 벨트를 두르고 있었다.

"이 완고함은 도대체 누구를 닮은 걸까?"

카타의 변을 처리하면서 스즈코가 말했다.

"하고 싶은 대로 하게 두면 뭐 어때? 이제 곧 싫어도 집 안에서 해야 될 텐데."

"그건 그렇지만……."

주위가 밝았다. 나는 거친 호흡을 반복하면서 하늘을 올려다보았다. 보름달이 되기 직전인 달이 겨울 하늘에 빛나고 있었다. 달이 떠 있는 밤에는 달빛을 눈이 반사해 주위가 매우 밝은 것이다. 가루이자와에 와서 그런 것을 처음 알았다. 달 주위에 달무리가 져 있었다. 추위에 비해 공기가 습하다는 증거였다.

"스즈코, 내일 일찍 일어나지 않을래?"

나는 보통 6시 전후에 일어나지만, 스즈코는 저혈압이라 으레 7시가 넘어야 일어났다.

"왜?"

"멋진 걸 보여 주고 싶어."

내가 말했다.

"그게 뭔데?"

"내일 기대해. 일찍 일어나면 볼 수 있으니까."

멋진 게 뭔지 알고 싶어 하는 스즈코를 상대로 적당히 넘어가면서, 나는 카타를 안고 집 안으로 들어갔다.

* * *

하늘은 아직 어두웠다. 동쪽 지평선 주위가 어슴푸레하게 홍조를 띠고 있었다. 도리이바라(鳥井原)의 농지에는 인기척이 없었다. 밭에 쌓인 눈에 점점이 뚫려 있는 것은 여우의 발자국이었다.

카타를 차 밖으로 꺼내 눈 위에 눕혀 주었다. 스즈코는 차 안에서 떨고 있었다. 대시보드의 디지털 온도계는 영하 15도를 표시하고 있었다. 운전석에 상반신을 밀어 넣은 나는 엔진을 껐다.

"잠깐만, 춥잖아."

"엔진을 계속 켜 두는 건 환경 보호 정신에 반하는 거야. 내려서 이리 와 봐."

"아침놀이 아름답긴 한데······."

스즈코는 동쪽 하늘로 눈길을 돌렸다. 아침놀이 퍼지고 있었다. 구름 하나 없는 하늘이 짙은 감색과 오렌지색을 띤 빨강으로 나뉘어 서로 충돌하고 있었다.

"보여 주고 싶은 건 아침놀이 아니야. 자, 차에서 내려 봐."

스즈코는 부루퉁한 얼굴로 차에서 내렸다. 내뱉는 숨이 진한 흰색을 띠고 있었다.

"추워, 카타."

스즈코는 눈 위에 엎드려 누워 있는 카타를 껴안았다. 나도 눈 위에 몸을 내던졌다. 공기는 차갑고 눈은 얼어붙어 있었다. 하지만 몸은 따뜻했다. 스즈코가 있고, 카다가 있었나. 내 가족이었다. 내 무리였다. 서로가 서로를 소중히 여기고, 사랑하고 있었다. 사랑은 그 존재의 내부에 불을 붙여 주었다.

새벽이 가까이 다가와 있었다. 동쪽 하늘의 한 점이 빨강에서 흰색으로 급격하게 바뀌어 가고 있었다.

나는 하늘을 뚫어져라 응시했다. 있었다. 떠오르는 태양 좌우에, 거대한 무지개 기둥이 출현했다.

"스즈코, 저기 봐."

나는 손가락으로 빛기둥을 가리켰다. 스즈코는 눈을 크게 떴다. 놀라서 숨을 멈추고 장갑을 낀 손으로 입을 막았다.

"무지개?"

"아니야. 선 필러(해기둥)라고 하나 봐. 빛의 기둥. 기둥 속을 잘 봐 봐."

무지개 색 기둥 속에서 작은 빛들이 무수히 반짝이고 있었다. 다이아몬드 더스트였다.

"엄청나, 굉장해!"

스즈코는 어린아이처럼 들떴다. 카타도 격렬하게 꼬리를 흔들고 있었다. 스즈코의 흥분이 전염된 것이다.

그리고 태양이 모습을 드러냈다. 거대한 빛의 고리가 태양을 둘러싸고 있었다. 무지개 색 기둥이 그 고리의 일부라는 것을 알 수 있었다. 그리고 좌우의 무지개 중앙과 고리의 꼭대기에 태양을 닮은 빛이 출현했다.

햇무리와 환일(幻日, 대기 중의 물방울, 얼음 결정, 화산재 따위로 인해 태양의 광선이 굴절, 반사되어 나타나는 태양 모양의 광상[光像] — 옮긴이)이었다.

수년 전 어느 학술서의 커버 디자인을 할 때, 이 햇무리와 환일 사진을 보게 되었다. 커버에 사용할 사진 후보 중 한 장이었다. 그 사진에 매료된 나는 사진작가에게 연락해 이 자연현상과 그것이 보이는 장소, 조건에 대해 가르침을 구했다.

"그건 한겨울 가루이자와에서 찍은 겁니다."

사진작가는 그렇게 말했다. 그는 한기가 심하고 공기가 투명한, 그리고 약간의 습도가 있는 아침에 현상이 나타날 때가 많다고 가르쳐 주었다.

오늘 아침에 햇무리와 환일을 볼 수 있다는 확신은 없었다. 하지만 카타를 위해, 우리 가족을 위해 누군가가 멋진 선물을 해 줄지도 모른다는 기대는 품고 있었다.

"굉장하다, 신짱. 정말 굉장해."

스즈코의 눈에 눈물이 어려 있었다.

"신이 우리를 축복해 주는 것 같아."

"지금 이 순간 이걸 보고 있는 사람은 가루이자와에도 몇 명밖에 없을 거야. 그래, 우리는 축복받은 거야. 그렇지, 카타? 너도 그렇게 생각하지?"

카타는 계속 꼬리를 흔들고 있었다. 그러나 그 눈은 햇무리와 환일을 보고 있지 않았다. 그녀가 보고 있는 것은 나와 스즈코뿐이었다.

"저기, 카메라 갖고 왔지? 나랑 카타 사진을 찍어 줘. 저걸 배경으로 해서. 나도 당신이랑 카타를 찍어 줄게."

나는 카메라를 꺼내 세팅을 했다. 역광이라 플래시를 터뜨려야 했는데, 시험 삼아 찍어 보니 괜찮아서 스즈코와 카타를 향해 카메라를 들었다.

셔터를 눌렀다. 카타를 끌어안은 스즈코가 자기 볼을 카타의 볼에 붙이고 있었다. 카타는 웃고 있었다. 여윈 얼굴에 행복이 넘쳐흘렀다.

죽음이 임박한 것을 카타는 모른다. 하지만 자기 몸에 이상이 있다는 것은 눈치채고 있었다. 나는 카타가 안타까움과 애틋함을 닮은 감정을 내보이는 걸 수차례 봐 왔다. 그래도 나와 스즈코가 곁에 있다면, 무리가 무리로서 기능하고 있다면 카타는 행복할 터였다.

카타가 행복하면 스즈코는 행복하다. 카타와 스즈코가 행복하면 나도 행복하다.

셔터를 누르면서 그렇게 생각했다. 쇠약해져 가는 카타의 모습에 마음이 복잡해지면서도 나는 행복한 것이다. 아끼고,

아낌을 받고, 사랑하고, 사랑받고 있었다.

그러니 무엇을 한탄할 필요가 있단 말인가? 이렇게나 행복의 한가운데에 서 있으면서, 무엇을 두려워 할 필요가 있단 말인가?

그것을 잃어버릴까 두려웠다.

하지만 나는 분명히 알고 있었다. 카타를 처음 맞이했을 때부터, 카타가 나보다 먼저 세상을 떠날 것을 알고 있었다.

그렇다면 잃어버릴까 한탄하고 슬퍼하기보다, 카타와 함께 있는 일분일초를 소중히 여겨야 했다. 세상을 떠나는 그 순간까지, 카타가 행복을 음미할 수 있도록 고심해야 했다. 카타의 행복이 우리의 행복이니까. 카타가 주는 사랑에 우리가 보답할 수 있는 건 그것밖에 없으니까.

"좋은 사진이 찍혔어."

나는 웃으면서 말했다.

"이번에는 내가 찍어 줄게."

스즈코에게 카메라를 건네고 카타 옆에 앉았다. 기회를 놓치지 않고 카타가 내 허벅지 위에 턱을 올렸다. 나는 그 머리를 부드럽게 쓰다듬었다. 플래시가 번쩍, 하고 빛났다. 수차례 빛났다.

"이봐, 몇 장을 찍을 생각이야? 메모리가 없어진다고······."

나는 말을 하다 말았다. 스즈코가 울고 있는 걸 알았기 때문이다.

"스즈코……."

"미안해. 당신이랑 카타가 너무 행복해 보여서……."

"울지 마. 카타 앞에서 울면 안 된다고 한 건 스즈코야."

"미안해."

"됐으니까 이쪽으로 와."

스즈코에게 손짓하며 나는 눈 위를 뒹굴었다.

"더 이상 추위를 참을 수 없을 때까지 셋이서 이러고 있자."

카타를 사이에 두고, 우리는 눈 위에 나란히 누웠다. 손을 잡은 나와 스즈코는 잡은 손을 카타의 등 위에 올렸다. 카타는 계속 꼬리를 흔들고 있었다.

태양과 햇무리, 그리고 환일이 그런 우리를 내려다보고 있었다.

9

카타가 식사를 하지 못하게 되었다. 식사뿐만이 아니었다. 물도 거의 마시지 못했다. 몸에도 전혀 힘을 줄 수 없는 듯, 배설을 위해 밖에 나가고 싶다고 의사를 표시하는 일도 없어졌다. 약도 전혀 먹지 않았다. 하루 종일 상태를 지켜봤지만 변화가 없자, 이틀째에 사토 선생님에게 전화를 걸어 선생님이 왕진을 오기로 했다.

식사도 걱정이었지만, 무엇보다 카타는 이틀 내내 전혀 소변을 보지 못한 상태였다.

"우선 소변을 보게 합시다."

카타의 상태를 확인한 사토 선생님은 오자마자 그렇게 말했다.

"방법을 가르쳐 줄게요. 앞으로의 일을 생각하면 본인이 할 수 있는 게 좋을 겁니다."

"그렇겠네요. 가르쳐 주세요."

카타는 거실 중앙에 놓인 개 침대에 드러누워 있었다. 침대 위에는 배변시트가 빽빽하게 깔려 있었다. 사토 선생님은 침대 옆에 무릎을 꿇더니 카타의 오른쪽 뒷다리를 들어올렸다.

"하복부에 손가락 끝을 대 주세요."

나는 시키는 대로 했다.

"살짝 눌러 주세요. 팽창한 물 풍선 같은 감촉이 느껴지지 않습니까?"

나는 카타의 하복부를 살짝 눌렀다. 그러나 그럴듯한 느낌은 없었다.

"좀 더 아래쪽입니다."

손가락 끝을 이동시키자 카타의 숨결이 거칠어졌다.

"좀 더 눌러 보세요."

손가락 끝에 뭔가가 닿은 느낌이 들었다. 사토 선생님이 말한 것처럼, 팽창한 물 풍선 같은 감촉이었다.

"이건가?"

"그게 방광입니다. 천천히 눌러서 자극해 주세요."

나는 손가락 끝에 더 힘을 주었다. 카타가 코를 킁킁거렸다. 다음 순간, 배변시트가 젖기 시작했다.

"그런 식으로 방광을 자극해 주면 오줌이 나옵니다."

나는 사토 선생님의 말을 한 귀로 듣고 한 귀로 흘렸다. 카타의 얼굴에서 시선을 뗄 수가 없었다. 자신의 의사에 반해 억지로 배뇨를 한 카타는 수치심과 슬픔이 뒤섞인 표정을 짓고 있었다.

"괜찮아, 카타. 소변을 보는 건 자연스러운 일이야. 부끄러워할 거 없어."

나는 카타의 머리를 쓰다듬었다. 쓰다듬어 주면 반드시 반응하는 카타의 꼬리가 꿈쩍도 하지 않았다. 이렇게나 의기소침한 카타를 보는 건 처음이었다.

* * *

"자연요법으로 투병 중인 건 알고 드리는 말씀입니다만……."

막 돌아가려는 찰나, 사토 선생님이 말을 꺼냈다. 배뇨를 마친 후 사토 선생님은 카타에게 영양소가 든 링거를 놔 주었다.

"카타가 먹고 싶어 하는 것을 주세요. 요구르트나 달콤한 크림, 과일 같은. 카타가 먹는 것이라면 뭐든 좋습니다."

사토 선생님이 말한 것은 모두 자연요법 전문의가 금지한 음식뿐이었다.

"아마 카타의 몸은 이제 보통 식사를 받아들이지 않을 겁니다. 그렇다면 카타가 좋아하는 것을 먹여 주는 게 좋겠지요."

사토 선생님의 얼굴은 미안함으로 가득했다. 카타에게 해 줄 수 있는 게 링거밖에 없다는 사실을 스스로 부끄럽고 창피하게 생각하는 듯했다.

"알겠습니다."

나는 대답하고 사토 선생님에게서 링거 세트가 든 봉투를 받았다. 링거를 놓는 방법도 선생님에게 배웠다.

"수액을 다 쓰면 병원에 와 주세요."

"감사합니다."

"그리고 혹시 카타가 통증 때문에 괴로워하는 것 같으면, 언제라도 좋으니 전화해 주세요. 명함에 휴대폰 번호가 적혀 있습니다. 곧장 진통제를 갖고 달려올게요. 진통제가 듣지 않게 되면 안락사도 선택지 중 하나입니다. 무리해서 고통을 길게 끄는 것이 카타를 위한 일일지, 곰곰이 생각해 보세요."

나는 사토 선생님을 응시했다. 아마 내 얼굴은 가면을 쓴 듯 무표정했을 것이다. 당황한 사토 선생님이 손을 내저었다.

"만에 하나입니다."

"안락사, 입니까……."

생각해 본 적도 없었다. 가까운 미래에 카타가 세상을 떠난다고 해도, 마치 잠들 듯이 세상을 떠날 거라고 내 멋대로 단정 짓고 있었던 것이다.

"카타가 괴로워할까요, 선생님?"

"자는 것처럼 세상을 떠나는 경우도 있지만, 괴로워하는 경우도 있습니다. 혹시 모르니 진통제와 함께 한번 고려해 보세요."

사토 선생님은 돌아갔다. 나는 거실로 돌아왔다. 링거 덕분인지 카타는 조용히 숨소리를 내며 자고 있었다. 살금살금 화장실로 이동했다.

나는 변기에 앉아 울기 시작했다. 격렬하고 세차게, 그러나 조용히 울었다. 카타에게 우는 걸 들키고 싶지 않았다.

카타의 병을 알고 나서 이 정도로 운 적은 없었다. 아무리 울어도 눈물이 마르지 않았다.

내 수명을 10년 깎아도 되니, 카타의 수명을 앞으로 1년, 아니 반년이라도 좋으니 제발 연장해 주세요. 그게 무리라면 적어도 카타를 평온하게 보낼 수 있게 해 주세요.

기도는 과연 누군가에게 가서 닿았을까? 그것조차 알지 못한 채, 나는 그저 계속 울었다.

* * *

거실로 돌아오니, 새로 간 배변시트가 젖어 변색되어 있었다. 카타가 또 소변을 본 것이다. 한번 긴장이 풀어지니 수치심도 사라져 버린 듯했다. 카타는 내가 하는 대로 뒤처리를 맡겨 두었다.

"맞다, 카타. 아이스크림 먹을래?"

카타의 몸을 다 닦고 난 뒤 냉동고를 열고 스즈코가 좋아하는 아이스크림을 꺼냈다. 카타가 희미하게 눈을 떴다.

"좋아, 기다려."

아이스크림을 적당한 크기로 떠서 카타의 그릇에 담았다. 거실로 돌아오니 카타가 몸을 반쯤 일으키고 있었다. '먹는다' 는 내 말과 아이스크림 냄새를 연결시킨 것이다.

"카타, 아이스크림이야. 오랜만이지?"

카타가 강아지였을 무렵, 스즈코 몰래 가끔 아이스크림을 먹인 적이 있었다. 카타가 먹는 모습이 너무 행복해 보여, 안 된다고 생각하면서도 도저히 안 줄 수가 없었다. 그러나 스즈코에게 들켜 호되게 혼이 난 이후, 카타는 더 이상 아이스크림을 먹을 수 없게 되었다.

그릇을 앞에 놓아 주자 카타가 몸을 좀 더 일으켰다. 그리고 꼼꼼하게 아이스크림 냄새를 맡은 뒤 천천히 혀로 아이스크림을 핥았다.

"맛있니?"

카타는 내게 눈길 한번 주지 않고 아이스크림을 먹었다.

"맛있구나, 맛있어."

카타의 얼굴에는 더 없는 행복이 넘쳐흐르고 있었다.

"얼마든지 먹어도 돼. 다 먹으면 또 사올게."

아이스크림은 눈 깜짝할 사이에 사라졌다. 카타는 언제까지고 계속 빈 그릇을 핥고 있었다.

10

눈이 완전히 녹아 이제 썰매는 쓸 수 없게 되었다. 카타에 게 바깥 경치를 보여 주고 싶었지만, 장시간 이동은 몸에 부담 이 돼 불가능했다.

3월도 중반을 넘어갔지만 가루이자와의 공기는 아직 차가 웠다. 나와 스즈코는 방한구로 몸을 감싸고 카타를 테라스로 옮겼다. 난방을 켠 집 안에서는 카타의 호흡이 거칠어졌다. 그 래서 화창한 날에는 한낮에 이렇게 카타를 밖으로 내보내 주 는 것이 하루 일과였다.

카타가 테라스에서 자는 사이, 나는 노트북을 갖고 나와 카 타 옆에서 일을 한다. 추워서 견디기가 힘들었지만, 카타와의 약속을 지키기 위해 1초라도 카타에게서 떨어지고 싶지 않았 다. 추위에 약한 스즈코는 금세 집 안으로 들어가 청소와 식사 준비에 전념한다.

여위어서 몸이 홀쭉해진 카타는 외모마저 변했다. 이제 기뻐하며 아이스크림을 먹는 일도 없다. 자기 힘으로 물을 마시는 것조차 어려워졌다. 하루 두 번 맞는 링거만이 그녀의 목숨을 이어 주고 있을 뿐이다.

다행이 통증에 시달리는 기색은 없었다. 때때로 숨이 거칠어지지만, 나나 스즈코가 가까이 다가가 몸을 쓰다듬어 주면 어느새 그것도 잦아드는 게 보통이었다.

바람 한 점 없는 평온한 날이었다. 공기는 차갑지만, 햇볕 아래 있으면 따스함을 느낄 수 있었다. 나는 컴퓨터 화면을 응시하며 어느덧 일에 몰두했다.

카타의 이변이 언제 일어났는지는 모르겠다. 그저 카타의 가쁜 숨결에 집중이 흐트러지면서 시선을 돌린 후에야 알아챘던 것이다.

카타는 격한 운동을 한 것처럼 거친 호흡을 반복하고 있었다. 몸이 가늘게 떨리고, 핏줄이 선 눈으로 나를 바라보고 있었다.

"스즈코, 사토 선생님한테 전화 좀!"

집 안을 향해 소리치며 나는 카타의 몸을 만졌다. 뜨거웠다. 틀림없이 열이 나고 있었다. 입안을 들여다보니 잇몸과 혀가 완전히 핏기를 잃은 것을 알 수 있었다.

"무슨 일이야?"

휴대폰을 쥔 스즈코가 테라스로 나왔다.

"카타의 상태가 이상해. 빨리 전화 좀 해 줘."

나는 카타를 끌어안았다. 등을 계속해서 몇 번이고 어루만졌지만, 카타의 거친 숨결은 잦아들지 않았다.

"여보세요, 사토 선생님 계시나요? 카타의 상태가 이상해요."

스즈코의 절박한 목소리가 한 귀로 들어와 한 귀로 흘러 나갔다.

"카타, 정신 차려야 돼. 힘내. 조금만 더 힘내!"

"신짱, 선생님이야. 전화 받아 봐. 카타의 상태를 알려드려."

나는 휴대폰을 받아들었다.

"선생님, 숨이 엄청나게 거칠어요. 열도 있고. 그리고 잇몸이랑 혀가 새하얘요."

"당장 데리고 오세요."

나는 전화를 끊고 스즈코를 향해 얼굴을 돌렸다.

"차 이쪽으로 가져와."

차를 댄 곳에 가려면 집 안을 가로질러야 했다. 하지만 차를 정원 옆으로 가져오면 곧장 카타를 태울 수가 있었다.

"알았어."

스즈코가 재빨리 몸을 돌렸다. 내 팔 안에서 카타가 떨고 있었다.

"괜찮아, 카타. 금방 병원에 데려가 줄게. 그러니까 조금만 더 힘내. 힘내는 거야, 카타."

스즈코가 운전하는 차가 다가왔다. 나는 카타를 안아 올려 정원을 가로질렀다.

"안 돼. 안 돼. 아직 안 돼. 아직 죽으면 안 돼. 날 두고 가지 마, 카타. 부탁해. 제발 부탁이야."

말을 걸면서 카타를 차에 태웠다. 카타는 축 늘어진 채 개 침대에 누웠다.

"내가 운전할게."

사토 선생님의 병원까지는 차로 약 10분 걸렸다. 그러나 스즈코가 운전하면 15분이었다. 1초라도 빨리 병원에 도착하고 싶었다.

* * *

수혈, 강심제, 링거 처치로 카타는 간신히 버티고 있었다.

"잇몸과 혀가 하얘진 걸 보니 아마 몸 안쪽 어딘가에서 출혈이 일어난 것 같아요."

사토 선생님이 말했다. 증식한 종양이 내장 어딘가를 괴롭히고 있는 것이다. 사토 선생님은 엑스레이를 찍자고 했지만, 스즈코가 이를 거절했다. 어디서 출혈이 발생했는지 안다고 한들 손쓸 방법이 없는 것이다.

카타의 잇몸과 혀는 수혈 덕분에 살짝 핑크빛으로 돌아와 있었다. 하지만 건강했을 때의 그것과는 비교가 되지 않았다.

사토 선생님은 새카만 뉴펀들랜드 대형견을 키웠다. 그 개는 사토 선생님의 영혼의 반려자인 동시에, 급한 환자를 위해 혈액을 제공하는 역할도 담당하고 있었다. 나와 스즈코는 그 개 다이앤에게 몇 번이고 감사의 인사를 건넸다.

"카타는 언제까지 버틸 수 있을까요?"

내가 머뭇거리며 묻자 사토 선생님은 눈을 피했다.

"모릅니다. 내일 무지개다리를 건널 수도 있고, 일주일 후일 수도 있어요. 한 달 후일 수도 있습니다."

"그렇습니까……."

"다이앤은 얼마 동안은 다시 수혈할 수 없으니 대형견을 기르는 지인에게 말해 두겠습니다. 3일 후에 다시 수혈하도록 하지요."

"부탁드리겠습니다."

깊숙이 고개 숙인 나를 스즈코가 조용히 바라보는 것이 느껴졌다. 머리를 숙일 때 흘깃 시야에 들어온 그 눈은 나를 비난하는 것처럼 보이기도 하고, 안쓰러움에 떨고 있는 것처럼 보이기도 했다. 스즈코와 함께 카타를 차에 싣고 별장으로 돌아왔다.

"하고 싶은 말이 있으면 해."

말없이 조수석에 앉아 있는 스즈코에게 말했다. 스즈코는 작게, 그러나 확실히 고개를 저었다.

"당신이 결정할 일이야."

"아직 아니야." 나는 흐려지는 시야를 꾹 참았다. "아직 너무 빨라."

"그럼 됐어. 카타도 아직 당신 곁에 있고 싶을 테니까."

수혈, 강심제, 링거 처치가 아니었으면, 카타가 야생의 늑대였으면, 이미 옛날에 무지개다리를 건넜을 것이다. 괴로움에서 해방되었을 것이다.

"내가 가혹한 일을 하는 걸까? 카타를 괴롭히고 있는 걸까?"

"결정은 당신 몫이야."

스즈코가 말했다. 지금까지 들은 적이 없는, 부드러운 음성이었다.

* * *

한밤중에 카타가 부르는 소리에 잠에서 깼다. 잠에 취한 눈으로 일어나 불을 켰다. 카타가 움직이지 못하게 된 후부터 나는 바닥에 이불을 깔고 카타 옆에서 자고 있었다.

"무슨 일이니, 카타?"

멀리서 들려오는 소리처럼 카타가 낮게 울고 있었다. 침실에서 자고 있던 스즈코도 그 목소리에 불려 나오듯이 밖으로 나왔다.

"카타?"

"괴로운 것 같아."

나는 카타의 몸을 뒤척였다. 그렇게 하면 울음소리가 멈추고 호흡이 안정되는 경우가 종종 있었다. 그러나 카타는 울음을 그치지 않았다. 아직 자유로운 두 앞다리를 뻗치고 괴로운 듯이 숨을 쉬었다. 그 눈은 나를 찾아 헤매고 있었다.

"카타, 나 여기 있어."

나는 버티고 있는 카타의 앞다리를 잡았다. 카타가 내게 몸을 기댔다. 나는 여위어서 홀쭉해진 몸을 끌어안았다.

"스즈코, 진통제 앰플이랑 주사기를 가져다 줘."

나는 스즈코에게 말했다. 사토 선생님이 건네 준 것이었다. 하지만 스즈코는 움직이지 않았다.

"스즈코?"

나는 고개를 들었다. 스즈코가 울고 있었다. 두 팔로 자기 몸을 꼭 끌어안고 눈물로 뒤범벅이 되어 울고 있었다.

"스즈코!"

"이제 허락해 줘. 부탁이야, 신짱. 카타는 당신을 위해 버티고 있는 거야. 당신을 위해 고통을 견디고 있는 거라고!"

카타는 내 팔 안에서 날뛰고 있었다. 고통에 강한 개가 이 정도로 괴롭다니, 도대체 어떤 고통이 카타를 덮치고 있는 걸까.

"카타." 나는 말문을 열었다. "카타, 아프니? 괴롭니?"

카타가 울었다. 뻗디딘 앞발로 내 가슴을 꼭 누르면서 울었다.

추억이 머릿속을 스쳐 간다. 불안한 걸음걸이로, 그러나 열심히 꼬리를 흔들며 내 발치로 다가오던 생후 2개월의 카타. 한 달 후에 처음으로 산책에 데려갔다. 사람들의 목소리에, 차 소리에, 다른 개의 모습에 잔뜩 겁을 먹던 카타. 마치 땅에 뿌리라도 내린 듯이 미동도 하지 않았다. 하지만 그로부터 두 달 후에는 자기가 먼저 산책하러 가자고 재촉을 했다. 카타의 한 살 생일에는 바다에 데려갔다. 카타는 파도를 두려워하지 않고 물가에서 스즈코와 뛰어놀았다. 내가 독감으로 쓰러졌을 때, 세 살이 된 카타는 내 머리맡에서 꼼짝도 하지 않았다. 다섯 살 때 자궁축농증을 앓은 카타는 수술을 위해 이틀 동안 병원에 입원했다. 퇴원하는 날 마중하러 병원을 찾은 우리를 알아본 카타는 기쁨에 온몸을 떨며 날듯이 뛰어올랐다. 그러다가 상처가 벌어져 퇴원이 늦춰지고 말았다.

무수한 추억이 있었다. 아무것도 아닌 일상마저 이제는 아름다운 추억인 것이다.

나는 스즈코를 사랑한다. 하지만 스즈코에게 내 모든 것을 내놓는 일은 없었고, 앞으로도 없을 것이다. 스즈코뿐만이 아니다. 상대가 누구든, 어떤 관계든, 사람 사이의 애정에는 이해타산이 생긴다. 하지만 카타는 나에게 모든 것을 바쳤다. 나도 카타라면 모든 것을 바칠 수 있었다. 카타는 나의 모든 것이었다.

그런 카타가 괴로워하고 있었다. 나를 위해 고통을 견디고 있었다.

"이제 그만. 이제 됐어, 카타. 애쓰지 마. 날 위해 애쓰지 않아도 돼."

눈물이 흘렀다. 내 뺨을 타고 흐르는 눈물이 카타의 코에 떨어졌다.

카타가 내 코를 핥았다. 그리고 다음 순간, 카타의 몸에서 힘이 빠져나갔다. 울음소리도 멈췄다. 카타는 나를 바라보며 응석을 부리듯이 콧소리를 냈다. 그리고 눈을 감았다. 카타의 몸에서 영혼이 빠져나가는 것을 느꼈다. 카타의 몸이 순식간에 터무니없이 무거워졌다.

"카타!"

나는 카타에게 심장 마사지를 했다.

"카타, 카타, 카타!!"

돌아와 줘. 항상 내 옆에 있으면서 웃어 줘. 떠나지 마. 돌아와. 부탁이야, 카타……

"뭐 하는 거야, 신짱!"

스즈코가 나를 꼭 껴안았다.

"혹시 다시 살아난다면, 카타는 또 그 고통을 맛보는 거야. 그래도 괜찮아?"

나는 정신을 차렸다.

"카타……."

카타의 몸에 얼굴을 묻고 울었다. 카타는 아직 따뜻했다. 스

365

즈코도 울고 있었다. 스즈코는 내 등에 얼굴을 묻고 있었다.

가슴 안쪽에 구멍이 뚫렸다. 격렬한 상실감에 구역질이 났다. 눈물은 끝없이 넘쳐흐르고, 슬픔 이외의 감정은 증발되어 갔다.

"잘 보내 줬어, 신쨩." 스즈코가 울면서 말했다. "최고로 멋진 보스였어, 신쨩."

약속은 지켰다. 지킬 수 있었다. 카타는 마지막에 나를 보면서 세상을 떠났다. 그 눈동자에 내 모습을 아로새기며 세상을 떠났다.

하지만 그런 건 아무것도 구원해 주지 않았다. 슬퍼서, 너무 슬퍼서 죽을 것 같았다.

"카타."

나는 세상에서 가장 사랑하는 이름을 불렀다.

"카타."

울면서 계속 이름을 불렀다.

"카타."

카타는 죽었다.

"외로워."

내 슬픔은 깊어갈 뿐인데 카타의 몸은 조금씩 식어 갔다. 나는 신을 저주하고, 세상을 저주하고, 나 자신을 저주하며 언제까지고 눈물을 흘리고 있었다.

소울 메이트

초판 1쇄 인쇄 2022년 5월 5일
초판 1쇄 발행 2022년 5월 10일

지은이 | 하세 세이슈
옮긴이 | 채숙향
펴낸이 | 안숙녀
편집 | 신현대
디자인 | 김윤남

펴낸곳 | 창심소
등록번호 | 제2017-000039호
주소 | 영등포구 영등포로 106, 대우메종 101동 1301호
전화 | 02-2636-1777
팩스 | 02-2636-2777
메일 | changsimso@naver.com
블로그 | https://blog.naver.com/changsimso19

ISBN 979-11-91746-05-1 03830